JN034284

無教会キリスト者のあゆみ

筒井哲郎

緑風出版

目　次

第1章　子供時代

第1節　待望の長男

(1)「ねえさん、でかした」

千寿は手を伸ばして隣の布団で寝息をたてている夫の辰造の腕をつかんでゆすった。

「あんた、起きてくたんし。そろそろ産まれるみたいや」

昨夜からの陣痛が一段と激しくなりそろそろ湯を沸かして産婆を呼んできてもらわねばならないと思った。しかし、バタバタと音をたてて母屋で寝ている舅と姑には知られたくなかった。過去四回お産をしていて、そのたびに女の子を産み、長男を期待していたおじじとおばばをがっかりさせ、肩身の狭い思いをしていたからだ。千寿の里の母も女の子を五人産んでから六番目に男の子を生んだ実績があるので、母に似て今度もまた女の子だったらと思うと、皮肉屋のおじじ辰衛門が言いそうな言葉がちらちら頭に浮かんできて、赤ん坊が出てくる前は寝かしておきたい気持ちだった。そこへいくと、おばばのサヨは呑気者で、また女の子が生まれても、「これだけは天からのさずかりものでのう」と、いつもすぐ事実をありのままに受け入れてくれた。しかし、のんきなだけあって、辰造の転勤が無くなって千寿が同居することになってからは、とんと台所に立つことが無くなり、気楽にぶらぶらと村のお寺に入り浸って、ばあさん同士の噂話に日を過ごしていた。こんなサヨは、火事になっても、自分一人傍観しているようなところがあった。それに、年とともに耳が遠くなっていた。したがって息子の辰造でさえ、母親をわざわざ起こして手伝ってもらおうとは思わなかった。

辰造は、焚口が二つあるかまどの、片方には飯炊き釜を、もう一方には大なべをかけ、それぞれに水を一杯に満たし、めいっぱい薪をくべた。火が燃え盛るのを確かめてから、産婆を呼びに行った。一軒置いた隣の河原のおばさんが産婆の資格を持っていて、この家の子供たちは皆このおばさんに取り上げてもらっていた。前の晩に案内してあったので、戸を叩くとおばさんはすぐに起きだしてきて、「すぐ行くわいね」と返事をした。さすが産婆さん、夜中にたたき起こされることには慣れていた。

お湯が沸いて、産婆がやってきて、しばらくすると、はや、〝オギャー、オギャー〟と元気な声が聞こえてきた。〝千寿も慣れたものだ〟と辰造は妙に感心した。しばらくしてから、部屋の障子をすーっと開け、産婆が、廊下でうろうろしている辰造に向かって、「おとっつぁん、喜ぶまっし。ちゃんとちんぽを付けてでてきましたぞ。あんちゃんや、あんちゃんや」と中から叫んだ。赤子でも長男のことを〝あんちゃん〟と呼ぶのが習わしであった。辰造は嬉しかった。

その声を聞きつけて、舅の辰衛門が起きだしてきた。「ねえさん、でかした」と大きな声で叫んだ。それから、急いで、身支度を整えると、「わっしゃ、こうしておられん。ひとっ走り、近江町へ行ってくるからのオ」というが早いか、ガラガラと玄関のガラス戸をあけて、未明の道路へ飛び出して行った。森本駅まで自転車を飛ばし、金沢駅まで一番列車に乗り、近江町市場で一番大きな尾頭付きを、家族と親せきの人数分買い入れ、また、とって返した。

夜が明けると、里の母やら、小作のかみさんたちやら、大勢が手伝いに来て、赤飯を炊くいたり、三人の娘たちに着物を着せて朝ご飯を食べさせたり、そして、なによりも、「よかった、よかった、あんちゃんが生まれて、おめでたいこっちゃ」と、互いに繰り返すのに忙しかった。深井家の嫁が、五人目にして初めて長男を産んで、おじじが今朝早く近江町へ走った、というニュースは直ちに村中に知れ渡った。「小東（こひがし）（深井家の屋号）のおとっつぁんは、跡取りが生まれたので、どこのかみさんも及ばないほど、みずからてんてこまいで働いたそうな」といううわさも村中を飛び交っていた。

めっぽう気の早い辰衛門は、家へ帰って、鯛をかみさんたちに預けると、今度は、「盛右衛門がいいかいのう、繁蔵がいいかいのう。もっと強そうなのがよいかのう、のう、とうちゃん」と首を振りたてながら、落ち着きなく、家の中をあちらこちらと歩き回った。「おじじ、待ってくたんし」と辰造はなだめるのに、一汗かいた。

それから、数日の間、辰造は富山房の『詳解漢和辞典』を一ページずつ丹念に眺め、どの字がよかろうか、と考えた。上の女の子たちの時はすぐに決めた。次女の明子などは、生まれたその瞬間に思いついた。しかし、総領となると、からうさん（軽率）に決められない。ひねりにひねり、考えた末に、「哲夫にしまいか、哲夫、うん、いい名前だ」と自分に言い聞かせた。辰衛門は自分のイメージと合わないので、ちょっと不満であったが、これもご時勢か、とあきらめた。

辰造三六歳、千寿二六歳。辰衛門六一歳。サヨ五三歳、時あたかも一九四一年五月半ば、戦時色が高潮して、年の暮れには真珠湾攻撃が敢行されるという時期であった。しかし、そんなことにはかかわりなく、潟田（かただ）の在の親戚たちは、これで地主の一家が孫・子の代まで安泰じゃと、誰もが一安堵したのだった。

(2) 百日咳

赤子は特別に大事にされ、四人の幼い姉たちは母親を取られてすねたりした。その夏はすくすくと育った。おじじもおばばも毎日顔を見てあやすことを楽しみとした。秋も終わりになると、年寄りたちは、「寒なったがいね。ねえさん、風邪ひかすまっしゃんな。こんな薄着さしといたら風邪ひくがいね」とうるさく言った。果たして、冬になるとゼロゼロとひっきりなしに咳をするようになった。医者は百日咳だと言った。「外の風を当てまっしゃんな。寒い目にあわせまっしゃんな」と、毎日、おじじとおばばは千寿に言った。後になって考えてみれば、いつも厚着をさせられたために、汗をかいて風邪をひきやすくなったに違いない。ともかく、過保護に育てられて、しょっちゅう風邪をひいたり、腹をこわしたりして、千寿が小児科へおんぶしていった。

二歳の頃、やはり、千寿は息子をおんぶして金沢へ出かけた。列車ダイヤが乱れたので汽車を諦めて森本駅から北陸道を歩いていると、軍隊の兵員輸送トラックがすーっと脇へ停まった。「ねえさん、乗っていくまっし」と若い兵士たちが手を伸ばして、荷台に引っ張り上げてくれた。まだ二〇代の母親にあれこれ話しかけて、兵士たちは里心を満たした。他方、女学校を中退して、まだ世間を見るひまもなく結婚してしまい、立て続けに子供を産むばかりの生活を送ってきた千寿には、様々な人たちと話して世間の風にあたるのは楽しかった。そのころは、国内の駐屯部隊はまだ気持ちの余裕があった。

秋になると、おじじは孫をおぶって柿をもいだり、栗を落としたりした。

(3) 結核の恐怖

辰造には三人の弟がいた。次男・昇次は満鉄に就職してソ連国境に近い駅に勤務していた。三男は夭折、四男・良夫は農学校在学中に肺結核にかかり、四二年の春先、深井家の離れで自宅療養をしていた。辰造は改めて栄養学の勉強をして弟の回復を望んでいたが、同時に小さな四人の子供たちへの感染を心配していた。妻の千寿に良夫の食器を熱湯消毒させたが、母・サヨはそれが気に入らなかった。「良夫を邪魔もんにして」と怒った。

後年二〇〇五年のことだが、潟田村の今昔を記録した本が出版され、哲夫も寄稿した縁があって、その出版記念会に招かれた。その宴会の席で、八〇代後半のシャンとした婦人が哲夫に話しかけてきた。「あなたがあのときの乳飲み子でしたか。あなたは覚えがないでしょうが、わたしは駆け出しの保健婦としてあなたのお宅に出入りしていました。あなたの叔父さんが戦時中に結核の療養をしておられたでしょう。その叔父さんは離れに寝ていらして、わたしはしばしば訪問をしていました。あなたのおばあさんはご自分の息子さんもかわいい、孫のあなたもかわいいというわけで、あなたを抱いたまま叔父さんのそばについている。あなたのおかあさんは一人息子に結核がうつるのではないかとはらはらしておられる。わたしは仕事柄その間に立って調停するという立場で、三人の女が三つ巴になって葛藤したことがありました」。

この良夫叔父は結局、哲夫の物心つく前に亡くなり、哲夫は写真で知るだけだった。三人の女性の年齢は、保健婦さんが一八歳前後、千寿が二八歳、祖母のサヨは五〇代半ばであったはず。哲夫は初めて聞く話であったが、すぐに納得した。

⑷　父の出征

四五年六月の初め、辰造に赤紙の召集令状が来た。

辰造は、松任農学校を卒業し、石川県農業試験場に一年間勤務した後に石川県農業会の技師として、県内の郡ごとに設けられていた農業会事務所を転勤しながら、新しい作物の普及を指導する仕事に就いていた。召集を受けた時は三九歳の働き盛りであった。しかし、兵士としては戦争末期の本土決戦に備えた老兵であった。

出征当日、親戚や近所の人たちがぞろぞろと家の前に集まった。それから、家族と親戚は森本駅まで見送りのために田んぼ道をぞろぞろと歩いて行った。子供たちは紙でできた日の丸の小旗を持たされた。哲夫は同じ村の親戚の広野じいさんの背中におんぶされた。じいさんはおんぶしてから、いざ出発というときに小便所へ入ったため、用を足している間、肩越しに小窓の外の柿の木を眺めていた。これが記憶の初め、四歳になって間もなくであった。

入営中の模様は、辰造が後に次のように回想している。

　四五年六月、私は麦増産共進会を担当していて、これから優秀な個人・団体を選抜して、成績の取りまとめにかかろうとしていた矢先、召集令状を受け取りました。これは至上命令で、是非もない次第でありました。七月一〇日、新潟県の三条市の真宗大谷派三条別院を兵舎とした部隊へ応召しました。

ここで私どもは、鉄道工作隊としての教育を受けました。人数はおよそ一〇〇〜一五〇名ほどであったが、約二〇名ごとの班に分けられました。先ずは軍隊の規律・軍人勅諭から始まって、軌条（レール）敷設の実技の演習が主でした。教官は上等兵と伍長が各一人、応召兵はすべて補充兵で、年はとっていても兵隊は初めての者ばかり、教える方もさぞや骨の折れることであったろうが、兎も角二週間の教育が済んで、別院から三条中学に移されて、講堂に起居していました。

その待機中、七月下旬のある晩、突然講堂のガラス窓越しに、はるか長岡市が焼夷弾による敵機の襲撃を受け、盛んに炎上するのが手にとるように見え、そのすさまじさに戦慄を覚えました。

その後間もなく移動しました。着いたところは直江津から三つほど新潟寄りの駅で降りて、海岸へ向かって一〇分ほど歩いたところの学校で、八千浦（やちほ）国民学校と記憶しています。どこかの部隊に併合されて、大きな部隊になっていました。ここが所定の駐屯地であったように見えました。部隊の内務班が決まって、私は指揮班に編入、陣営具の係になりました。上司に伍長が一人おられました。ここの日常は演習でしたが、それほど忙しそうでもなく、いつかどこかへ連れていかれそうな、不安な日々でした。今にして思えば、この部隊は敵の本土上陸に備えた布石であって、待機中の暇な状態は当然のことであった。

他方、潟田の村では、村のはずれにある小学校の一室に二〇人か三〇人の兵士たちが駐屯するようになった。やはり、戦争末期の本土決戦に備えた老兵たちだったと思われる。放課後子供たちは、兵士たちが校庭で整列したり、点呼したり、分列行進をしたりしている様を物珍しく、遠巻きに見物していた。夕方になると、兵士たちは二列縦隊に並んで、ザクザクと歩調を合わせて、村の真ん中にある共同浴場へやってきた。深井の家の前を通り、一軒置いて隣の産婆さんの一家がこの風呂場管理運営を村の農業会から委託されていて、村中の人たちもここへ入りにきていた。兵士たちは風呂場の前へ来ると、「ぜんたーい、止まれ」という号令で、ぴたりと止まった。そこでまた、「解散」という号令がかかって、ぞろぞろと風呂場ののれんをくぐった。

風呂の後は、各自自由に小学校まで帰ればよいことになっていた。兵士たちにとっては宿営から離れて、村の人々と自由に話のできる唯一のくつろげる時間であった。季節は夏、沿道の家々は勝手口の戸を開けて、兵士たちが三々五々と入り込むのをもてなした。主婦やじいさんばあさんが、「おまさんはどこのお人やいね」と尋ね、ひとしきり話しては帰って行くのであった。深井の家の台所の上がり框は広くて腰掛けるのにちょうどよく、いつもくたびれたカーキ色の軍服を着た兵士たちが三〜四人立ち寄って行った。おじじもおばばも千寿も辰造が同じ境涯であることを思って、いつも茶と茶受けとを出して慰めた。兵士たちも、負け戦を知りつつしぶしぶ軍役に服しているに違いなかった。

子供は少し離れていて、しかし何事も見逃すまい、聞きもらすまいと、兵たちの一挙手一投足をじっと注視していた。「僕、いくつや」と聞かれると、哲夫ははにかんで、四本指を突き出した。

ある日、小学校二年の三女雅子が家へ帰ってから興奮して言った。「今日ね、学校にいる兵隊さんが、腹が痛いってころげまわっていたよ。そして、上官が『しっかりせい』って怒鳴りつけていた。でも、兵隊さんは、『痛い、痛い』って地面の上で転げまわっていた。なんやら盲腸やったんやて」

翌日、その兵士は手当てを受けられないまま死んだというニュースが村中を飛び交った。軍隊そのものが、組織維持能力を欠いていた。そして、このような軍隊に夫や息子を預けている留守家族の主婦たちは、この話を聞いてぞっとした。

(5) 富山の空襲

八月一日の晩、星は降るように輝いていた。突然、ブーン、ブーンという飛行機の編隊が頭上を通過したかと思うと、ドカーン、ドカーンと焼夷弾が遠くで破裂する地響きのような音が聞こえてきた。留守を預かる辰衛門は妻のサヨと嫁の千寿に、子供たちを連れて村はずれの田んぼの中に避難するように申し渡した。千寿は前年の一一月に生まれた赤子の綾子を抱え、子供たちの手を引いて灯火管制のもと、星明りを頼りに夏草を分けて、田んぼ道を村から数百メートル離れた農道の交差点まで歩いた。そこは道幅が少し広くなっていた。サヨがござを敷き、子供たちを寝かせた。辰衛門は土蔵の横で空を見上げて、一人で過ごしていた。先祖から引き継いだ家屋敷が焼けるなら、一緒に死ぬつもりだった。

爆撃機は依然として頭の真上を西から東に向けて、星空の中に赤や青の光を点滅させながらゆっくりと進んでいた。石川県と富山県の県境をなす医王連峰の尾根の上に大きな炎の上半分が赤々と見え、その光で、サヨがかけてくれた布団の模様が見えるようであった。哲夫はサヨの膝を枕に、ちかちかする飛行機の明かりと山の向こうの大きな炎を眺めているうちに眠りに引き込まれていった。その晩、四〇キロかなたの富山市は完全に焼け野原になった。

その直後、金沢市内のある家族が、伝(つて)を頼って、深井家へ疎開してきた。富山が完膚無きまでに焼き払われたのだから、早晩金沢も同じ運命であると、誰もが信じていた。上品な母娘の家族で、娘は学校の先生であった。時々、紙でできたおもちゃをお土産に持ってきてくれたので、哲夫はこのお姉さんが好きであった。

(6) 敗戦

再び辰造の回想の続きである。


そうこうしているうちに、八月一五日、「正午に玉音放送がある」と下士官の誰かが言って、学校の職員室へラジオを聞きに行きました。確かに放送はあったが、電波の妨害らしきものがあって、何もわかりませんでした。しかし、その日のうちに「戦争は負けた。戦争は終わった」といううわさがすぐ流れました。時を移さず、夜から翌日にかけて、敵機数十機がこの付近上空を間断なく乱舞しているようなあわただしさに落ち着きませんでした。後に知ったことですが、直江津に俘虜収容所があったのでした。

私たちはこの先どうすればよいのか、途方に暮れて放心状態でした。浮かぬ気持ちで翌日を迎えました。誰もかれも何も手につかず、考えあぐねていました。二～三日後、誰かが入手した新聞の回し読みによって、終戦の詔書を確かめ、日本がポツダム宣言を受諾したことが分かりました。さらに東久邇内閣の成立を知りましたが、その片隅に、いとも簡潔に今後の施策のかなめになる項目が報道されていました。曰く、住宅政策、食糧政策、土地政策……。もう戦後対策が始動しているではないか。私はやっと我に返りました。

〝そうだ、朝鮮も台湾もなくなった。食糧事情が大変なことになるぞ！　何しろ今までは朝鮮と台湾から一六〇〇万石移入していた。それがなくなる（内地米は五～六〇〇〇万石ほどであったろうか）。どこにもおいそれとその規模の代替が得られるわけがない。一六〇〇万石の増産を得るには莫大な経費と多くの歳月を要するからである。食糧をめぐる社会不安はさまざまな問題を引き起こすだろう。今は不耕作地主も自家保有米として、小作人から直接現物受領を認められているけれども、それが継続されるかどうかは怪しいものだ。すでに二～三年前から、飯米不足の状勢に伴い、小作人の立場が強くなって、地主に収める飯米を最劣等のもみ混じりの米をよこすようになっているではないか。これはどうも飯米くらいは自作しないと安心できないようである。さらにまた、米不足が末永く問題になるとすると、次の代は米作農家であらねばなるまい。そのためには、私が米作を始めないと哲夫が長じて米作農家になり得ない〟（この時辰造は県の農業界に勤務している勤め人であり、父・辰衛門は地主として田の貸し付けと米の供出の管理を仕事にしていた。したがって、自家では耕作をしていなかった）。

追い追いと決心がついてきて、結局私には親譲りの若干の田地があるから、これを基盤に、なりふり構わず泥まみれを厭わぬ気なら、何がどうなろうと何とかしのげよう。はなはだ漠然と、そんな程度の決心でした。

こうして、辰造は八月二八日に帰郷の途についた。

※本書では、主人公およびその親族・師友はプライバシー保護のために仮名とした。同様に、主人公が出生した村とその隣村も仮名とした。

第2節　農地解放

(1) 青田刈り

元帥ダグラス・マッカーサーが率いる占領軍司令部は、四五年八月に開設以来、矢継ぎ早に一連の民主化改革を断行した。日本が再び軍事大国となって、他国侵略の挙に出ることが無いよう、その社会基盤から根本的に改造しようという意欲的な上からの革命であった。軍事強国を支えたものは、農村にあっては地主と小作の制度であり、都市の生産工業においては財閥を中心とする産軍複合体であった。これを解体するために、村では地主の所有権を否定し、小作人に土地を与えて自作農を創出することが行われた。

農地改革の動きは、九月にすでに国際世論が日本民主化の第一歩として指摘しており、幣原内閣は一一月に閣議決定し、一二月には法案が国会を通過して公布された。

地主制度は完全に解体された。小作権のある田畑は、小額の補償と引き換えに、小作人に手渡さなければならなかった。辰造はこれらの動きを見ながら、早速小作人と交渉し、二枚は無償で上げるから、一枚は自作用に返してくれと言った。かつて辰衛門が耕作をやめるとき、一時預けと断って卸したものは快く返してもらえた。都合八反（〇・八ヘクタール）で翌年春から耕作を始めることになった。[注1]

四五年の第一次農地改革は地主の保有限度を五町歩（五ヘクタール）まで認めていたが、翌年六月、占領軍司令部の勧告によって、強制買収が行われ、結局、残りの小作地の権利が実質上無くなった。辰衛門の妹が嫁いでいる親戚の小作人からは、これではなはだお気の毒だからと、返してくれる田が三枚あって、おかげで三五〇〇歩（一・二ヘクタール）の自作農になることに落ち着いた。

県農業会の退職金、千数百円は差し渡し五尺（直径一・五メートル）の肥え桶一本買ったら使い果たした。裏の土蔵と母屋の間に、辰造と千寿が結婚したときに建てた、幅一間の縁側付きの朱塗りの八畳間があったが、これの床・天井・仕切りを一切取り壊して、作業場とした。

四〇歳にして肉体労働に転職した辰造には苦痛が大きかった。今まで、サラリーマンの奥さんとして、子育てだけに専念していた千寿にとっても辛かった。生まれながらの地主の総領であった辰衛門にとっても同じことであった。さらに、孫・子が安泰に暮らせるようにとの一心で先祖が営々と働いて蓄積してくれた美田を自分の代で失い、没落の負い目を負わねばならないという落魄もただならぬものがあった。

自作農の家計は自給自足である。その冬から直ちに副食物が不足した。主食も、戦争末期に自家米保有制限があったので、耕作を始めたころはすでに蓄えが心配になり始めていた。統制下の供出米は一俵二〇円、闇米は五〇〇〇円であるから、おいそれと買うこともできない。

親類に、次の収穫時まで、小豆を貸してくれと頼みに行ったが断られた。

春になると農作業が始まった。田を起こすのに、千田村からサヨの里のあんちゃんが牛を引いて手伝いに来てくれた。田圃への行き帰り、幼い哲夫を牛の背にまたがらせてくれた。それが嬉しいので、哲夫は、朝、田圃へ一緒に行くと、一日中牛が鋤を引くのを眺めていた。

中年になってから突如、肉体労働専業になった辰造には、体力が伴わない。田植えをすれば、しょっちゅう腰を伸ばして立ちあがる。元小作人たちは、急に格上げされて、自作農になって意気揚がり、そのようにぶきっちょにノロノロと農作業をしている旧地主のしぐさをあざ笑った。「かいしょんない、〇〇のうちはまだ田植えが終わらんがいと」。村の一〇軒余りの元地主たちはみな一様にみじめな思いをした。辰造の農学校同期生で、県農業会河北支部の同僚であったAは隣村の有数の地主であったが自殺してしまった。潟田村で最大の地主であったBは、「これが私一人だったら、気が狂って死んだであろうに、皆さん一緒なんであきらめもつく」と言って耐えていた。

辰衛門と辰造は今まで自家用の田を一枚か二枚作っていたが、一〇枚余りの田を自分で耕すことは並大抵の苦労ではない。千寿も学校に通っている娘たちも動員した。辰造は千寿と娘たちを叱りとばした。長女・聡子は金沢第二高等女学校に通っていたが、早退して家を手伝うことが多くなった。

ある日の夕方、辰造と千寿と三人の娘が疲れ切って家に帰り着いたとき、辰造は「今日ようやくここまできた。明日はあそこまでやってもらう」と言い渡した。娘たちは泣き出した。千寿は怒って「明日のことは明日にしなさい。子供たちをねぎらいもせず、命令ばかりして」とたしなめた。

辰造は子供たちの蛋白源に、みそとコナヌカイワシ（粉糠鰯）を大量に作った。コナヌカイワシは、春先の大漁で安値の折に大量に買い込んで、はらわたを出し陰干しして、塩と粉糠に漬け込むのである。春先、家の透かしの板塀に縄を巡らしてそれに大量の鰯をぶら下げて置くと、共同浴場へ行く人々が何事ならんと目を丸くして眺めていった。

野菜は、陽気が暖かくなると自給できるようになった。自家用の畑で、葉菜類、じゃが芋、夏には、なす、キュウリ、さやえんどうが採れた。このころは貨幣経済も崩壊しており、町の人は着物と食糧を交換する買い出しに来ることが多かった。交換するものの尽きた人は農家の人が捨てるくず野菜を拾いに来た。人品いやしからぬ中年の男性が、軍服、ゲートル、リュックの姿で、農家の堆肥置き場をあさった。千寿は時々白菜やキャベツの外側のはっぱを大きくはいで柿の木の根元に置いておいた。

八月ついに米が尽きた。まだ十分実っていないが、柔らかい籾を乾燥させ、摺って食べた。これが自分の手で作った米だ。本当にうまかった。

(2) 子牛騒動

辰造は耕作用の役牛を飼う必要を感じていた。最初の収穫を終えたその冬、かつて自分がたばこの栽培を指導した縁で懇意の人々が多い山間の三谷村へ行った。山の人々は牛や馬を育てて、売ったり、農耕時期に里の農家へ貸したりしていた。ここで子牛を一頭買い、春になったら届けてもらう約束をした。

早春、雪が溶けてから、山の人は子牛をオート三輪に載せて届けに来た。辰造は納屋を整理して、牛が入れるようになるまでの一時の処置として、表の柿の木につないでその場を離れた。届けてくれた人を、農協の方へ案内するために、一緒に出掛けたのであった。

そのうちに村の子供たちが一〇人、二〇人と集まってきた。潟田村では牛馬を飼っている家が一軒もなかった。稲の運搬は河北潟一円の田んぼの間を縦横に走る舟入り川の舟運に頼っていたから、荷車を牛馬に引かせることはなかった。春の鋤起こしの期間だけ、結の仲間で馬を借りていた。だから、村に牛が来たというのは子供たちには見逃すことのできない一大事件であった。子牛の周りに人垣が三〇人、四〇人と増えて、口々に「牛だ、牛だ」と言った。子牛は見ず知らずの村へ連れてこられたばかりか、大勢の人垣に取り囲まれて、だんだん身の危険を感じてきた。ブップッと吐く鼻息が荒くなってきた。縄を引き千切ろうとした。縄はなかなか強い。目を血走らせてうなり声を立てながら柿の木の回りをぐるぐる回りだした。子供たちはびっくりしてわーっと後ずさりしたが、そこに踏みとどまって、また、怖い物見たさに興奮して騒ぎ立てた。子牛はますますいきり立って、地響きを立てて駆け回った。鉄の輪で鼻がちぎれるか、縄が切れるかどちらかしかなかった。

そのうち、ブツッと鈍い音がして縄の方が切れた。子牛は山の人が去った方向に、脱兎のごとくに走り出した。取り囲んでいた子供たちは、ワーッと叫んで雲の子を散らすように逃げた。

この牛は結局、山の人に連れ帰ってもらい、深井家が牛を飼うことはついになかった。

(3) たきぎ取り

冬の農閑期の間、薪を自給するために、やはり三谷村の人に頼んで、ある山のたきぎ取りの権利を買い、四六年早々の寒い間に下枝を刈って、一年分の薪を作った。雪の中、ばんどり（ワラ製の蓑）を着て、辰造、千寿、辰衛門の三人が山へ入った。のこぎりで切り、なたで払い、束ねた。手がかじかんで、足は感覚がなくなった。

一服して、握り飯を開くと、水分が凍みていた。

(4) 祖父の死

その年の秋、稲刈りの手伝いに出かけた辰衛門は腹痛を訴えた。直ちに村の開業医の診察を受けたところ、胃潰瘍と診断された。

冬のそま取りに始まって、一年間の耕作は長男が主とはいえ、ただの手伝いでは済まなかったし、年老いてからの家運の激変は心を痛めつけた。以来、自宅療養に専念し、妻サヨが看病した。病状は急に悪化しなかったが、長引いて、ついに回復しなかった。

翌年、七月半ばになって、「足に浮き（浮腫）が来た。わっしゃ、もう長いことない」といって寝込んだ。確かにもものあたりがむくんでいた。

「これだけの田圃でやっていけようか」と辰衛門はこの家の行く末に思いを残して、顔を曇らせた。

「おじじ、なんも心配いらん。三五〇〇歩はわしらの夫婦が作るに十分、田圃は船便の良いところにかたまっとるし。立派にやっていきますよ。先祖のおかげを喜んでいます」と辰造は言った。辰衛門は安堵の笑みを浮かべた。二度目の収穫が近付いており、農業も軌道に乗りつつあることが、せめてもの慰めであった。

寝込むと数日で意識不明になった。そして、一週間ほどして亡くなった。死期を予期し、その通りに死んで行った。悟りを開いた人のようであった。

翌日、葬式が行われた。絹のけさをかけた坊さんが何人も来てお経をあげた。

森本との中間の田圃の中に、屋根に煙突を一本立てた小屋があり、これが〝もじょうど〟と呼ばれる火葬場であった。板戸を開けて中に入ると、真ん中に土を掘りこんだ窪みがあるだけで、ここにわらや薪をくべて棺ごと焼くのが決まった段取りだった。しかし、後年の焼却炉のように簡単に焼けない。弟の嘉吉じいさんが最後まで残って火を見守った。

次の日、家族と親類が骨拾いに行った。嘉吉は「うら、今朝見に来たら、まだ足が焼けとらんでのう。また、火をおこしたんじゃ」と、薄気味悪いことを言った。

「これがのどぼとけじゃ、これが首の骨じゃ」と大人たちは、特別な感傷も見せずにたんたんと骨を拾っているのが、哲夫には不思議な光景であった。

誰しもが不幸な人生を余儀なくされ、そして多くの若者が不条理な死を遂げ、さらに、社会的混乱が人々の涙を枯れ果てさせた。

晩年の悲痛はあったろうけれども、満六七歳まで生き、人生のほとんどを地主として気ままに暮らしたこの老人は幸せだったたと言ってよい。

第3節　漁業者として生きた初代

(1) 分家

河北潟(かほくがた)は、能登半島の付け根の窪地が内灘砂丘によって日本海から仕切られた汽水湖で、豊かな水産物を供給した。またこの潟に注ぎ込む多数の川は、土砂を運び込んで周辺の浅瀬を増やし、人びとは時代ごとに湖面との間に堤を築いて新田を増やしていった。潟田村も森本川の扇状地に進出して形成された集落である。村から潟に出るには一面稲田が広がる水郷地帯を一キロメートルほど舟で下ればよい。このような潟の水辺の村は、淡水魚やシジミなどが取れて、農業の副業として漁業も大きな比重を占めている。また、山紫水明の水辺は水鳥が豊かで江戸時代には鷹狩りの舞台になり、村を出てすぐの舟入川にかかる高い橋を「鷹匠橋」と呼んでいた。前田の殿様が大勢の供回りを引き連れてきて、鷹狩りを楽しんだそうだ。この橋は稲を満載した舟がくぐれるようにひときわ高くつくってあり、西北は河北潟対岸の内灘砂丘、東南は県境をなす医王山系が一望できる爽快な見晴らしを与えてくれる。

哲夫が小学校へ入った頃、アメリカ軍の占領下、金沢市に駐留する将官たちがサイドカーやジープで乗り付けて、小舟を雇い、水鳥を射撃して遊んでいった。一九五二年からは、朝鮮戦争のために内灘射爆場が設けられ、大砲発射音が対岸の潟田村まで響き、小学校の教室のガラス窓をビリビリと振るわせた。

深井家の初代孫左衛門は、舟入川のへりに掘っ立て小屋を建て、本家からは舟一艘、投網一組、米つき臼と米三升をもらって分家したと伝えられている。日々の漁獲でその日暮らしができる状況であったらしい。したがって村の人口は多く、戦後は二二〇戸余であるのに、その頃は三〇〇戸ほどあったという。しかし、初代は子だくさんでもあり、貧しさに耐えなければならなかった。

図1-1　鷹匠橋から河北潟を望む

イラスト：佐藤和宏

「二代目はナ、三谷村（山合いの村）から嫁さんを貰い、潟で取れた魚を山の方へ売りに行き、山の炭などを潟の向こう岸の根布の浜[注2]へ売りに行って暮らしを立てたんや。二代目・三代目ががんばって金を貯め、それを元手に人夫を雇い、潟の水面を埋め立てて『深井新開』を開いたんや。あるときは、北国街道が森本川を渡る橋の袂に屋台を出して、旅人に酒食を出して小金を稼いだそうや。四代目は地主の息子で、千田町の良家から嫁を貰って良い生活をした。五代目のわしの時代に、農地解放に出会い、先祖が『孫子のために』と蓄えた田圃がのうなって（なくなって）しもうた」

　これが、子どものころに哲夫が父から聞かされた深井家の物語だった。「孫子のために骨身を惜しまずに働いた先祖の恩を忘れるでないぞ」というのが、父・辰造がくりかえし述べた、ほとんど唯一の教訓だった。二代目・三代目の夫婦が健闘して田地を開拓した時期は明治一〇〜二〇年代で、維新政府が殖産興業を声高に叫んでいた時代だった。子ども時代の哲夫の枕元に隙間風よけのために縦横三尺・二曲の屏風が立てられていたが（昔の木造家屋は隙間風がスースー抜けていた）、その屏風の襖紙の破れ目の上には、明治時代の「地券」が何枚も貼り付けてあった。地券の発行者の欄には「石川縣」と印刷され、角型の朱印が押されていた。

(2) 漁業の生活

初代の名前は、一九六六年に東京へ移住するために、辰造と哲夫が潟田村の寺の境内の墓石を始末したときに、かすかに「孫左衛門」という文字で確かめることができた。寺の過去張から辰造が抜書きしたメモと、戸籍の除籍簿をつなぎ合わせて六代にわたる当主の名前は次のようになる。

初代孫左衛門（?〜一八四四）—二代孫左衛門（?〜一八八六）
—孫蔵（?〜一九〇三）—辰衛門（一八八〇〜一九四七）
—辰造（一九〇五〜一九九七）—哲夫（一九四一〜　）

河北潟は戦後、潟の面積の三分の二が埋め立てられて、今は淀んだ川のようになっているが、六〇年ごろまでは、面積二二・五平方キロメートル、山紫水明の美しい湖水であった。湖岸には葭原（よしわら）が広がり、カイツブリが巣をつくってカイカイチュウ、カイカイチュウという鳴き声が切れ目なく聞こえていた。

南縁の潟田村はとくに湖水の漁業が盛んな村だった。郷土史をひもといてみると、内水面漁業の常として、周辺の異業種、あるいは同業の人びととの間にさまざまな争いがあり、生きていくために闘ってきたことが記載されている。おそらく先祖たちも当事者として関与したであろう。江戸時代の事件を転載しておこう。

ア　武士・町人との争い

漁業権を持たない金沢市内の武士・町人が、趣味と実益を兼ねて、河北潟で漁をすることがしばしばあった。漁自体もさりながら、丹精込めた田地を荒らしたり、排水溝や畦を壊すことがたびたびあったので、幾度も藩庁に対して、武士や町人の漁撈を禁止する「御触」を出してもらった。現在、一八一八年、一八三〇年の御触が残っている。

イ　しじみ貝漁の争い

一八三五年、隣村のリーダーたち一五名が連署して、潟田村の者たちが、波除のために植えた真菰（まこも）の付近でシジミ貝を取っているのは困るから禁止してほしい、という訴えが出された。同様の訴えが、対岸の五郎島村からも出された。これに対して潟田村肝煎甚兵衛と組合頭四名が連署で、「潟田では、漁撈もできないほどの貧しい人々が、七〜八艘の舟でシジミ貝をとっているのは、以前からの慣例で、今これを禁止されては、貧窮の人びとの生計を奪うことになるから、従来どおりにさせてほしい」と訴えている。

ウ　銭屋埋め立て事件

一八五一年、銭屋五兵衛（一七七三〜一八五二）が計画した河北潟干拓事業は、二三〇〇町歩の新田を得て、四万八三〇〇石の増収を狙うという大規模なものだった。同年八月に藩から正式に許可が下りたので、工事主任に十村列の文右衛門と新田裁許の嘉兵衛の子九兵衛、人夫頭に理兵衛、小屋の番人に笠舞の忠兵衛、潟田の儀兵衛、大場の伊助が決められた。そして、潟に杭木を打ち込み、これに粗朶（そだ）を投げ込んで、土砂を入れたり、河川の水勢を利用して土砂を流し込む方法が取られ、まず浅野川尻から森下川尻、森下川尻から津幡川尻にかけて、潟縁に沿って埋め立て工事が開始された。

ところが、これに大反対が起こる。まず河北潟沿岸の漁師たちは生業を失うとして騒ぎ出し、これに地元のものを人足に使用しなかったことが銭屋への反感となって加わり、とくに二年以前から埋め立てを行っている潟田では、埋め立て予定地を銭屋に奪われるとして、猛反対して訴訟沙汰になった。

暗夜に乗じて打ち杭を抜いたりする工事妨害が盛んに行われるので、埋め立てはなかなか進まなかった。そのうちに翌一八五二年七月下旬から、潟に死んだ魚が盛んに浮き上がった。これを食べたために死んだものが一〇名も出たり、患うものもあり、金沢では一種の吐瀉（としゃ）病が流行した。

藩では一時潟の漁業を禁止した。こうした死魚が多く生ずるのは、潟水の自然腐敗によるためで、この年以外にもときどき起こっていたが、銭屋と沿岸漁民が対立しているために、銭屋が泥を固めるために石灰や油を入れたのが原因だという噂が流布し始めた。工事責任者の銭屋要蔵（五兵衛の三男）などは、この噂をまき散らしたのは潟田村のものに相違ないと思い込んで

表１－１　潟田村漁獲高の推移

年	漁獲高　貫（ｔ）	価格　円
1909（明治42）	28,713 (10,767)	9,963
1925（大正14）	5,600（2,100）	32,400
1927（昭和2）	22,632（8,487）	22,933
──（中略）	────	────
1955（昭和30）	21,938（8,227）	28,727,000
1958（昭和33）	6,250（2,344）	2,760,000

出所）村史、1960年、276～278頁

しまった。

藩でも捨て置けずに、種々調査した結果、新開小屋の番人、潟田村の儀兵衛が石灰を投入したと白状した。……そんなこんなで政争や藩政の失敗などが絡んで、銭屋に一切の責任を転嫁して、銭屋に過酷な処断が行われた。銭屋は家名断絶・家財没収され、要蔵は磔、五兵衛は獄死、その他もおのおの処断され、連座した一〇名の武士も処断された。

没収された資産総額は三万両（今日の貨幣価値で三〇〇億円ほど）だった。

漁業一本で生計を立てるのは非常に不安定なことだ。年によって豊漁・不漁の波は激しいものがある。記録のある明治以降のデータを垣間見ると、上表のようになる。

おそらく、「漁業一本で」と絵に描いたようには行かなかったであろう。漁期でないときや、農繁期には作男として農家の手伝いもしたろうし、米搗き、薪割り、牛馬の世話もしたであろう。そのときどきの苦闘が思いやられる。

第4節　村の小学校

⑴　外科手術

哲夫六歳の冬一二月、夜中に突然胸が痛いと泣き出した。だんだん痛みがひどくなり、熱がどんどん高くなってきた。胸を見ると、みぞおちの真上がプクンと膨れて赤黒くなっている。母千寿は、ハラハラしながら見守っていたが、夜が明けると同時に農協へ電話をかけに走り、森本駅前のタクシーを呼んだ。タクシーが来ると哲夫を抱いて乗り込み、金沢市内味噌蔵町の外科病院へ駆け込んだ。哲夫にとっては、タクシーに乗るのはこれが初めての経験で、以来病気になると車に乗れると楽しみになった。

脹れた部分の皮膚にメスが入れられ、若干の膿が出された。手術中も「痛い、痛い」と泣きわめいて、医者の手をつかんで振り払おうとした。原因はつかめず、膿を取るために「たこの吸い出し」を塗ったガーゼを切り口に張り、油紙をかぶせて絆創膏で止めた。

それから個室があてがわれ、千寿が付き添って入院することになった。医者は毎朝看護婦一名を従えて回診に現れた。医者の姿をドア口に見た途端、哲夫は泣きわめいた。ともかく医者が触るときはいつも痛くてかなわなかった。手術から二日目に大量の膿が出て、熱が下がった。それから千寿は、毎日回診の時間になると、「泣くがんないぞ」と諭した。気分が良くなったある日、我慢して泣かなかった。医者も千寿もずいぶんと褒めた。その翌日、ドア口に医者を認めるや否やまた泣き声を発てたら、医者はぷいと行ってしまった。千寿は慌てて走っていき、廊下でしきりに謝っているのが部屋の中まで聞こえてきた。そんなことで行ってしまうなんて、えらい大人げない医者だなあと、子供心に客観的に評価していた。

一週間ほどしてから、吸い出しの軟膏を塗ったガーゼに臼歯ほどの大きさの骨のかけらが出てきた。さらに数日してからもう一個出てきた。それ以後徐々に肉が上がり、皮膚がふさがってきた。本人も覚えはないが、転んだか何かで胸骨の一部を骨折し、それが化膿したようであった。そして異物になった骨片は吸い出しの助けを借りて、皮膚の外へ排除されたのであった。結局、正月を挟んで都合一カ月ほど入院した。父辰造は二日に一度ほど様子を見に来た。うちでは三人の姉たちが、三歳になったばかりの綾子の守りをしながら、母の帰りを待っていた。この間哲夫は、母を独り占めしていたわけである。

原因がはっきりせず、思いもかけずに骨のかけらが出てきたので、安静第一にしてベッドの上に寝かせきりにされていた。当時の町医者にはレントゲン装置などはなく、ともかく安静第一だった。その間退屈しのぎに、三年生の姉雅子が使った一、二年生用の教科書を読んでいた。

入院から一カ月後にまたタクシーに乗って退院した。ずっと寝たきりだったので歩けなくなっていた。うちでは、こたつへ入れられ、また大事に寝かされていた。少しずつ歩く練習をしたが、あっちへふらふらこっちへふらふらとはじめのうちは千鳥足であった。ある日、手の平の皮が白っぽくなったと思っているうちに、だんだんはがれて、手袋のような形で一度に一皮めくれてしまった。

三月になって雪が解け、少し外気が温んでから、母とふたりの伯母たちに連れられて、和倉温泉へ行った。この温泉は外傷に良いとかいっていたが、実のところ、姉妹三人は、哲夫を出しにして温泉へ出かけたのだった。

和倉駅から海岸の温泉まで歩いたが、ずいぶん遠く感じた。途中、イソライト工業という大きな工場の脇を通った。当時七輪の生産で有名な耐火煉瓦の工場でずいぶん大きく見えた。温泉宿には二晩ほど泊まったが、毎日三回くらい風呂へ入った。

(2) 入学

その年、一九四八年の四月に哲夫は小学校へ入学した。

村は全体で二三〇戸ほどであったが、八つの班に分かれて常会と称し、戦時中の隣組を維持していた。このころインフレが激しく、商品は少なく、統制品がときどき常会を通して配給された。配給品は、さまざまのものが一つずつアトランダムに混じっており、それらを当番が不公平のないように組み合わせて置き、くじの順で山分けした品物の塊を受け取っていった。三月のある晩の常会に、千寿は哲夫を連れて配給を取りに当番の家へ行った。二〇人余りの各家の代表が、大広間に車座に座り、今回はどんなものが出てくるだろうかと、目を輝かせてざわめいていた。やがて、世話役が、一〇〇個ほどの品物を取り出し、三、四個ずつ組み合わせて、家の数だけの山を作った。ざるや鎌のような道具もあれば、洋服生地や子供服もある。千寿は小学生用の丸襟の学生服があるのを目ざとく見つけた。哲夫に向かって、「あれが欲しいのう」と聞こえよがしにつぶやいた。他の人はその山には手を付けなかった。こうして首尾よく哲夫は学生服を着て学校へ行くことになった。学生服を着ているのは、もう一人、父親が金沢駅に勤めている生徒だけだった。

村の小学校は、各学年一学級で、今度の一年生が一番人数が多く、男二〇人、女一六人であった。担任は江上とも先生で、三〇代も後半のベテランで、辰造の囲碁友達であった江上氏の夫人であった。両家とも元地主から一自作農に変わった「没落地主」であった。

哲夫のすぐ上の姉、雅子は四年生で、担任は若くて乱暴な男の教師・鶴田だった。哲夫は入学して間もなく級長の役をおおせつかり、時々先生の用事で職員室へ報告に行った。朝始業前に職員室へ行くと、鶴田先生が、「おい、深井」とちょっかいをかける。「なんや」と哲夫は答える。もう一度、「おい、深井」「うん、なんや」。江上先生が、「うんでなくて、はいでしょう?」「うん、ほやけど、なんや」。校長以下、爆笑する。哲夫は気にかけることもなく、知らん顔して出てくる。これがしばしば繰り返された。

この鶴田先生は軍隊返りで、安物のカメラを買ってきて生徒たちを撮りまくったり、生徒たちに放課後遅くまで人形劇の練習をさせたり、一途な若者であったが情緒不安定で、激しくしかりつけたりたたいたりするので、担任の生徒たちは萎縮してしまっていた。一年間雅子のクラスを担任した後、よその学校へ転任になり、そこでも嫌われたらしくて、教師を辞め、警察官に転業したそうだ。

同じころ口数の少ない一種瞑想的な若い男の先生がいた。この先生は結局出家して、永平寺へ入ったと聞いた。

一年生の哲夫は、授業中に小便をしたくなったことがあった。ずいぶん我慢をしていたが、我慢しきれなくなって、その場で漏らしてしまった。椅子の下の水たまりが段々板目に沿って広がっていき、最前列の机の前へ顔をだしたところで先生が気付き、ひと騒ぎになった。「ちゃんと言うもんですよ」と、先生は小言を言った。しかし、授業はそのまま続けられ、ぬれたズボンのまま、家へ帰らねばならなかった。当然、会う仲間は、みんな、「てっちゃんは、小便たれたんやて」とはやし立てた。うちへ帰ると、「この子はなんと甲斐性ない」と千寿はしかり、かつ嘆いた。一年生の教室は放課後四年生が掃除することになっていた。哲夫の後始末は雅子がする羽目になった。「かなし（はずかし）かったわあ」と雅子は帰ってから言って、哲夫をしかった。これ以来、しばらくは雅子に頭が上がらなかった。

(3)「この子は勉強で飯が食えるか？」

百姓仕事が辰造の身にこたえ、しかも、年に一度供出米を売って得る統制価格の現金収入はインフレでたちまち目減りするので、多くの人が、河北潟での漁業や、冬の縄やむしろを織る副業に精を出していた。辰造や千寿も、冬の間熱心に働いた。しかしこれで行けるという展望がなかなかつかめず、病気などの不時の出費には千寿を里に走らせて、この次の収穫までと言って、金を借りなければならなかった。何事も思い詰めるたちの辰造は、長男の世代はどのように生計を立てるのかが、不安でたまらなかった。息子が百姓をしなくてもすむ頭を持っているなら、田を売りながら学校へ出してやればよい。しかし、百姓を継ぐしかないなら、田を一枚も減らすことはできない。村ではそういう悩みを話し合う相手もいない。冬のある晩、江上家を訪ねて、「先生。うちの息子は、将来、勉強で飯がくえるやろか」と真剣な顔つきで相談した。「さあ、まだ一年生やし」。先生は困惑の体でかわすしかなかった。辰造は、以来息子に、「お前が、勉強したいと思えば、全財産をつぎ込んで勉強さしてやる。そのかわり、百姓に戻ろうと思うな」と、繰り返し説教するようになる。

しかし、一年坊主には、いささか重すぎる内容であった。それを自分の胸に留めておけないのが辰造の器量の限界であった。

(4) 女友達

三年か四年のころのこと。同級生に若桑という利発な女の子がいた。彼女は珍しく都会的な雰囲気を持ったあか抜けた子で、村の百姓の子にしては美人であったし、着ているものも上等であった。男の子と女の子はへいぜい一緒に遊んだり、親しく話したりはしない。しかし、なんとなく、好みのタイプは意識している。

当時、子供たちは本をめったに買ってもらえなかった。『少年ブック』などの正月号を買ってもらえば、三月ごろまで、後生大事に繰り返し読んで、何ページには何が書いてあるか全部覚えていたし、友達同士貸したりして大事に読んだ。ある日学校で、哲夫が机の引き出しを開けると赤と金色の印刷が燦然と輝く『少女ブック』が中に入っている。分厚い付録もそっくり挟まれたままで、買ったばかりであることがはっきり分かる。びっくりしていったん閉め、周りに誰もいないことを確かめてから、もう一度開いてみた。そして、カバンにしまい、その晩うちで一通り読ませてもらった。川田姉妹[注3]など、少女アイドルの写真や記事がにぎやかだった。翌日、ひそかに彼女の机の中に戻しておいた。名前などは書いてなかったが、彼女以外に考えられなかった。

そんなことが二度ほどあったが、ついに親しく遊んだことはなかった。男の子は中学を済むまでは、モーションをかけられてもボーっとしているのが普通だった。

第5節　潟ぶちの生活

(1)　雷魚釣り・ナマズを逃がす

小学校一、二年のころ、田圃の中で、子どもたちが群れをなしてうろちょろしていたことを思い出す。そのころは化学肥料や農薬はほとんど使われていなかった。田畑を耕せば、必ずミミズが現れ、ヒルは必ず足に食いつき、カエルは簡単に手づかみでとれ、ヘビは野ネズミを丸ごと飲み込んでいるのが目撃される。河北潟の南、潟田の田圃の中には延ばせば一メートルに達する世界でも珍しいミミズがいて、畦の草取りをしていると必ず一匹や二匹は鎌でちょん切ってしまう。

潟ぶちの田は、輸送に船を使うので、舟入り川という、幅二間ほどの用水路が四通八達していた。これは潟に通ずる排水路も兼ねていた。灌漑用の給水路はこれと互い違いに配置されて、森本川の上流から引かれていた。春、田を起こして水を張り、代かきをして田植えをする。その水を張っていると、灌漑の水と共にフナが流れ込んで、田の隅の深みに固まってじたばたしている。これを手づかみで取るのは、子供たちにとってこの上ない痛快事だった。田植えが終わって稲の葉が伸び、新緑の条々が田の水に映えると、ラチ打ち（ラチェット［爪車］を押して土の表面を耕し、稲の分けつを促進する）が始まる。このころ真っ白く首の長い鷺の群れがやって来て、田圃の中にその長い足を立てて、タニシやミミズ、ドジョウをついばむ。

子供たちは堆肥をめくってイトミミズを取り、それを持って行って川のそばに腰を降ろし、釣り針に刺して川岸の藻の隙間に垂らす。たいていはフナが一匹か二匹は釣れる。夏休みになって暑くなると潟へ乗り出し、森本川の河口の浅瀬へ行き、そこをほじってゴカイを取って釣りの餌にする。「ゴカイの方がイトミミズより高級なえさなんや」と口をとがらしてまことしやかに知恵をひけらかす者がいる。この河口は潟へ出てからさらに一キロほど隣村の地先をこいでいかねばならないので、低学年だけでは怖くて行けなかった。しかし、この浅瀬ではシジミが採れたし、ゴリ（ハゼ）が足の指の付け根に入り込んで、「よし、今度こそ足指を締めて捕まえてやろう」という気にさせるのだった。

村の中の舟入り川には雨水や台所の下水が流れ込んでいる。村の中の道路と同じように分岐を巡らして、どの家の裏庭も船着き場になっている。支流の行き止まりはしばしば底泥が水面より高い浅瀬になっている。夏になるとどういうはずみか、その浅瀬に蛙がたくさん集まることがある。大きいのも小さいのもいる。そういう時は大きめの釣り針に太いミミズを指して、蛙の口のところへ垂らしてやる。蛙はかならず食いつく。ミミズの先に糸がついていて、今か今かとひっかけようとしている子どもたちの姿が蛙たちの目にははっきり見えているはずなのに。

「ぎゃっとんなんてだらなもんや」（蛙なんて馬鹿なものだ）と子供たちはしたり顔にいう。釣った蛙は尻の穴に釣り針を通して、後ろから脅かして蛙跳びをさせて遊ぶ。ひとしきり、遊んで飽きると尻から針を外してやり、わしづかみにして元の泥沼の所へ投げ返してやる。蛙は無表情で口先を相変わらず上に向け、蛙の面に水という面魂をしている。

道路を隔てて向かいの兄弟は、哲夫が二年生の時、兄が五年、弟が三年であった。この兄弟は生活力に富む頼もしい兄貴分であった。夏になると、川面に菱の葉がびっしり生い茂るところに雷魚が潜み、時々水面から身を躍らせてバシャンと音を立てる。夏の夕方、兄弟は雷魚釣りの仕掛けに出かけ、いつも哲夫を連れて行ってくれた。手には太い綱の糸でつくった釣り糸を握っている。この五メートルあまりの糸には一メートルほどの枝糸を四本くくり付けてあり、その枝の先に大きめの釣り針がくっついている。雑草が生い茂った川沿いの道を裸足でどんどん歩いていくと、日に一度はぐにゃとしたものを踏ん付けてびくっとする。青大将だ。追っかけられたら大変と振り向くと、蛇は細い舌をちろちろさせながら、何事もなかったような顔をして、悠々と道を横切っていく。潟に近くなると、岸辺に葦がたくさん生え、水面を菱の葉がびっしり覆った水路がある。そこで仕掛けをする。そこらの田圃へ入ってぼんやりしている蛙を捕まえる。四つの針に一匹ずつ尻に針を通した蛙をぶら下げる。これを川を横切って張り渡し、両脇をそれぞれの側の杭に縛り付ける。糸は水面すれすれに張られ、蛙たちがつながれている枝の糸はたるんで直径一メートルほどの範囲を蛙達は泳いだり、菱の葉の上で跳びはねたりする。近くの雷魚たちはちゃぽっ、ちゃぽっと音を立てて水面に顔を出して様子をうかがう。日暮れの薄明りの中を子供たちはそそくさと帰る。仕掛けは夕方、田の草取りを終えた大人たちの舟が引き上げてからでないとできないので、大人たちよりも遅く帰る。

翌朝早く、朝飯前に朝露の中をぶよに食われながら、いそいそと仕掛けの所へ急ぐ。朝も蛇はやはりにょろにょろと動き回っている。仕掛けには雷魚が一匹か二匹は必ずぶら下がっていて、引き揚げようとすると暴れる。時には糸が食いちぎられて針ごと無くなっていることもある。雷魚はでかくて重い。向かいの兄が持ってきたバケツに入れて下げて帰る。さばいた肉は塩漬けにする。

このころはまだ町の人たちの食糧不足は深刻であった。日曜ごとに自転車で村へやってきて釣りをして何ほどかの魚を持ち帰る、趣味と実益を兼ねた釣り人が何人もいた。特別知り合いでもなかったが、初めに菓子折りを持ってきて、いつも深井家の軒先に自転車を預けていく顔なじみもいた。ある初夏の午後、哲夫は友達と二人で潟の方の田んぼ道を徘徊していた。舟入り川の藻の隙間に糸を垂らしているおじさんがいた。おじさんは背中側の田圃にビクを浸けていた。用水路から清水がビクに流れ込んでいる。ガキどもはビクをのぞき込んで、「ありゃー、でっかいナマズやなあ」と感心した。一尺近いナマズが一匹と中くらいのフナが二匹いた。おじさんはちょっと振り向いて、うれしそうにニコッとし、また背中を向けてうずくまっていた。ガキどもはビクの中をよく見ようとゆっくり水の中で傾けた。大ナマズがゆらゆらとビクから出て、田の中ほどに向かってゆったりと泳ぎ去った。二人はびっくりしてビクを元に戻し、その場をそーっと逃げ去り、田圃三枚ほど離れた草陰からどうなることかと見守った。そのうち田圃の上空にトンビが二羽三羽と集まってきた。ピーヒョロロと鳴き、時々急降下してナマズを襲っている。そのうち、おじさんが立ち上がってビクの所へ行き、のぞいている。さあ、気が付いたと、身を堅くし、浮足立ちながら、それでもじっと成り行きを見守っていた。おじさんは畦の上を行ったり来たりうろうろしている。しかし、田んぼの中へ入っていく元気はない。いまいましそうに右へ行ったり左へ行ったりしていたが、そのうちあきらめた気配だ。舌打ちしながら元の釣り場へ戻って行った。ナマズはもうあらかた骨だけになっていたであろう。子どもは抜き足差し足で逃げ帰った。

(2)　たにしとり・どうじょうすくい

盆のころには舟で潟に乗り出し、菱の大群落へ行く。水面いっぱいに可愛い葉っぱが広がり、薄紫の可憐な花が茎ごとに咲いている。舟を群落の間へ乗り入れ、手当たり次第に菱の茎をつかんで引っ張りあげ、葉の下の菱の実をもぎ取って、草は水面に返す。熟した実ははちきれんばかりにふくらんで、実の根元が細まり、触ったとたんにポロリと落ちる。茎を引き上げるとき舟端（ふなばた）にこすれて、一番うまそうなのがポロリと水の中へ落ちていく。取ったやつをそのまま食べると、渋いけど腹の足しになる。うちへ帰って母に茹でてもらうと、栗と同じ味がしていくつ食べてもきりがない。

春先、潟ぶちの葦が生い茂っている間に、ヨシキリがしきりに鳴いて巣を作る。ヒバリやカイツブリも卵を産む。子どもたちは舟を葦の群生に近づけ、すねまで水に浸かりながら卵を盗みに行く。取った卵を舟に帰ってコツコツと穴をあけ、チュッと吸う。あるとき哲夫はかなり大きい、おそらくカイツブリと思われる卵を手に入れた。吸おうとして穴を明けたが中味が出てこない。もう少し割ってみると、ぬるぬるとしたなかに頭も手足も形ができた黒いかたまりがうごめいている。「うわっ、気持ち悪い」とびっくりしてほうりなげ、それをなめた口の中のぬめぬめを、ぺっぺっと唾を吐いた。

春先にはまた、田に水を張る前、どうかするとタニシが固まって取れることがある。あるとき友達が「タニシがいっぱいおるぞー」と呼びにきた。バケツを持って潟ぶちの田圃へ行くとすでにバケツを持って二~三人集まっている。田の一番下手の排水口の所を掘っていくと、掘っても掘っても下からタニシがでてくる。一メートル近い深さまでタニシの塊がぎっしり詰まっている。田から水が落ちるとき、タニシは水のあるところへじょじょに移動して、ついに最後の一滴が落ちる地点に全員集合したのであろう。バケツに三杯ほど取り、山分けしてみんな家へ持って帰った。これも塩ゆでにして子供のおやつになった。

夏にはざるを持って浅い用水路でドジョウをすくった。膝ほどの深さの川へ入り、藻の陰の底にへばりついているどじょうをざるに追い込む。藻の形を見てどのあたりにいるかを見当つけるのが鍵だ。流れの中よりもよどみの方がよい。たまにはドジョウと一緒に小さいフナが入ることもある。

冬には、鉄製のわくに網の袋を張った〝たも〟を使って雑魚を取った。舟入り川の底のヘドロをすくいあげて泥やごみを少しずつかき分けると、ヘドロの中で冬眠していたフナなどが白いうろこをキラキラさせる。

(3) キャッチボール・小屋作り

隣の家の内山君は同級生でよく遊んだ。小学校二年の時、二人とも緑色の布製で手の平の真ん中だけに茶色の革が張ってあるグローブを買ってもらい、暇さえあればキャッチボールをした。ボールは時々どぶに落ちたが、ゴロで投げればすぐ水気はなくなった。

内山家には大きな居間があって、分厚い床板を根駄の上に並べただけでくぎ付けしてなかった（その頃は、将来畳を入れることのできる設計にしておいて、床板のまま人の座るところにだけござを布いて生活している家が多かった）。板は反って、子供が走ったりすると、がたがた音を立てた。ある日、半日中その家の中で二人で走り回った。うちへ帰ると、よそのうちであんなに走り回るもんじゃないと、こっぴどくしかられ、それからはその家へ上がらなくなった。

向かいの兄弟は、あるとき近所の子供たち一〇人ほどを集めて、木の上に二畳敷きほどの広さの小屋を作り出した。深井家の敷地の中の栗の木と土蔵の壁の出っ張りに梁を渡し、外の二本の柱や梁、床は各家の納屋から持ち寄った。この時代はどの家も雪囲いやわら小屋を作れる程度の材木を蓄えていた。兄弟は縄で結わえながら上手に高い床をまとめ上げた。できてからみんなで高い舞台に上ってはしゃいでいた。辰造がこれを見つけ、「こらーっ、そんな危ないこと、やめろーっ」と怒鳴ったために、子供たちはしぶしぶ取り壊した。

(4) イクサ

隣村の子供たちとはかたき同士であった。南隣の村の叔母さんのうちへ使いに行くのは怖かった。その村へ入っていくときは胸がどきどきした。そして間の悪いことに、いつも二、三人の年かさの子供が路上で遊んでいるのに出くわした。「ありゃ潟田のもんやないかい」と言い交わしてじろじろ見る。目が合ってとっ捕まったら大変だ。横を向いて何食わぬ顔して通り過ぎる。帰りは違う道を選んでそっと通り抜ける。

学校の運動場で大勢が野球などをしているときに、突然、「おーい、イクサやぞー」と息せききって知らせに来る者がいる。すわ一大事と、どこから湧いたか、男の子も女の子も、そこらの棒きれをひっつかんで、みんな村はずれの道へ走る。敵陣にも陸続とガキどもが増えている。そこそこ両方の勢力がまとまってくると、悪罵の大合唱が始まる。一生のうちで、あれほど真剣で、腹の底から力いっぱい声を振り絞った経験はこの時をおいてほかにはない。両陣営はそれぞれ一〇〇人近くにはなっていただろう。一時間ほどののしったり棒切れを振り回して威嚇したりしているうちに、だんだんボルテージが上がってくる。同時に敵味方の間が詰まってくる。すると足元の小砂利をひとつかみひっつかんで敵の先頭の奴に向かって投げつける、向こうからも飛んでくる。投げるときは集団から駆け出して、投げたらすぐに集団に逃げ帰り、その応酬を繰り返す。

初めのうちは、当たってもそれほど痛くない小砂利だったが、だんだんエスカレートしてきて小石をつかむようになる。初めは先頭の奴めがけてそっと投げるが、だんだん力いっぱい集団のど真ん中めがけて投げつける。危うく首を引っ込めて避けた小石が耳元をピュッと鋭くうなってかすめて行く。尻の穴の筋肉がずんとむず痒く縮む。これほど身の危険を味わったことはなかった。

そのうち、誰かに当たって、小さい子供が泣き出す。するとだんだん士気が冷めて来て、一人二人帰りだす。そして自然解散になる。ある時は、向こうの子供が、その家の乳牛を引っ張って来て威嚇した。潟田の子どもたちは、ワーッとクモの子を散らすように逃げてしまった。潟田村には牛を飼っている家が一軒もなかった。牛を引いてきた子はにんまりした。勝負あった。

第6節　農家の子供

(1) 田植え・じゃがいも

三月、雪が溶けて日差しが暖かくなると春の到来である。朝田圃へ出て、身をかがめてあぜの表面を見ると、かすかにかげろうがゆらゆらと立ちのぼっている。とうちゃんたちは四つ刃鍬を肩にかけ、あぜぬりに出かける。鍬を力一杯足元に振り下ろしながら足にはぶつけない大人たちの仕草に、子供たちは偉大なものを感じる。

子供たちは株踏みをやらされる。わらじを履き、株踏み刃を手に下げてたんぼへ出かける。刃は足の裏に当てて使う平たい鉄板に垂直下向きに溶接されていて、そのエッジは包丁のように研いである。たんぼへ着いたらあぜに腰掛け、足は水の無いたんぼに降ろして平たい鉄板の四隅にくっついている金具にひもを引っかけながら交叉して、わらじの足の裏にぴったりとくっつける。こうして立ち上がり、碁盤目に並んだ枯れた切り株の真上から足をふりおろして、地面の下にまで根を張っている株を真二つに割りながら千鳥に歩く。帰りはまた千鳥に引き返しながら一つおきに株の上を歩いて戻る。これは馬ですきおこしたときに、前年の切り株が塊になって代掻(しろかき)の邪魔になるのを、あらかじめ砕いておくためである。子供は無心に行ったり来たり往復作業をする。体重の軽い小学低学年にはかなりの重労働である。ひとりぽつんとたんぼの中でさくさく音を起てていると、時々無性に孤独感に襲われる。周囲に人影がなく、話し声もしない。刃の研ぎが悪くて、サクサクと行かないのに太陽が山陰に沈んでだんだん暗くなっていくと心細くなる。運悪く暗くなってうちへ帰り着くと、母親が心配して待っており、「おお、帰ったか、帰ったか、ご苦労やったなぁ」と声をかけてくれる。とたんに偉くなったように、何のこれしき、と胸を張って満足感を味わった。

哲夫が四年に進級するときには、農協が耕うん機を購入し、委託耕うんをするようになり、この仕事はなくなった。耕うん機はたくさんの羽根で細かく砕いていくので、子供の足による株踏みの必要が無くなったのだ。

図1-2　株踏み

イラスト：佐藤和宏

耕うん機が初めて村で使われだし、農協専属の若者が運転し、バタバタバタバタと景気の良い音を立てながらどんどん耕して行くのは大人にも子供にも驚きであった。子供たちは田のあぜにたむろして、若い衆があぜの手前で、取っ手を引っ張りながら一八〇度向きを変えるしぐさのかっこよさに見とれていた。初めて間近に見た日の日記に哲夫はその素晴らしさを書いた。大人たちが耕うん機と呼ぶのを、かれの頭の中では大きな音を立てるから、コウフンキだろうと早合点して、国語辞書を引き「興奮機」と難しい文字で書き表した。

先生はびっくりしたに違いない。

春、畑ではジャガイモを作った。親たちが耕して畝を作り、水をやり、下肥をやり、さらに薄く泥をかぶせた畝の溝に、芽が出かかった種芋を二つか三つに切って、切り口を下にして伏せていく。これを伏せるのが子供の楽しみである。これが終わると親たちが平鍬を使って薄く泥で覆う。その上にまたわらを敷いて、肥しや水をかける。一週間ほどしたら青い芽が出てくる。それが終わったら本命の稲作の第一歩たる苗代つくりが始まる。

苗代は村の近くの、足の便が良いところで、一〇〇歩（三三〇平方メートル）ほどのたんぼに五つほどの畝を作って種をまく。四月に種まきをし、五月には田植えをした。このころはまだ農林一号が主体であったように思う。

田植えにはそれぞれの家が伝を頼って二、三人の手伝いの人に来てもらっていた。この人たちは早乙女と呼ばれたが、深井家に来ていたのは三谷の山の方の女性たちだった。短期に集中するので、毎年来てもらうためには良いもてなしをして、母千寿はおやつにおはぎを作って運んだ。午前や午後のおやつの時間（「小昼」といった）には、道端の草むらに車座になって一緒に食べるのが子供たちの楽しみだった。子供たちも大人たちも手についた泥をたんぼの中のたまり水でぴちゃぴちゃと落として、その手でおはぎをつかんだ。しばらく前に下肥えをまいたばかりの手なのに。

哲夫は三年の時から田植えに参加した。脚絆を着けていても、水に入るとヒルが吸いつく。父・辰造が、代かきした田に〝転がし〟をかけて田の面に碁盤目の印を着け、その交点に苗を植えていく。大人は横一列に並んで、五列ほどを受け持ち、手を休めることなくさっさと進んでいく。哲夫は田の端の三列を与えられて見様見真似で植える。左の手の平の中で三本ずつ繰り出して行かなきゃいけないのに、左手は左膝の上に載せてつっかいぼうにしているから、繰り出すどころでなく、右手で五、六本適当にひっつかんで植える。腰が痛いのでしょっちゅう立ち上がる。母千寿は三分の一くらいのスピードでしか進まない息子を遠くから見て不審に思う。やっとこさ向こう側のあぜにたどりついたところで母は出来具合を見に来た。なんと、どの株も大きすぎる。「あ～あ、なんしとるがいの」と母は嘆き、全部抜いては植え替えた。この日父母は、この甲斐性なしの長男が将来百姓の跡取りとしてやっていけるのだろうか、と暗澹たる気持ちになり、ただでさえ、体が疲れているのに、気持ちまでぐったりしてしまった。

図 1-3　転がし

イラスト：佐藤和宏

(2)　ナス・キュウリ・ササゲ

初夏にナス、キュウリ、ササゲ（大角豆）、インゲンを植えて、毎朝水をやりに行くのが子供たちの仕事であった。神明様という地名が付いた畑は用水路から一〇〇メートルほど向こうにあった。下肥えを入れる木の桶一つと天秤棒、ひしゃくを持って行き、用水路から桶の半分ほど水をくみ上げ、それを天びん棒の片方にかけて、もう片方は長く余し、さらに手で押さえてよたよた歩きながら畑にたどり着く。ひしゃくで一畝の半分くらいかけると空になる。またくみに行く。これを繰り返す。梅雨が終わってかんかん照りの季節になると夕方にも水をやりに行く。夏休みの間は朝涼しいうちに〝いこ〟（竹ひごで編んだ小ぶりのかご）を腰に下げ、その中に、父が若いときに生け花を習ったときに使った剪定鋏を入れ、朝露に濡れた雑草を踏んで行く。ぶよは遠慮なく血を吸う。「このやろう」とたたきつぶす。

ナスやキュウリは大きくなったのを左手で引き出し、柄をハサミでぽちんと切る。さや豆の類もその日その日に適量を摘み取る。いこにほぼいっぱいになったところで満足して帰る。ある日、金沢市内に住むシベリア抑留帰りの叔父が来て夕方帰りしなに、「哲夫、畑へつれてってくれんか」「うん」と言って、一緒に神明様の畑へ行く。叔父さんはキュウリをもいで生のままぱりぱりとかぶりつき、「うん、うまいうまい」と、悦に入っている。キュウリを二、三本食べ終えてから、ナスをもいでそのまま洗いもせずにポリポリ食べる。よほど新鮮な野菜に飢えていたのであろう。

(3)　稲刈り

秋の稲刈りはまた大変だった。春の田植え時と秋の稲刈り時には、農繁期休暇と称して各一週間学校が休みになり、子供たちは当然手伝いをすることになっていた。何しろ村の中で田圃を作っていない家は、二カ所のお寺と佃煮工場を経営している二軒くらいしかなかった。小さい子供たちには〝はさ〟（稲架）に束ねた稲を振り分けにかける時、地べたに置いた束を二又に振り分けて差し出す仕事が待っている。刈り終えたのを束ねる縄をそろえるのも子供の役目であった。なにしろ稲刈りは刈って束ねた後はことごとく運搬作業だから猫の手を借りたいほどであり、人手は多いほどよかった。最盛期にはやはり山の方の人手を頼んだ。

哲夫は三年の秋に初めて鎌を持たせてもらったが、姉の明子が中学生の時に左手小指の関節一つをもうちょっとで切り落とすほどの怪我をしたので、親も警戒してあまりやらせなかった。四年になって、手も大きくなり三株ほど握れるようになったので、親は新しい鎌を買い与えて田の隅のまっすぐ刈れない所を少しずつ刈らせた。相変わらず腰が痛くて立ってばかりいたから、はかばかしくはなかった。半日ほど順調にやっていたが、疲れて握力が無くなり、はずみですぱっと切ってしまった。左手

図1-4　稲架（はさ）

図1-5　わらにお

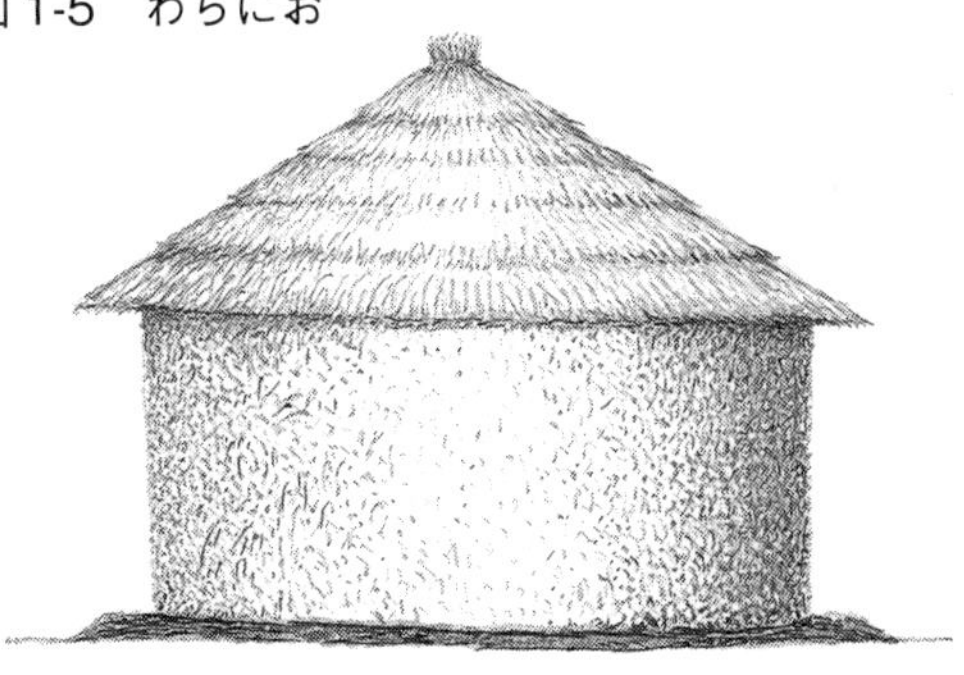

イラスト：佐藤和宏

小指の先端二ミリほどを円形に切り詰めてしまい、その切れ端は無くなった。血がどんどん出てなかなか止まらなかった。指の根元をわらできつく締め、船の中に座って休んだ。仕事はそれきりしなかったが、帰りは皆を船に乗せて竿をさして帰った。

乾燥した稲を〝はさ〟から外して投げおろしたり、束ねた稲を船の中の父親に向けて投げ込むのも子供たちの役目であった。わらの粉は体中のすきまに入り込んでちくちくし、〝はしかい〟（かゆい）思いを秋の間中味わった。取り入れると脱穀、もみすり、俵に詰めての出荷の手伝いが続いた。晩手（おくて）の稲やもち米の処理をすますと大かた一一月も終わりに近かった。

そのころには庭の柿の木に色づいた実がたわわに実り、その下に子供たちみんなで積み上げた大きな〝わらにお〟が出来上がっていた。

(4) さんだわら

冬の間はわら仕事に忙しかった。米を供出（農協を通じて秋の収穫時に売るための出荷作業）するための梱包形態は、正味六〇キログラム（四斗）の俵詰めである。その梱包材は一〇〇％藁を素材とする俵、桟俵、縄でできているという、実に合理的な自給自足の経済であった。それらのわら製品は雪に閉ざされた冬の間、家にこもってじっくりと作るべきものであった。

俵を作るには、はじめに藁をすぐる。つまり、手でしごいて葉（わらしべ）をかき落とし、芯のしっかりした茎だけにし、これを材料とする。除いたしべは、五右衛門風呂の燃料にしたり、便所で尻をふいたりするのに使う。もっとも、便所の方は、だんだん新聞紙にその地位を取って代わられた。俵を編むのは、振り分けの細い縄で藁をひとつかみずつすだれのように編んでいく。これは閉めるときの力の入れ加減が一定していて、出来上がったときに一様で平らなものでなければ商品の梱包材として使えないので、大人の仕事と決まっている。
俵を締め付けるための荒縄も、まずわらしべをすぐり落とし、芯の藁を柄の短い杵で叩いて柔らかくし、それに藁を数本ずつつがえながら、よりをかけて縄をなって作る。昔は藁打ちも縄ないも手で行っていた。とりわけ、縄ないは若衆宿に寄り集まって冬の夜長のおしゃべりを楽しみながら行ったらしいが、戦後はじょじょに屋内作業の電化が進んで、わら打ち機も縄ない機もベルト掛けの機械で能率良くやるのが普及していた。縄ない機は巻き取り胴が一分間に一〇〇回転くらいのスピードで回り、これが扇風機のように風をおこして冬の作業者の体を冷えさせ、かつ、わらくずを部屋中に浮遊させた。今考えれば、作業環境としては著しく不健康な状態であった。この仕事もだいたい母や姉がやっていた。縄は自家用だけではなくて、プラスチックがなかった当時の社会の梱包材料としてそれ単独でも商品として売れたから、機械化はささやかな、農家の商品経済化でもあった。

図 1-6　米俵（両端に取り付けるのがと桟俵）

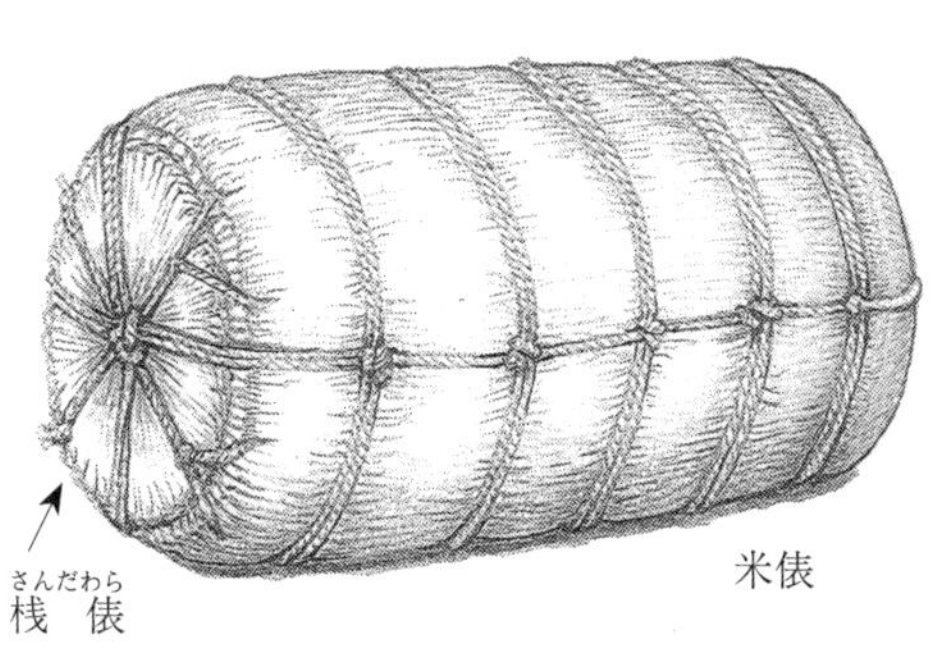

イラスト：佐藤和宏

同様に、足踏みで飛び杼を左右に走らせて平織りするわらむしろ織り機も買い、これも梱包材料用の商品として売っていた。

子供の仕事は、俵に米を詰めるさい両端の押さえに使う桟俵を編むことだった。直径一尺ほどの石臼の上に縦横にすぐった藁を敷き、その周辺を、石臼のふちに合わせて円形に編んでいく。両足で藁を押さえながら、腰を折って足元の藁を織り込んでいくのだから、頭は逆立ちしていなければならず、体の柔らかい子供に適した仕事である。親が俵を編んでいる横でさかだちして、さんだわらを五、六枚積み上げ、「よくやった」とほめられると、自分も役立っているとの思いに誇らしい自信がわいた。

冬の藁工品には、わらじもあった。これもだいたい年寄りの仕事で、冬の間にたくさん作っておいて、畦ぬりなどの野良仕事に使った。

冬はまた、大人たちが寄り合いをして、農業経営を相談する時期でもあった。父辰造は三カ村農業用水共同組合の理事や理事長を長く勤めた。哲夫が小学校の三、四年であった一九五〇、五一年ころは、自作農政策が定着し、農業の上昇期であった。耕耘機や新式の脱穀・もみすり・精米・餅つき機が導入され、化学肥料が普及しつつあった。しかし、未だ田植えと稲刈りは人手でなければできないという確固たる信念があり、百姓は五〇歳を過ぎれば必ず腰の曲がるきつい肉体労働であった。除草剤が使われて、真夏の腰の痛い仕事、田の草取りが必要なくなるのはもう少し先の話であった。

この時期、農協や土地改良区が熱心に進めたのは交換分合と耕地整理であった。前者は、あちこちに散在している田圃を家ごとに集約した方が合理的だというので、互いに耕地を交換しながら一カ所に集めようという運動で、小学校の子供たちもポスターを描いて村中に張り出した。しかし、みんなが村に近いところに集めたがるので、この運動はほとんど実を結ばなかった。おそらく、この掛け声は、現実を知らない農林省のお役人の机上のプランだったのであろう。耕地整理の方は大々的に実施された。どの田も二五〇歩（八二五平方メートル）の碁盤目に区切られ、農道と用水路と排水路が整然と導かれた。この仕事は見事に完遂され、しかも役所も得をした。というのは、整理前のたんぼの登記歩数は税金逃れのために、歴史的に過小評価されていた。そうして、整理後再分配してみると、耕地の表記面積は増え、売却して事業費用に充てることができたのである。そして、以後、税金の対象面積が増えた。今様検地が成功したと言えよう。

日本の農業就業人口が四五％を占め、朝鮮戦争が始まって工業セクターが息を吹き返す直前の、農村がもっとも活気に満ちていた時期であった。

注

注1　田一枚の標準的面積は二五〇歩。一反は三〇〇歩。一〇反は約一ヘクタール

注2　内灘村大根布＝日本海の漁業と西瓜・サツマイモの名産地

注3　川田孝子・姉正子、妹美智子の三姉妹で、当時童謡歌手としてラジオやレコードの人気者だった

第2章　大学進学

第1節　高校生活と矢内原講演

(1) 高校生活

金沢市の東に連なる卯辰山連峰が北に迫りだす突端の岡の上に金沢桜丘高校がある。この学校は市内にある三つの県立普通科高校のうち、三流ということになっていた。哲夫は一九五七年春、この高校に入学し、バス通学していた。もっとも隣村までバスが通うようになったのは高校二年の秋で、それまでは、森本駅まで徒歩か自転車で行って、そこからバスに乗っていた。

田舎では文化のレベルが三段階に認識されていた。東京がなんといっても中心だった。そして、中学の修学旅行で東京へ行ったとき、それが一生に一度の東京経験だと思っていた。その次のレベルが金沢の町だった。そこには映画館があり、大きな書店が三軒あり、アメリカ文化センターや、アメリカやカナダからの宣教師がいる各派の教会があった。もちろん兼六園や、金沢城の敷地を利用した金沢大学があった。そして、第三レベルが自分の村と親戚のいる近隣の農村地帯である。農村地帯では言葉も古い北前船時代の関西言葉が残っていて、明治以降の標準語に一歩近づいていた金沢市内の言葉とは違っていた。

中学校は森本駅の近くにあったが、高校は金沢市内電車の終点の近くにあった。哲夫はしばしば市電に乗って中心部の書店をのぞき、アメリカ文化センターにある珍しいものを物色して好奇心を満たしていた。また、『西部戦線異状なし』などの外国映画の脚本を買って勉強し、映画館で粘って二度見るなどということもした。高校のクリスチャンの英語の先生が、ESS（English Speaking Society）というクラブ活動を組織し、アメリカやカナダから来た宣教師に英会話を習った。宣教師は当然生徒たちを教会に招いたので、哲夫も日曜日にいくつかの教会をのぞいてみた。夏休みの夜におよそ一カ月間、毎晩金沢大学の先生たちがドイツ語やフランス語の入門講座を開いていたので、高校二年の夏にドイツ語入門講座を受講した。夜六時から一〇時までの講義で、終わるとお堀端の道を歩いて姉の家に行き、夕食を出してもらい、泊めてもらった。

金沢市内の高校へ通うということが一気に世界の文化に触れる機会を提供してくれて、心をわくわくさせてくれた。

(2) 矢内原がまとう「東大ブランド」

一九五八年、哲夫が高校二年の一〇月三一日の夜に、金沢市内のミッションスクール北陸学院の栄光館という講堂のこけら落としを記念して、矢内原忠雄の伝道講演会が催された。矢内原は戦後東大に復帰して、五一年から五七年まで東大総長を務め、退任後は各地へ伝道活動に出かけていた。北陸学院での講演は東大総長退任の翌年に行われたことになる。

矢内原がこの世の勤めを終えて、キリスト教伝道に専念した意図には権威を誇示するといった意図はなかったであろう。しかし、世間は東大を純粋な真理探求の場と見るよりは、出世の門と見ているといった方がよいであろう。欧米市民社会では、歴史の古い学問の府の多くは宗教的真理探求のために設立されており、権力機構に対してはどちらかといえば批判的立場に立ってきた。他方、日本における〝学問の府〟は、明治維新政府の近代化政策の一環として設立され、政府の官僚機構で働く人材を育成してきた。敗戦を経て変わったと言えるのは工学部内の限られた学科だけで、第二工学部の名を変えて生産技術研究所に変えたくらいである。名は変えても学問の中身は変わっていない。戦後も東大を頂点とする国立大学出身者が、上級職公務員試験を経て官僚機構の要職を占める構造は継続されている。

矢内原の自意識に関係なく、前年まで東大の総長だったという肩書が権力への近道を意識させる。その晩の聴衆は二〇〇人を下らなかった。だが、純粋に矢内原の伝道を神の国の福音と受け止めた人は少なかったであろう。講演内容は「人生の選択」で、パスカルの賭けを引用して、「神ありとして信仰の生涯を送るものは幸せを得る」という内容であった。

この伝道講演会を催すについては、金沢市内の無教会キリスト教信者たちが熱心に働いた。その中の一人が哲夫の学校の社会科教師角山小太郎であった。以後哲夫はこの先生が自宅で開催している無教会主義キリスト教の日曜集会に通うようになった。主たるメンバーは同じ高校から金沢大学に進学した学生たちであった。また、この講演会を機に矢内原が発行する伝道誌『嘉信(かしん)』の定期購読を申し込んだ。哲夫の両親は、毎日曜に受験勉強をほったらかしていることを心配して、やめさせようと説教をした。哲夫は、「矢内原先生は東大総長にまでなった人、角山先生は京都大学出身者である。宗教的精神を身に着けることは、世俗の勉学にもエネルギーを与えて、受験勉強にも影の効果を発揮する」と勝手な功利説を唱えて、東大ブランドと京大ブランドをひけらかした。両親も黙らざるをえなかった。

第2節　大学受験

前日のみぞれがあがって、その朝は日光がまばゆかった。哲夫は試験を受ける緊張よりは、中学の修学旅行以来二度目の東京行きが嬉しかった。高校の間はずっと足駄かゴム長を靴下なしで履いていたが、数日前、姉・明子が、見かねてビニールの短靴を買ってくれた。「ちゃんと靴下を履くがやぞ」と言った。

朝七時半に、村の公民館わきの停留場でバスに乗った。金沢駅まで見送りの母が一緒だった。このバスは通学で毎日乗っている国鉄バスで、いつもは鳴和町で降りて高校の坂を登っているが、この時は終点の金沢駅まで乗っていけばよい。

金沢駅は今とは違って木造の駅舎で、その前が舗装のないだだっ広いバスのたまり場だった。そこここに水たまりができたぬかるみに降りて駅舎へ入った。この日、一緒に東京へ行く瀬川母娘と、見送りの義兄・蓮田英一もまもなく到着した。一同そろってから一緒に改札口に向かった。

九時ちょうどに金沢駅を発車した急行「白山」は一一時間かけて上野へ着いた。投宿先は、瀬川母娘が予約した大森の特定郵便局簡易宿舎の一室で、その部屋に一緒に泊めてもらった。瀬川家は金沢市内の森下町で特定郵便局を営んでおり、それでこの宿舎を予約し、女子大を受験する娘のために母親が付き添って上京したのだった。当時はビジネスホテルなどが普及しておらず、企業や役所が地方から出張して来る従業員用の宿舎を自前で東京に設けていた。このとき、母娘が泊まる部屋に男の子が一週間余り同宿したのだった。

　哲夫にはそれなりの自信があったが、まわりの誰もが期待していない分、気楽でもあった。上京したのは三月一日。試験は三月三日に一次試験があり、二次試験が終わったのは一〇日だった。一一日にまた汽車に乗ってうちへ帰った。二一日の合格発表まで、一〇日間、こたつへ入って息をひそめて結果を待った。外は相変わらずみぞれの日が続いた。たまに晴れると苗代の準備を手伝った。不安は哲夫自身より両親の方が強かった。哲夫は自分のことだから、従容として結果を受け入れればよい。しかし、親は自分の手で手伝うこともできず、ただ祈るほかなかった。

　二二日の午前二時ごろ、哲夫は短波放送で合格を知った。母・千寿はすぐ起き出して、もち米と小豆を水に浸して赤飯の準備をした。結局両親はその晩は眠らなかった。

　三月二二日未明、哲夫が七時ごろ目を覚ますと、赤飯はもう蒸しあがっていた。「はよう食べて世話になった先生や親戚のうちへ持っていくまっし」と千寿はせかした。重箱は文字通り五段の重ねでまだ湯気の立っているのを千寿は重に詰めた。

　ある家では年寄りが出てきた。「ほーかほか、運がよかったねー」と上目遣いに言った。「いつ東京へ行くがや？　……東京ってところはおとろしとこ（恐ろしいところ）やぞ。気い付けんなんぞ。若いもんが一人で東京へ出ると碌なことがない。よう身を持ち崩すもんや。昔からよういうこっちゃ。飲む・打つ・買うちゅうてな。あんたも手ー出だしたらいかんぞ……。なに、飲む・打つ・買うを知らん？　ほんなら、教えてやるわいね。あんたら、若いもんは必ず身を持ち崩すに決まっとるからな」と延々とお説教を続けた。それが一段落すると、「あんた、今になんになるがや？　学校の先生か、医者か。昔から、医者と先生と警察ほど世間知らずなおぼこいもんはおらん。世間は面と向かってはペコペコしてるけど、後ろ向いて舌出してることを知らんのじゃ。大学なんか出たもんに碌なもんはおらん」「今はまだ何になるか分からんのです。教養学部で二年間勉強して、専門が決まるのはそれからなんです」などと言うが、話は全然かみ合わない。陰気で押し付けるようなしわがれ声のお説教がいつ終わるのか見当がつかない。小一時間おとなしく聞いた。

息子を東京の学校へ送り出すに際して、両親は文京区竹早町にできたばかりの石川県学生寮が一番安心と考えた。そこで、申込書を提出する傍ら、隣村出身の県会議員の武田に頼みに行った。辰造もこういう振る舞いが身に沁み込んでいる村社会の一員だった。戦前県農業会に勤めていた辰造は、公共的な組織から利益を得るには、何事も有力者のコネに頼る必要があるという意識が強かった。「こんな余計なことをして」と哲夫は思ったが、ともかく無事に石川県学生寮に入ることができた。何カ月かしたある日、夕方、寮の自室で休んでいると突然ガラガラとドアが開き、人好きのする大柄な男が、「深井君、元気でやってるかね」と声をかけ、「武田だよ」と名乗った。これで、村へ帰ってから、辰造に、「息子さんは元気だったよ」と一言いえば、次回の選挙で親類縁者の数十票を集めるために奔走してくれるはずである。自民党政治家の面倒見の良さには舌を巻いた。

合格発表の数日後、瀬川母娘が訪ねてきた。同宿の縁ですっかり親しくなったのでお祝いに来てくれたのだ。しかし、彼女たちはすっかり驚いてしまった。哲夫が身に着けているのは、辰造が軍隊で支給された国防服と、つぎだらけのズボンである。家の玄関前は煙を吐いている煙突と炭化した籾殻の山だ。哲夫も千寿も慌てて着替えて、このお世話になった人々を迎えた。しかし、彼女たちは、「これはとんだお仕事の邪魔をしてしまいました」と言って早々に帰って行った。

第3節　東京生活の始まり

哲夫は四月三日の夜行列車で上京した。金沢駅へは、家族一同、母の里の従妹、次姉夫妻、担任の先生、聖書集会の先生二人、総計一〇人が見送りに来てくれた。翌朝、すでに入寮が決まっていた石川県学生寮に入った。入学式は一二日なので、その前後に母千寿が上京して、入学式のほか、東京見物、知人宅訪問などをしたらよかろうという訳で、千寿は九日の急行白山で上京した。学生寮では母親が息子の部屋に同宿することを許可してくれた。千寿が一〇日に留守宅の辰造に出した東京の街並みを写した絵葉書の表下半分の文面は次のように晴れ晴れした気分を表している。

東京駅へ井川君（水産大学へ入学した小学校からの友人）が出迎えてくれました。寮は朝日のさす気持ちよい間です。吉山先生（舎監。かつては森本中学の先生で、千寿とは旧知）は親切にしてくださいます。徳山さん（同じ村の出身者。原宿で工芸品を作っていた）にスタンドをいただき、一〇日朝にお礼に行きました。明治神宮参拝し、（駒場の）東大食堂で昼食。午後は、山根さん（辰造の県農業会勤務時代の同輩。農林省に勤務）宅訪問、楽しい一日を過ごしました。明日ハトバスで都内遊覧の予定です。留守中よろしくお願いします。

一二日は入学式で、朝本郷の東大正門へ二人で向かった。正門を入るとき、左翼学生がこの六月に予定されている日米安全保障条約改定に反対をさけび、その主旨を書いたビラを哲夫に渡した。瞬間に千寿は「縁起でもない」と吐き捨てるように言った。田舎では、政府に反対する人物はおらず、いればそれは悪人に決まっている。哲夫も今まで紙に書いてある正解の分かっている問題を、出題者の意図通りに答える練習をしてきただけで、将来像をケースA、B、Cと想定して、自分の意思に合う政策を選択するという問題に取り組んだことはなかった。

入学式は、安田講堂に学生が入り、父兄は別室で音声を聞いた。式辞は茅誠司総長が述べた。科学的真理追究の歴史と、その後継者たらんとする新入学生たちの心構えを説いた。

千寿は、翌一三日に東海道まわりで帰り、哲夫は授業が始まった。

必須の科目はもちろん選択したが、自由に選択できる科目に、ギリシア語、ラテン語、ロシア語という、夢のような科目がある。すべて申し込んだが、複数の言語の込み入った活用を記憶することは到底できず、一カ月ほどで挫折してしまった。ほかにもこういう夢だけを追う学生が多いらしく、毎週空席が増えて、二カ月もするうちに、一〇分の一になった。

昼食時のキャンパスでは活動家の学生がハンドマイクをもって、堂々と演説している。とくに印象に残ったのは、江田五月と加藤紘一である。彼らは同じ一年生でありながら、大人顔負けの堂々たる論陣を張っている。こちらはまだ目の覚めない子どものようなものである。東京で育った政治家の息子は、田舎育ちの自分とあまりにかけ離れているので、目を丸くするばかりであった。

このころから日米安保改定反対の学生運動が盛んになり、教室単位でデモに参加することが多くなった。六月一二日、樺美智子が殺された三〇万人の国会前デモにも行ったが、いわば群衆の中にいた平均的な学生の一人であった。

第4節　柏蔭舎聖書研究会と駒場の生活

「東京へ行ったら田辺先生をお訪ねするように」と角山から言われていた。

入学して間もなく、駒場のキャンパスで「柏蔭舎（はくいんしゃ）聖書研究会」のポスターが掲示板の中にあるのを見て、その中に、田辺和夫の名前を見、早速その会に出席した。柏蔭舎というのは構内の片隅にある和風の建物である。

出席者は一〇人くらいであった。田辺を中心に、若手の物理学とドイツ語の教員もいた。新入生を含め、各学年二～三名ずつで、教養学科の四年生もいた。新入生で、すでに『嘉信』読者であるという自己紹介をしたので、一目置かれたように注目された。

会は二週間に一度、土曜日の午後に開催された。その進行順序は次のようなものであった。

讃美歌
聖句暗唱
聖書講義
感話

祈禱
讃美歌
聖句暗唱は、参加の学生たちが順番に、予め暗唱してきた聖句を述べるもの。聖書講義は、あらかじめ決めた聖書の中の特定の書を、三人の先生が持ち回りで、毎回一章ずつ解説していくもの。感話は、参加者が順番に一人ずつ、その時どきの印象に残ったことを話すというもの。祈禱は、先ず当番の先生が行い、その後希望者が引き続いて祈りを行うものであった。

キリスト教がどんなものかちょっと覗いてみようという学生のために、気軽に出席できる機会を提供していた。実際、後に親しくなった友人の一人が、「一度様子見に出席してみて、その雰囲気の暗さに辟易して、無教会を敬遠し、教会に通うことにした」と話してくれた。指導者を複数の合議体にしてみても、無教会集団がもつ指導者の権威による運営手法が色濃く表れていたといえる。

哲夫は、駒場で学んだ二年間、この会に忠実に出席していた。哲夫が入学した翌年の一九六一年六月二三日、東大教養学部学友会主催で矢内原忠雄の講演会が行われた。「人生の選択」という題で東大生に最後のメッセージを述べた。その「選択」の意味は、神ありとする信仰の生活を勧めるものであった。講堂は満員であった。その講演会の司会をしたのは哲夫であった。駒場キャンパスにおける無教会の柏蔭舎聖書研究会が、実質上のお膳立てをしたからである。矢内原はその講演を遺言にして、その年の暮れに胃がんで逝去した。

駒場の学生の多くは家庭教師のアルバイトをしていた。田辺から、この集会の学生たちに家庭裁判所に世話になった非行少年たちのアルバイトをやってみないかと声をかけられ、そういう仲間でクラブを作った。少女たちの相手をするグループとして、お茶の水女子大学の学生たちが同様のグループを作った。田辺にその依頼をした家庭裁判所の判事の家に招かれ、その主旨を聞いた。泥棒などの軽犯罪を犯した少年少女は、保護観察処分とし、保護観察官のもとで家庭生活を送りながら社会生活に復帰できるように制度上応援することになっている。家庭の身近の相談相手として保護司という人を任命するが、だいたい近所の町内会長のように名士が引き受けるので、年齢差があり子ども当人には煙たいだけである。また、親の立場からも世間体が気になって気を許せない。そういう意味で、日常的に頻繁に接する家庭教師に近い立場で交際してもらうのが良いと思って提案されたのである。「君たち自身にとっても、順調な子どもたちばかりではなく、環境が恵まれなかったり、心を病んでいる少年少女と交わることが、良い社会勉強になると思って勧めた」とのことであった。哲夫は結局四年間に二人の中学生と友達・家庭教師として付き合った。両家庭とも、戦後に東京で家庭をもち、家族を形成して来た家であり、哲夫にとっては東京の暮らしがどういうものかを学ぶよい機会であった。

教養学部の二年間を過ごしてから、専門学部への進学がある。進路決定について哲夫が第一に考えていたことは、ともかく四年生を卒業したらどこかの企業に就職してサラリーマンになり、両親を農業の肉体労働から解放しなければならないということだった。そのために工学部へ進むことには迷いがなかった。ではどの学科かという選択には、特別の強い好みはなかった。それで、特定の業種の色合いの少ない機械工学科を選んだ。いわば、職種の選択を先送りしたわけであった。

第5節　同志会と東大聖書講座

(1)　同志会

哲夫は教養学部の間、石川県学生寮で過ごしたが、三年生になり本郷キャンパスに通うようになる機会に、同志会という寮に移った。この寮は阪井徳太郎という篤志家が一九〇二年に創立したキリスト教主義の学生寮で、二〇名余の東大生を収容していた。

寮生には、「スリー・ミニマム・デューティーズ」が課せられていた。その内容は、次の三項目である。

ア　毎朝七時からの朝の礼拝に出席すること

毎朝の当番が部屋の並びの順送りに決められ、その主導のもとにチャペルで讃美歌と礼拝を行う。これが終わると食堂へ移動して朝食をとる。

イ　金曜日の夕方に行われる金曜会に出席すること

金曜日の夕方六時から、聖公会のチャプレン（牧師）、先輩である日本キリスト教団の牧師、理事長（財団法人としての）、外会員有志（卒業生）が集まって、礼拝と感話を行う。寮生と先輩とが意見交換する貴重な機会であった。チャプレンは近くにある聖公会のテモテ教会から来ておられ、簡単な説教と祝禱を与えられた。当時の理事長は、薬学部長を務め、戦後結核の特効薬の開発などに功績のあった石館守三氏であった。また、先輩として小西芳之助牧師が毎回出席された。

哲夫にとっては日曜日の無教会集会が、学校の延長上のような空気であるのに対して、社会人の集まりを前提とした礼拝の雰囲気を体験することができた。

ウ　日曜日には、いずれかの教会または無教会集団が行う礼拝に出席すること

寮生のほとんどは教会に通っていたが、哲夫ら数人は無教会の駒場聖書集会に通っていた。

これらの日常的なイベントのほかに、記念祭、新入生の誓約式、卒業生の予餞会、クリスマスパーティなどの行事があり、先輩にも声をかける。先輩の中には沢田廉三、大塚久雄といった著名人がいて、そのような人びとに会えることは、ほかに経験することのできない高揚感を与えた。

哲夫が過ごした同志会の建物は、戦前に建てられた木造二階建てで、庭もあり、チャペル、卓球室、食堂、集会室がある堂々としたものであった。向かいは明治五年創立の、日本で一、二位を争う歴史を持つ誠志小学校があり、当時はほとんど木造二階建ての住宅が並んでいた。風呂は銭湯へ通い、近くの大衆演劇の劇場がはねたあとドーランを落としに来ている役者さんたちと一緒になることもあった。大学の正門までは歩いて一〇分ほどで行くことができ、その近辺は漱石や鴎外の生活圏であった。

(2) 東大聖書講座

同志会の近くにもう一つキリスト教主義の学生寮として、東大YMCA寮（東京大学学生キリスト教青年会寮）があった。こちらも歴史が古く著名な先輩たちを輩出している。駒場聖書集会のメンバーで、この寮に住む者も数名いた。

これら二つの寮から委員を出して、東大キリスト教聖書講座を運営していた。水曜日の晩六時から八時まで法文系の教室を借り、新約の学者と旧約の学者に交互に聖書の解説をしてもらうというものである。哲夫は、同志会にいた二年間、この講座を運営する委員を務めていた。新約は前田護郎、旧約ははじめは関根正雄、中沢洽樹といった、無教会の聖書学の第一人者に依頼した。

旧約で印象に残ったことは、関根の「ヨブ記」解説で、詩の部分（同書のヨブと友人たちの議論はほとんどそうだが）は、頭韻や脚韻を踏んでいて、耳で聞いて力強く心に響くようになっていると解説し、実際に広い教室全体に響く声で朗読して聞かせたことである。中沢洽樹は、第二イザヤ、第三イザヤの予言の詩を解説して、その深い意味を印象付けた。

そういう場面に、運営者として立ち会えたことは幸せだった。

(3) 山本七平との出会い

この聖書講座には、当時原始キリスト教の理解には不可欠な書籍[注1]をこつこつと出版していた山本七平も出席していた。哲夫は友人の伝で市谷の質素な同書店を訪ねる機会があり、同氏にあいさつしたことがあった。当時は親子ほどの年齢差がある学生に対等な大人として紳士的な挨拶をする人は少なく、哲夫は恐縮した。評論家として有名になる『日本人とユダヤ人』を出版する一〇年ほど前のことである。

本書では同氏の従軍・捕虜経験をもとに考察した著作を高く評価している。他方、後年の評論の中で、実証不足のことを思いこみで断定している評論は不適切だと判断している。ひとつは南京大虐殺とそれに伴う「百人斬り競争」が事実無根だという説である。もうひとつは公害規制に関することで、マスキー法に係る自動車公害とカドミウム中毒によるイタイイタイ病を事実無根とする説である。[注2]それぞれに、基本認識に係る批判があり、本書もその部分は誤りとして触れない。[注3]以上、同氏の著書を一再ならず引用するので、念のためにお断りする。

第6節　李との出会い

一九六二年、教養学部から工学部機械工学科に進学したときに、哲夫は李という韓国出身（韓国籍）のクラスメートを得た。二人は以後生涯の友となった。李は三三年の生まれで、哲夫より八歳年長であった。李が小学校へ入学した三九年は皇民化政策が一段と強化されて、創氏改名が行われ、寺田と名乗った。そして、六年生の時に日本の敗戦に遭遇し、その後祖国は南北の内戦に引き裂かれて過酷な環境に翻弄された。彼は大阪にいた親戚に身を寄せて苦学し、東大の入学試験に合格して八歳年下の同級生たちと机を並べることになった。

李と哲夫はクラスメートになってからは、ほとんどいつも隣り合わせに座った。気が合ったということだろう。多くの級友もやさしく接していたが、何か見えない壁があるという感がないでもなかった。哲夫は李と級友たちをつなぐパイプ役のようであった。

工学部では三年生の後半に卒業実験、四年生の後半に卒業試験が課せられる。卒業実験は、四名のグループを作ってテーマを決め、実験装置を設計し、実験して論文を作成する。半年間、毎週木曜日の午後をその仕事に充てていた。グループは自発的に手を挙げて構成されるのだが、ほぼ性向が似ている四人ずつがすんなり決まった。クラス全員六〇名で一五グループあった。李と哲夫とほかの二人がいたが、このうちのひとりは後に流体機械メーカーに就職し、李が韓国へ帰った後に、その分野の協力を続けていた。

四年生になってから、一人ひとり独立のテーマで卒業設計を行うことが課せられたが、李は工作機械を選んだ。かれはさらに大学院へ進んで工作機械の数値制御を研究した。そのことが、かれが後に韓国の精密機械工学会を設立する基盤になった。

六四年三月、共に卒業して、かれは大学に残り、哲夫は会社員になった。

第7節　駒場聖書集会の開設

矢内原忠雄の葬儀が終わってから、その弟子たちは追い追い独立の伝道集会を立ち上げた。矢内原の今井館聖書集会に通っていた東大の学生および卒業生たちは、教養学部学生部教官であった田辺和夫が主宰する駒場聖書集会と社会科学研究所の教官の藤田若雄の集会に参加した。駒場聖書集会は学生たちを中心に、年配の家庭婦人たちが参加して、全員で約二〇名であった。藤田の集会は、東大卒業生および藤田が研究対象としていた労働組合関係者を主として約二〇名であった。二人のリーダーは戦時下の矢内原の家庭集会のメンバーであり、その影響を色濃く反映していた。藤田は、同人誌『エクレシア・ミリタンス』を発行した。夏休みにはときおり駒場聖書集会単独の夏季講習会と、この二つの聖書集会が共同で催す合宿研修会が行われた。参加者の有志が職場問題研究会を結成した。

毎日曜日の駒場聖書集会は田辺の自宅で行われ、その順序はおおむね次の通りであった。

——讃美歌
——祈禱
——聖句暗唱
——讃美歌
——聖書講読
——聖書講義
——感話
——祈禱
——讃美歌

この集会の特徴は聖句暗唱で、会のはじめの方で一人ひとりが聖書の一節を暗唱した。これがいわば出席者への宿題であった。ピーンと張りつめた空気の中で他の出席者の緊張した声を聞きながら、自分の番が来るまで自分の聖句を口の中で繰り返している。聖書講読に続く講義は、聖書の決められた文書を毎回一章ずつ、田辺が解説するものである。聖書の解説を一通りすませると、現実の世の中のトピックスと関連付けて講話を述べる。狭い倫理観に基づく直観的な時局批判が多かったと思う。六〇年代後半に学生闘争が盛んになると、かれ自身が教養学部厚生課の教官として教授会で発言していたが、それが受け入れられなかったと憤慨する話もあった。

無教会の集会が教会と大きく違うところは献金と祝禱がないことである。教会に集まる人びとは世の中の恵まれない人々に仕え、共に神の恵みを分かち合うことが、教会生活と直接つながるように意識している。無教会の集会は未だ学校であり、そこで聖句を覚え、講義を聞き、精神を養って、その後の社会の中で良い働きをするようにと期待される。応用問題はその後の個人の裁量に委ねられる。社会からのフィードバックを拒否する、形ばかりの理念を聞いた集会の卒業生が現実の社会と向き合った時に、どのような態度を取ったかは後述する。

一九六一年一二月に師矢内原が世を去ると、田辺は翌年二月から、この日曜集会を始め、その第一回の冒頭に、こういった。

「わたしは現在四四歳であり、みなさんと二〇歳ほどの年齢差がある。矢内原先生は、その家庭集会を始めるに際して、『自分は師として話をする。一〇歳以上の年齢差を前提とする。そして、自分のまわりに間隔を置いて弟子との間に距離をとる。師と弟子の関係を結ぶからには、師に対して真実を尽くしてもらいたい』と要求した。その原則を、この日曜集会にも当てはめる」かれは大学へ入る以前は、田島道治の明協学寮に入っていた。この学寮では有能な実業家で、儒教道徳を尊崇する田島自身が、講話をして学生たちを訓育したという。年齢差という生得の「長幼の序」が自動的に道徳基準になり、権威序列の根拠になるというのは、こういうところからきているのであろう。ちなみに、田島は戦後宮内庁長官になり、南原繁、矢内原忠雄、塚本虎二ら、多くの代表的無教会主義キリスト教指導者たちを皇室に近づける働きをした。[注4]

哲夫は田辺の死後、その追悼文集に、次のような嘆きを書いた。

> 先生が喜寿を過ぎ、わたしが還暦を迎えようとしているころ、八王子のお住まいを訪ねたことがありました。わたしは、老親と午後の一時を昔話に過ごし、いっしょにお茶を飲んで無聊を慰めようという気分でした。先生は、相変わらず先生でした。「君は近頃自分の会社を作ったそうだが、中小企業がコストを節約して能率的に仕事をするのに、ＳＯＨＯという手段がある、云々」と、その時のマスコミの喧伝の受け売りをされました。「金儲けが最も苦手なはずの先生に、中小企業の金儲けの仕方を説教されるとは思わなかった」という気分で帰ってきました。

第8節　『解析概論』

初めての夏休み、田舎から二段階敷居が高い大都会東京で四カ月過ごした後、八月初めに家へ帰り、一カ月のんびりと心身を休めた。三六五日の間見慣れたものばかりを眺めて退屈だった日々から、毎日町中の目新しいものにキョロキョロし、教室へ入れば、同じ言葉は二度と使わず、次から次へと新しい知識を溢れんばかりに早口でまくしたてる先生たちの言葉についていくだけで神経が疲れてしまう。何しろ、直前の三月までは、同じことを一時間でも繰り返している年寄りたちの話を忍の一字で聞いていた日々が一八年間続いてきたのだから。

ある日の夕方、何かの用事で金沢市内へ出かけた帰りに、森本駅からおよそ三キロの道を歩いていたら、隣村の近くで、いきなり後ろから呼びかける声が聞こえた。

「おい、深井、君は『解析概論』をどこまで読んだか？」

直ぐには何を言われたのか、分からなかった。振り返ってみると、中学で同学年だった堀川が、作業着姿で突っ立っている。何を言われたのか哲夫には分からず、不審な顔で見返すだけだった。堀川は口を尖らして同じことをもう一度言う。それでだいたい分かってきた。かれは母一人子一人の農家の息子だった。数学はよくできたが、高校へ進学することはできなかった。一人でコツコツと数学の勉強をやって来たらしい。

『解析概論』というのは、高木貞治（一八七五〜一九六〇）という大数学者が戦前に著したもっとも著名な教科書で、理科系の大学生の必読書とされていた。哲夫も買うつもりはしていたが、その頃版元の岩波書店が改版中で店頭には出ていなかった。[注5] 仮に買っていたとしても、本立ての真ん中に、箱入り、セロハンカバーのまま手付かずになっていたに違いない。この本は、数ページの解説の後に多数の練習問題が並んでいて、毎晩一〇本ほどの鉛筆を尖らしたのちに、一定時間気持ちを落ち着けて問題を解いて行かなければ先へ進めない。哲夫は、まだ生活自体が地に足がついていない状態だった。

どう答えてよいか分からないまま突っ立っていると、「わしは何ページまで進んだぞ！」という。独学でこの本を読み進めているというだけでもすごい。しかし、会話にはならなかった。堀川はたまりにたまったものを一気に吐き出すようにまくしたてるばかりである。哲夫は虚を突かれてポカンとしていた。そのうち、堀川はプイと横を向いて行ってしまった。

数年後、かれが自殺したといううわさを聞いた。

第9節　社会人になる

(1)　会社の選択

一九六四年三月に哲夫は学校卒業と同時に、千代田化工建設株式会社に就職した。高度経済成長期で、さまざまな会社から求人があり、学生たちにはありがたい時代だった。機械工学科の求人には、○○重工といった老舗の会社や、自動車会社、建設機械会社など、有名な会社が一通り並んでいた。哲夫がモットーとしていたのは「兵器を作らない」という一点だった。そういう目で見ると、オーソドックスな重機械を作る会社はことごとく兵器生産とかかわりがあった。ある建設機械メーカーの社長は、「政府が戦車を作れといえば、ブルドーザのラインを一夜にして戦車製造ラインに変換します」と公言していた。世間に名の知れたいわゆる「名門」の会社はことごとく対象外だった。さまざまな会社が四〜五年先輩の社員を就職説明会に送り込んでいた。その中で、戦後の四八年に創業したばかりの千代田化工建設という会社が、「よくわからないけれど、面白そうだ」という印象を与えた。典型的な仕事は、コンビナートで石油精製や化学プラントの建設であった。社長以下数人の重役が面接してくれたが、身分の上下を気にしない自由な空気を感じさせた。

四月初めに入社式があり、辞令をもらったが、社員番号は二〇五〇番だった。創業から一六年後にこれだけの人数が採用されたのだから急成長したといえる。この年の新規入社数は二六〇人だった。実際社員の平均年齢は若く、哲夫が二〇歳代であった間は、哲夫の年齢と会社員全体の平均年齢がほぼ同じだった。その若さは、社内全体に名門大企業と違う自由をもたらしていた。

(2) 川崎工場と独身寮

三月下旬に、学生寮同志会から会社の独身寮へ移った。四歳年上で、同じ村から中学卒業後すぐに東京へ出て同郷人の個人企業に就職した先輩が、小型トラックに机・椅子、本棚、布団袋などのわずかな荷物を運んでくれた。独身寮は南武線武蔵新城駅から歩いて五分余りの田んぼの中にあった。駅からまっすぐ南に延びる商店街があり、その通りの裏側に少しばかりの住宅街があり、後は見晴らす限り田圃で、一キロほど南へ行くと多摩丘陵の丘が立ち上がっている。寮の四方の田圃では、夏はカエルの合唱がにぎやかだった。寮は新しく建設された二階建ての清潔なもので、四畳ほどの個室が五〇室ほどあった。同じ課の新入社員が一人いて、以後親しい間柄になった。

職場は、川崎市の産業道路沿いにあり臨港警察署前の交差点に接していた。南隣は日本鋼管川崎製鉄所で、広大な敷地が海岸まで広がっていた。哲夫は設計二課という部署に配属されて、熱交換器の図面を描くことになった。当時の製鉄所は粉じん対策もばい煙対策もしておらず、七色の煙が繁栄の象徴と見なされていたから、月曜日の朝に出勤すると、図面台に広げたトレーシングペーパーの上に鉄鉱石の微粉が一面にザラザラと広がっている状態だった。

日本のコンビナートに据え付ける機器の図面とはいえ、設計基準や仕様書は英文のものが多く、この業界は、セブンシスターズ（世界の七大石油会社）の設計基準や契約思想で運営されていた。それで将来外国人と交渉する必要が予想され、通勤途上にある川崎市内の英会話学校に週三回夕方通った。二年目は新橋の学校へ通った。語学もさりながら、外国人との付き合いの雰囲気に学ぶことが多かった。先生生徒の関係であれ、年齢の上下であれ、基本的には対等の立場で会話を交わす訓練が楽しかった。職場は日本の会社に珍しくインターナショナルであったとはいえ、やはり上下関係を意識せざるを得ない場面が多かった。

(3) 自宅建築

郷里には両親と妹がいる。父辰造は、哲夫が就職した翌一九六五年に満六〇歳になった。農業で生計を立てるには、六〇歳は引退の年齢で、必ず後継ぎが引き継がなければならないというのが通念であった。哲夫が就職したら家屋敷と田圃をすべて売り払って、東京に家を建て郷里の家に住む父と母、末の妹・綾子の三人は移住するというのが、以前からの予定であった。就職から一年後の冬に家田畑を売り払い、辰造は東京に宅地を選んで購入した。哲夫の会社は事務所が三カ所あって、どれに勤務することになってもよいようにと考えた。三カ所とは、川崎工場、赤坂にある本社、将来本社を移転する可能性がある厚木の予定地である。それら三カ所を想定してもっとも望ましい駅は、国鉄南武線と小田急線が交わる登戸駅周辺である。辰造は登戸駅の北側に広がる多摩川の広い川原が故郷の水辺を思いだして気に入った。登戸駅の周辺だけではなく、対岸の和泉多摩川駅周辺の宅地も見て回った。和泉多摩川の土手に沿って造成中の広い宅地があり、それに好感をもって、哲夫とも相談の上、五〇坪の一区画を購入した。早速田舎の家・田畑を売り払い、辰造と千寿は新居建設現場から近いアパートの一室を借りて移住した。末娘の綾子は、次女蓮田明子の家に下宿させてもらうことにした。こうして故郷の家・田畑は、東京のこぢんまりした住宅一軒に変わった。

新居が完成して三人が入居したのは六六年の春、哲夫が就職して二年経過した時であった。

注

注1 『死海文書』『イエス時代の日常生活』など。七〇年以降も、フラヴィウス・ヨセフスの基本的文献『ユダヤ戦記』『アピオーンへの反論』『自伝』などを出版した。
注2 『空気の研究』文春文庫、新装版、二〇一八年、一二四～五八頁
注3 藤原彰『南京の日本軍—南京大虐殺とその背景』藤原彰、大月書店、一九九七年、一二三～七四頁。安富歩『生きるための日本史』青灯社、二〇二一年、二五一～二五七頁。
注4 田島道治『昭和天皇拝謁記』岩波書店、第一巻、二〇二一年、一〇六～一一〇頁など
注5 戦前のカタカナ書きの文章をひらがな書きに改める作業中で、第三版が発売されたのは哲夫の入学翌年の六一年五月

第3章　会社生活

第1節　公害発生源の工場

入社して六年目、一九六九年から七〇年にかけて、哲夫が勤める千代田化工建設は東洋エチルが山口県の新南陽市（現周南市）に建設する四エチル鉛製造プラントの建設を請負った。その中で哲夫の部署は最終製品をドラム缶に詰める充塡システムの設計・建設を分担することになり、哲夫が担当するようにいわれた。四エチル鉛というのは自動車用ガソリンのアンチノック剤として混合されており、日本のモータリゼーションとともに需要が急速に伸びていた。しかし、それ自体は猛毒の有機重金属（有機水銀が水俣病を引き起こしたのに似た作用）で、製品の取り扱いには細心の注意が必要であった。

この工場の建設には二つの問題があった。第一は、製品が自動車排ガス中に混じって市中の大気を汚染するという公害問題。第二は、工場内の生産工程から漏れる四エチル鉛のガスが現場作業員の健康を害するという労働災害の問題である。当面、千代田化工建設の従業員として問題なのは、プラント建設工事完了直後の試運転立会いを行うかどうかであった。契約にはその義務の有無が明示されていなかった。

技術供与元の、アメリカ南部、ルイジアナ州バトンルージュにあるエチルコーポレーションの工場の労働環境は、決して良くないことが聞こえていた。[注1] また、戦前には日本海軍が、この南陽町（当時）にあった徳山燃料廠内で四エチル鉛工場を操業したことがあった。その工場内では、一九四〇年五月から四五年一月にかけて、合計二三三名の中毒患者が発生し、内一二名が重症、五名が死亡したことが確認されている。そういう経緯もあって、東洋エチルはこの度の工場新設に際しては、運転員を地元からではなく、広島、大分、福岡、山口などの遠隔地から採用したのであった。[注2]アメリカでも戦前四エチル鉛工場における作業員の死亡事故が相次ぎ、工場閉鎖や、加鉛ガソリン（四エチル鉛を添加したガソリン）の禁止に向けた世論が起こった。[注3]

通常の石油化学プラントの建設の契約においては、工事完了後、建設に関わった技術者たちを引き続き現場事務所に勤務させ、さらに必要に応じて基本設計を担当した技術者たちをも派遣して、試運転中に発生する初期故障の補修工事や設備調整作業を行わせることが普通である。しかし、このプラントにおいては建設元請契約の中に、工事完了直後の試運転立合いを行うかどうかを、契約時に明確に取り決めていなかった。今日では契約意識が普及していて、後日発生の恐れのある問題はすべてリストアップされ、当事者間の業務分担をきちんと取り決めることが標準になっている。けれども、五〇年余り前の日本社会では未だ契約思想が普及しておらず、リスク分担の議論は行わず、相互に誠意信頼して業務を遂行するという、簡単な契約書を交わすことが多かった。この工事の契約においても、リスクの高い試運転とその立合いについて、顧客の技術者たちも運転員たちも「元請会社がやってくれるはず」、元請会社の従業員たちは「顧客がやってくれるはず」と主張するばかりで、工事終了まで決着しなかった。

哲夫が設計監理と現場工事監督を担当した工程は、製品の四エチル鉛の液をドラム缶に充填する最終工程で、換気されたブースの中といいながら、ドラム缶の蓋を開け閉めする作業を手作業で行うような、もっとも危険な工程であった。この仕事を上司が哲夫に下命した時、哲夫は「建言書」を提出して、「こういう仕事は行うべきではない」と主張した。公害問題と作業員に対する安全対策が不十分だから、という理由である。

哲夫の上司は課長も部長も、他の会社を経験して転職して来た年配者で、見識が広く、その気持ちを理解してくれた。そして、先ずは担当者を交代させようとした。しかし、高度経済成長の時期で、誰もが手を離せない仕事に就いており、すぐに交代させることも困難だった。それでも哲夫の意志の固いことを見て、隣席の同僚と交代させるという決断をした。しかし、それは解決にならないし、部内の事情からは無理と考えて、哲夫はその仕事を引き受けることにした。一方、この新工場を七一年初めから運転するために雇用された東洋エチルの組合員（合化労連エチル労組）三七名も、製品が公害発生源になることを問題にしていた。

七〇年初めアメリカでは情勢が大きく転換した。自動車業界は七一年型自動車から無鉛ガソリン対応エンジンを搭載した車を発売し、石油会社もそれに応じたガソリンを発売すると発表した。さらに、一月一七日の『毎日新聞』は、「GMのコール社長は、八〇年までに大気汚染の心配がない車を生産できるだろうと語り、そのひとつとして、ガソリンの四エチル鉛混入を止めることを提案している」と報じた。三月六日の同紙は、「今秋の七一年型車から無鉛ガソリン対応の車を発売するとアメリカの自動車三社が発表した」と報じた。

国内でも七〇年五月に、東京都新宿区牛込柳町の交差点周辺で、血液中の鉛濃度が六〇マイクログラム／dl以上の人が少なからずいる、という研究結果が公表されて社会問題になった。その直後に、自動車メーカー各社は相次いで、「エンジンのバルブシートの摩耗を防ぐためにガソリンの無鉛化は不可能だ」と声明を発表した。哲夫は会社の仲間ばかりではなく、大学の医学部に残っていた複数の友人にも相談した。しかし、医者を志す友人たちの方が「四エチル鉛がなければ自動車のエンジンはまともに動かない。君のいう理想論は現実には不可能だ」といって議論にもならなかった。そうこうするうちに、七〇年一二月にアメリカでニクソン大統領が大気浄化法にサインし、ガソリンの無鉛化対策を進めると演説した。医学部の友人の一人は「済まなかった」という手紙をくれた。実は哲夫もそれほど早い展開を予想していたわけではなく、アメリカのビジネス社会が世論に敏感なことに驚いた。

日本の自動車工業会は、直ちに手のひらを返して、ニクソン大統領の政策発表直後に「今後すべてのエンジンを無鉛化に対応する」と発表した。そして、一年数カ月後の七二年四月以降出荷するすべての車を無鉛ガソリン適応車にした。ほぼ同時期にアメリカで公布された七一年のマスキー法に対して、ホンダがいち早くＣＶＣＣエンジンを発表して適合第一号の名乗りを上げた。[注4] これらの動きは哲夫にとっても大きな驚きであり、需要に対して技術は素早くキャッチアップすること、その分野の業界はつねに様々な選択肢を準備していることを学んだ。この時代はまだ政府も企業も一般市民を見下していて、水俣病・イタイイタイ病・森永ヒ素ミルク中毒事件・カネミ油症事件などが深刻さを増しており、その風潮は八〇年代の薬害エイズ事件に至るも変わらなかった。このことが七〇年代の広範な反公害市民運動を喚起し、政府権力とそれに結びついた業界が世論をねじ伏せていた力関係が、ようやく消費者優位の市民社会に近づいてきた時期であった。

問題の四エチル鉛製造工場は七〇年末に完成して、千代田化工建設から東洋エチルに引き渡されたが、東洋エチルは生産に入ることを諦めてそのままプラントを閉鎖してしまった。エチル化学労組の組合員のうち、半ばは親会社である東洋曹達（現・東ソー）に再雇用されたが、半ばは採用を拒否された。

この仕事を三〇歳の峠を越える時期に当事者として経験した哲夫は、技術上の選択肢はいくらもあり、現在選択されている手段は経済的に安価であるということだという事実を身に刻んだ。しかも、一つの技術を採用して使っていけば、その過程で次々と改良が生まれて経済性も改善していく。したがって、大まかな見通しさえあれば、経済性の目標は実行しながら達成可能だという確信を得た。このことは後日、原子力発電所の事故以降、迷うことなく廃止を主張する技術者の一人として活動する根拠となった。

第2節　労働組合における公害専門委員会

四エチル鉛製造プラント建設中の七〇年当時、東洋エチル労組の組合員たちが、自社製品から発生する公害を正面から問題にしたことは世間の人びとを驚かせた。終身雇用制の組織内で日本の労働組合は会社ごとに組織するユニオンショップ制を基本としていた。当然、組合も会社と利害を共有していたから、東洋エチル労組の主張と運動は画期的なものであって世間を驚かせた。同様に哲夫たちも、労働組合運動として、自分たちの作るプラントから公害を出してはいけないという主張を公然と唱え始めた。エンジニアリング会社の従業員は、「労働者」といっても裁量労働を基本とするホワイトカラーであったから、多くの社員はこの運動を共感をもって受け止めた。

哲夫たちがその運動の中心をなす組合内の委員会の結成のための同志を募ったところ、十数名が集まった。そのメンバーで「公害専門委員会」を作り、技術資料を収集・作成して、組合機関紙にプラントから出る公害について連載記事を書いた。毎週会合をもつほか、半年に一度一泊二日の合宿研究会を持つなど活発に働いた。

同業の東洋エンジニアリング（TEC）の労働組合の中でも、同様の公害専門委員会が結成されており、両者の交流も行った。

哲夫はまた、京浜地区のコンビナートの労働者の会と個人的なつながりができた。このグループも自社のプラントからの公害を防止する運動を行っていた。その求めに応じて、当時計画段階にあったLNG備蓄基地の危険性を警告する文献収集を行った。その一環として、LNG火災による大規模被害の可能性を警告する本の翻訳を行った。[注5]

その後、会社内では七〇年代後半に社長が変わり、組合への締めつけが強くなり、組合は御用組合化して公害専門委員会も廃止された。第一次石油ショックが七三年、第二次が七九年に発生し、国内での石油コンビナート新設の動きはぴたりと止まった。他方で、原油価格がほぼ一〇倍になって短期間に富を蓄積したOPEC諸国が大規模な石油コンビナートプロジェクトを次々に立ち上げ、世界のプラント業界の市場は中東に集中した。主なものはイランのIJPC、イラクやサウジアラビアの石油コンビナートの建設プロジェクトである。千代田化工建設は業界でももっとも中東市場に先行しており、一時受注金額の八〇％が中東のプラント建設業務であった。哲夫もイラクの石油精製プラント建設プロジェクトに五年間従事した。しかし、イラン・イラク戦争の勃発などで中東市場も安定せず、八〇年代にこの業界は不況に襲われて退社希望者の募集が間欠的に行われるようになった。哲夫は八七年に退社した。この業界の不況はその後も止まらず、哲夫の同志はほとんどが退社してしまった。

このような市場の変化の速度が大きくなったのはどの業界にも共通で、九〇年代以降、どの業界も不況に見舞われた。それに伴って終身雇用制という日本の経済社会の慣行が崩れてきた。その結果を組織内の職場で見れば、年功序列による身分階層が崩れて、個人レベルでの競争に向き合う環境になった。エンジニアリング業界は市場の変化がもっとも激しい業界であり、その動きに最も早く直面した。哲夫自身は契約社会の到来を自然の流れとして受け入れた。しかし、友人の多くは政府機関や電力会社など、いわゆる「名門」の職場に入って、旧体制の利権を守る立場に固執しているものが多い。このことについては、キリスト教信仰の問題として後述する。

第3節　市民社会原理の会社

(1)　新しい会社

哲夫が勤める千代田化工建設は、戦後四八年に設立され、玉置明善社長が、会社の内部も世界標準に合わせて経営することをモットーにしていた。哲夫はそのことを就職時には知らなかったが、実際にその中で働くようになってから、大きな恩恵を受けた。

会社設立までの経緯は次のようなものである。設立時の約一〇名のメンバーは、戦前三菱石油の工務部で働いていた技術者であった。四二年二月一四日、日本軍はパラシュート部隊を降下させて、インドネシアのパレンバンで操業していた二つの製油所（ロイヤル・ダッチ・シェルとスタンダード・オイル）を制圧した。その後を受けて製油所の操業を担当したのがこの技術者たちであった。戦後GHQは、日本の太平洋沿岸の製油所操業を禁止した。しかし、民生用の石油燃料を扱う貯蔵供給設備は稼働しており、その拡張やメンテナンスの技術サービスは必要であった。そのような需要に応える企業として、四八年一月に同社を設立した。五一年に日米講和条約が締結されるとともに、太平洋沿岸製油所の禁止が解除され、それ以後大規模な石油コンビナートの建設ブームが起こった。

(2) 市民社会原理の導入

石油コンビナートを運営する会社は、出光興産以外はほとんどが〝セブン・シスターズ〟と呼ばれる欧米の石油会社の資本が入っていた。そして、技術面でも日本の業界が壊滅状態にあった間に大規模プラントの技術を開発していた。その建設手法も日本にはないものであった。そのために、これらのプラント建設に携わる会社は、英語で書かれた欧米の標準仕様書に則って仕事を行うばかりでなく、運営組織も欧米の標準形態に適合したものでなければならなくなった。

具体的には、図３-１に示すようなプロジェクト組織を社内に作り、主要メンバーは、見積もり段階で顧客側が面接を行って評価することも行われた。プロジェクト・チームは、その業務の開始とともに構成され、業務が完了すると解散する。日本型の年功序列型組織原理ではなく、機能を優先した機動的な組織が求められたのだ。その結果、個人間の平等意識が原則になり、社内の人間関係が欧米の市民社会の習慣に近づいていた。

もっとも典型的な例は、人間が対等に議論できる雰囲気を作ったことである。欧米の会社では、地位の上下にかかわらず、ジョンとかトムとかファースト・ネームで呼び合う。一方、日本の会社では「部長」「課長」と職名で呼ぶ。玉置社長は、全員〇〇さんと名前で呼ぶようにという号令をかけた。新入社員も社長を「玉置さん」と呼んだ。朝出勤時間に会社の玄関で社長と顔を合わせたとき、「おはようございます」と頭を下げると、同じように「おはよう」と頭を下げて応えてくれ、だれもが「この社長のためなら」と張り切るような雰囲気が若い社員たちの間に広がっていた。

玉置社長はまた、日本の企業の終身雇用制が、社員たちの自発性を阻害していると考えて、六〇年代後半に「四二歳定年制」という制度を実施した。かれの考えはこうだ。「人は自由意志で自己実現をめざして職業人生を送るべきだ。大学卒業後二〇年間ひとつの組織で働いていると、自分自身の適性が見えてくる。また、社会全体に対する認識も、学校卒業時とははるかに広がってくる。したがって、四二歳でひとつの選択のチャンスを与えることは、本人のみならず、会社にとっても、社会にとってもよいことだ。しかるに現状の退職金制度は、終身雇用を前提にしていて、四二歳での退職金は微々たるものであり、それ以降五五歳に向かって急上昇していく。これでは、四二歳で

図 3-1　プロジェクト組織

エンジニアリング段階における組織の例

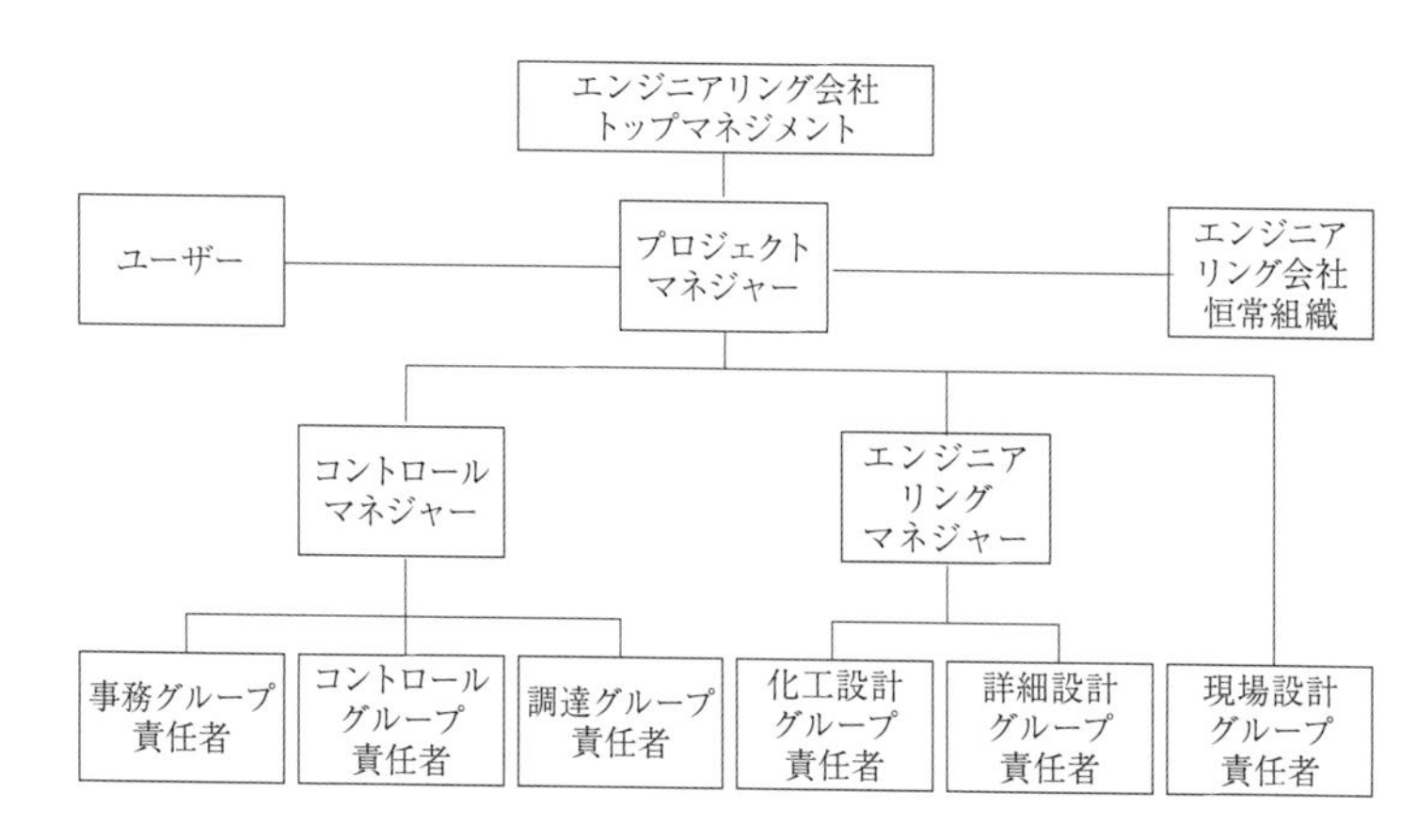

現場建設段階における組織の例

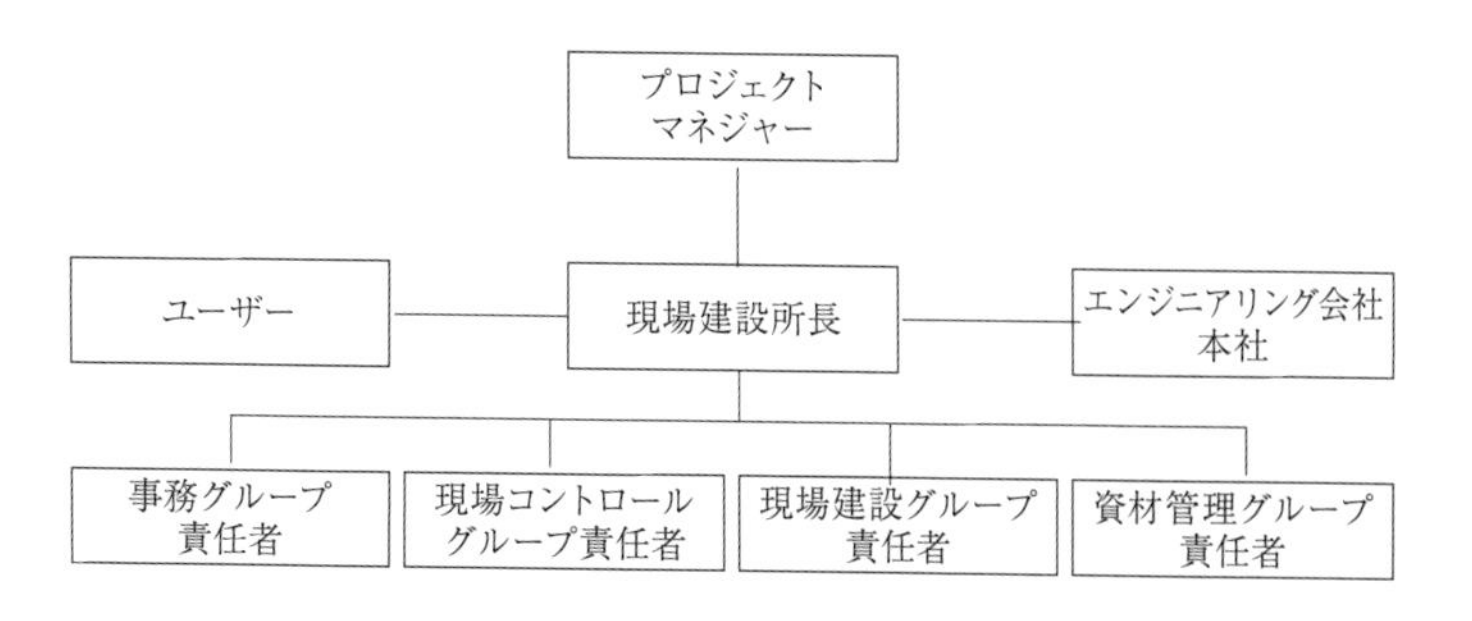

出典：玉置明善『化学プラント建設便覧』丸善、1972 年、86 頁

別の選択を望む人にとって著しく不利であり、職業上の適性を犠牲にして定年まで勤め上げた方が得だ、という選択になりやすい。よって、退職金のカーブは四二歳までに上がりきり、そこからは横ばいにする」。現実にそのように制度を改めた。九〇年代に日本の多くの会社が迫られた制度変更を三〇年早く実行したのであった。会社という組織が、企業一家の奉公の対象と見なされていた時代に、会社と従業員との間に対等の契約意識を喚起した。従業員が大名家に忠誠を尽くすような組織従属意識が強かった時代に、組織と自分は対等の契約関係にあるという平等・自尊の意識を喚起した。他方で、この退職金制度変更は、凡庸で組織に寄りかかって自立を回避したい人々には恐慌を来たした。十数名の集団で大手の重工会社へ移っていったグループがあった。哲夫も、そのリーダーが東大機械工学科の先輩であった関係で誘われた。「この会社は冷たい会社だ。いずれ使い捨てにされるよ」と誘われた。

このように会社の人間関係を西欧市民社会の習慣にならしたことは、日本の顧客を失うことになった。哲夫の同僚が六〇年代に地方自治体が発注するごみ焼却場の集じん設備の受注に際して、当時官公庁の設備納入に習慣化されていた賄賂を払って検挙された。社長は「以後、官公庁の仕事はしない」という号令をかけた。

同様に、当時エンジニアリング業界の新しい分野であった原子力発電所の業務にも、社長は参入しないという方針を明示した。政府や電力会社が国策として実施する設備建設には、恣意的な権力介入と利権争いがつきものであり、そういう業務は従業員の自立・自尊意識を腐敗させると判断したようである。兵器産業にも手を出さないと宣言した。これも同様の精神であろう。

他方、政界や経済界の人びとがまだ中近東産油国に注目しなかった時代に、それらの国の人びとを手厚くもてなした。七三年のオイルショック以降一躍ＯＰＥＣの立役者として、世界の原油価格決定のキー・パーソンになったサウジアラビアのヤマニ石油相が六〇年代に日本へ来たとき、官庁のだれもが、どこの馬の骨かと相手にしなかった。そのときに、社長はもっぱら日本における案内役を買って出て、かれが訪問したいという人のところへ一緒に回って会談を取り持ち、心からかれのために尽くした。その後、サウジアラビアが欧米石油会社の支配を脱して自国の石油精製プラントを次から次と建設する時代が来た。千代田は常に有利な受注を享受して、七〇年代に一〇〇〇億円の内部留保を積むことができた。

そういう有力者との出会いだけではなくて、社長はパキスタンからの留学生を従業員として受け入れて、エンジニアリング業務のオン・ザ・ジョブ・トレーニングを施した。入社数年後に、同業の東洋エンジニアリングがパキスタンの肥料プラント建設を受注すると、東洋エンジニアリングの社長のところへかれを連れて行き、「かれを雇って、ぜひ故国のプラント建設のために献身できるようにしてください」と頼んだ。この話は、社員には知られなかったが、当のパキスタン人が著書の中で感謝を込めて書いているのを後に読んで知ることになった。

玉置社長の思想は、エンジニアリング業というのは、人間の働きだけで成り立っている事業だから、できるだけ良質の人を集めてその人達ができるだけ自発的に自由闊達に能力を発揮する環境を作ることが、会社のためにも本人のためにも良いことだ、というものであった。残念なことに、この玉置社長は八一年にがんで死亡した。跡を継いだのはその女婿で、純日本的な人物であった。景気後退とともに、西欧市民社会原理の社内風土を後退させて、普通の日本の大会社並みに職制の上下関係で物事を決める会社になった。社内の客観的な情報流通が円滑でなくなり、経営陣への大規模赤字の報告が手遅れになったらしく、予想外の赤字プロジェクトが続いて退任を余儀なくされ、大株主から社長を迎える結果になった。リーダーの思想いかんでこれほどに組織の浮沈が大きく左右されることをまざまざと体験した年月であった。

第4節　イラクのプロジェクト

(1)　フェアネス

七九年に哲夫は、イラクのノース・リファイナリ（北方製油所）建設プロジェクトの見積チーム・メンバーに指名された。工事の見積には、プロジェクト・チームに所属して全体の取りまとめをする技術者と各専門部署に所属して、担当の業種の仕事の基本設計をしながら見積をする専門技術者が必要である。この仕事は砂漠の中に、新たにインフラストラクチュアやユーティリティを含めて新設するもので、通常「オンサイト」と呼ばれる生産設備に加えて、「ユーティリティ・アンド・オフサイト」と呼ばれる周辺設備の仕事が半ばを占めていた。たとえば、約二キロ離れたチグリス川に取水設備を設け、導水管によって製油所サイト内の沈砂池へ引いて飲料水を作ったり、さらにイオン交換設備などを設けてボイラ給水を作ったりする。ボイラで発生する水蒸気は、プラント内の加熱や反応に使うと同時に、自家発電設備に供給してサイト内に必要な電力を供給する。これら、周辺設備の比重がオンサイト設備と同じくらいを占めるので、見積設計の取りまとめをするエンジニアリング・マネージャーは二人置き、一人はオンサイト担当、もう一人はユーティリティ・アンド・オフサイト担当という組織にした。そして、後者のエンジニアリング・マネージャーに哲夫が指名された。

業務についてから、およそ一年の見積期間に、現場調査や顧客との質疑のために二度イラクを訪問した。入札の結果、幸い受注が決まり、契約書作成の打ち合わせにもおよそ一〇人のメンバーの一人として参加した。契約書は、厚さ一〇センチほどのファイル二一冊から成っていた。その全ページにサインが求められ、哲夫と同僚三人が手分けして、まる一日かけてようやくサインを終えた。

現場土木工事は八〇年春から開始したが、九月にイラン・イラク戦争が勃発したためにいったん引き上げ、翌年春に戦争が下火になってから再開した。哲夫はその夏からフィールド・エンジニアリング・マネージャーという立場で現場へ赴任し、八四年二月まで約二年半の間、現場事務所で勤務した。現場で起こった様々な問題を処理することが仕事であった。基本的な工事内容は予め図面を作成して顧客の承認を受けている。しかし、現場の条件が予想と異なっている場合が少なくない。それらの問題を解決するために、ほとんど毎日、対処方法を立案し、顧客の担当エンジニアに説明して承認をもらうことが主要業務であった。

赴任直後に顧客のプロジェクト・マネージャーに挨拶をすると、「わたしはフェアネスをもっとも大事にしています。お互いそのようにやりましょう」と言ってくれた。顧客側のスタッフは国営石油会社の技術者たちだが、多くはイギリスやアメリカに留学して、欧米市民社会の公平を大切にする習慣を身に着けた人びとであった。何か問題が発生すると、先ず契約書を調べて、その事態を解決する適用基準や類似の事例を記述していないかを確認し、なければ、もっとも近い考え方を適用して契約の精神に適合する方法を採用するという姿勢で議論した。初期のころ、お客の技術者たちが議論しているところに哲夫が居合わせて黙っていると、顧客のプロジェクト・マネージャーが咎めて、「あなたが議論に加わって下されば、この場の議論はもっと実りあるものになっただろうに」と言った。それから哲夫は、相手の語尾が終わらないうちに割り込むイラク流の強引な議論の場に積極的に加わるように努めた。[注6]

⑵「お客様は神様です」

イラクの仕事が終わって本社へ帰ってから、哲夫は国内の製油所の改造プロジェクトのプロジェクト・マネージャーを務めた。瀬戸内海岸の製油所の改造工事の見積をし、顧客事務所へ出向いてその説明の会議に臨んだ。こちらは営業担当者と二人、顧客側はそれぞれの設備担当者と取りまとめをする工務部門の管理者と担当者が出席して一〇名以上であった。工事期間のネックは既設の電気室内の改造作業であり、顧客は二週間で行うことを要求していた。自社の電気技術者に確かめると狭い場所での工事などで人数を増やせず、徹夜三交代で行っても三週間はかかるという。それで、このことが議題になったときに、言下に「二週間では無理です。三週間は必要です」と答えた。

翌朝、東京の本社へ出勤すると、部長が「顧客から、あのプロジェクト・マネージャーを交代させろといってきている。何があったのか」と質問された。日本では、顧客と対等の物言いをすると失礼になるということを思い知らされた。そして、自分は日本の顧客相手の仕事ができない、生意気な「外人」に変わってしまったことを痛感した。

第5節　駒場聖書集会の解散

⑴　大学闘争からの影響

一九六八年、東大医学部学生たちは登録医制導入などへの反対運動が不当に処分されたことに反発した。学生たちのストライキは全一〇学部に及ぶ学生のストライキへと拡大した。大学当局に不当処分撤回などを要求する全学共闘会議（全共闘）が結成されて運動は激化したが大学当局は応じず、最終的に六九年一月に八五〇〇人の機動隊を導入して時計台に籠城する全共闘学生数百人を逮捕して封鎖解除を行った。東京大学は、南原や矢内原が総長だったこともあり、少なからぬ無教会キリスト者の教員がいて、当時の大学当局の執行部の側に立つ者と、全共闘の主張とは距離をおきつつも、大学当局に対しては批判的な側に立つ者とに分極した。後者の系列には、田辺和夫・原島圭二・藤田若雄などが挙げられる。[注7] 当時は、日本大学でも不正経理を巡って学生の反対運動が起こり、日本国内のさまざまな大学や高校でも同様の運動が拡がった。フランスやドイツなど世界各地でも学生運動が行われて、全世界的な大きな流れがあった。過激な行動形態や、その極端な結末である陰惨な内部粛清や爆弾テロなどの現象面に目を奪われがちであるが、七〇年以降、表面的な学生運動が退潮しても、その提起した問題の重要性は消え去ることはなく、各地の公害・薬害を含む環境問題やベトナム反戦運動など、地道な市民運動として地下水脈のように流れ続けた。「公害国会」が七〇年末に開かれ、翌年には水俣病が外国で衝撃をもって認識されるなど、公害先進国としての日本が世界から注目された。

七一年夏、毎年恒例の御殿場東山荘における駒場聖書集会の夏季合宿が行われた。この時期はまだ、大学闘争の余熱がくすぶっており、田辺は東大闘争との関わりを反省・吟味しつつ、「闘争と学問」と題する連続公開シンポジウムを学内で開き、社会における大学と学問の役割を模索し始めた。この夏季集会には、学生運動を経て大学院に進学したあとも田辺の運動に共鳴する若手グループも参加した。従来からの集会メンバーはこれよりも一回り上の世代で、当時三〇歳前後、家庭をもち第一子を与えられ、職場では入社七〜八年の、一つの仕事が任せられて張り切っている世代であった。夫人たちも子連れで参加していたが、ほとんどが専業主婦であった。これらの二つのグループの間での議論は反撥の感情が先だち、かみ合うことが難しかった。大学院生を主とする若い世代が、社会人として地歩を固めつつある若手の裁判官や、国家公務員に食って掛かっていた。学生たちに同調して新進社会人たちを非難する急先鋒を務めた第一の人物は田辺であり、また上の世代でも特別な自負を抱いている弁護士も同調した。二人とも、非難の対象になっている三〇歳前後の役所や会社に勤めているサラリーマンたちより年上であったが、若手グループと歩調を合わせて「この世の悪と戦え」と叫んでいる点が特徴的であった。

サラリーマンたちに対する非難の理由は、「この世の組織・体制は悪である。その中で働くことは悪を増幅することである。よって、その中に身を置くものは、必然的にその組織解体のために抵抗しなければならない。しかも、相当華々しくやらないと信仰の証をたてているとは認められない」といった、現世否定的なものである。加えて、弱いものは善で、力あるものは悪だという単純な二分法で善悪を規定していた。

上の世代は現世の中で生きつつ改善を目指しているが、事実は事実としてありのままに認識しようとしていた。「そんなことといっても、貧乏人は汚いからなあ」と裁判官がふと漏らした言葉が、かれを非難する人びとの火に油を注いだ。厚生省職員は、「厚生省の役人は、身体障害者をないがしろにしている」という理由でつるし上げられた。「おれだって、今の体制が一〇〇％いいと思っている訳ではない」という弁明は、「それならなぜ華々しく戦わないのか」という怒号にかき消された。中国の文化大革命のボロが見える前の、若者たちが世間知らずであっても大人を批判することが素晴らしく見えた時代であった。

この講習会を主催したのは田辺であったが、さまざまな事務的業務を引き受けて働いたのは、サラリーマンたちであった。威勢の良い若手グループは、遠方在住の者もあって必ずしも毎回日曜集会に参加していなかった。司会者が求める議論の順序を無視し、主客の秩序を踏みにじり、乱暴を働けば働くほど、その熱意や純情が高く評価された。複数の意見の存在を許さず、一つの意見を絶対化するにつれて、暴力が肯定され、内ゲバや「玉砕」が称揚されるかに思えた。特徴的なことは、最年長の田辺が、もっとも先鋭な純粋志向の意見を述べたことである。

この講習会では、参加者は自分の問題意識を表明して、討論することになっていた。裁判官は、青年法律家協会（青法協）に参加しており、生涯にわたって体制翼賛的な姿勢はとらないという立場を表明した。哲夫は、職場で四エチル鉛の製造プラントを担当して、これを職場の中で地道に改善していくという意思表示をした。討論の際には、田辺は哲夫に対して「なぜ内部告発に踏み切らないのか」と迫った。当時、公害は日常的な関心事であり、当事者が新聞・テレビに内部から告発すれば大きなインパクトを及ぼすものと認識されていた。哲夫自身は、それは正道ではないと考えていた。というのは、事業者が外部の非難によっていやいや改善するのではなく、当事者自身が、そもそも公害の発生するようなプラントを作らないという自己規律を身に着けることを目指すべきだと考えていたからだ。

この聖書講習会において披歴された田辺および大学院生たちの主張は、「花巻非戦論事件[注8]」と同質の問題ととらえることができる。目先の問題に短兵急に取り組んでも、世の中を変えることはできない。世の中の網の目の中に身を置きつつ、わずかな一歩であれ、目前の義務を地道に行っていく生活こそが、大きな経綸の中で生かされるというものである。

(2) 田辺家の悲劇

翌七二年の六月に、田辺の信仰生活は大きな悲劇に遭遇した。田辺の次男・康夫が自殺したのである。二二歳であった。その年の三月にかれは大学を卒業したが、就職は決まっていなかった。かれは肩にかかる長髪のまま就職試験を受けたのだという。それがどう受け取られるかも当然予見していたはずだ。

翌七三年のこと、田辺が広島県へ来たことがあり、当時現場出張所勤務のために同地で借家住まいをしていた哲夫の家に泊まった。「自分は息子から学ばねばならない」と言い、夜中の二時まで息子が残したノートを朗読し、好きであったというビートルズの音楽テープを持参のテープレコーダーで再生した。翌朝は五時出発であった。

(3) 駒場聖書集会の解散

康夫の自死は七二年六月八日のことであった。直近の日曜一一日の聖書集会は休会となり、一八日の日曜集会では、田辺からの伝言紹介と二名の集会員が感話を述べ、二五日の集会では四名の集会員が感話を述べたあと、田辺が集会を解散する方向であるとの所信を表明した。

七月二日午前の日曜集会では、重苦しい雰囲気の中で田辺は、「各自が神の御声を聞いて新しい道を選び取る、そのために日曜集会をどうするか具体化されるまでは休会とする。東山荘合宿はじめ土曜の『聖書を学ぶ会』、九月以降のすべての計画を白紙にする」と宣言した。哲夫ら三名はその日の午後、集会の今後を相談するために田辺宅に出向いた。八月にも哲夫は田辺を訪問した。一人で決めかねていることもあろうと思い、さらに一〇年間ともに日曜礼拝を守ってきた自分は相談相手として歓迎されるものと思っていた。けれども、田辺は「僕は解体中」と言ったきりで、中空を見つめて黙し続けていた。結局会話にならず、哲夫は早々に辞去した。哲夫は日記に「私は相談相手と見なされなかった。先生の意識の中には、集会開催時に二〇年の年齢差を設けた『長幼の序』が牢固としてあり、一方的な従属者にたいして相談や助言を求めることはなかった」と書いた。集会は解散された。

(4) 自主集会の開始と終了

哲夫は、集会員の有志とともに、自分たちで日曜の礼拝を守る会を始めた。約一〇名余りが集まり、回り持ちで司会を務めた。会員は平等とし、責任者は置かなかった。

一年ほどしてから、東京都心で会場を借りることの困難などの理由で、東京の北部と南部に分かれることにした。南部は鵜川忠良と哲夫が責任者となり、会場の名前を砧聖書集会とした。初期に、砧公民館の会議室を借りることができたからである。数年後にはそれも困難になり、別の公共施設を借りたり個人の家庭を回り持ちにしたりした。

会員はサラリーマンとその妻である専業主婦、ほかに年配の独身の女性がいた。スモン病〈整腸剤キノホルムによる公害病〉に悩む女性もいた。学生がいない点が、それまで参加して来た無教会の集会と大きく違う点であった。求められているのは聖書の知識ではなくて、心の洗濯であった。参加者は平等で、司会者は回り持ちを原則とした。

結局この会は八九年まで続いた後に解散した。その時期、責任者の鵜川と哲夫の社会に対する意見の相違がはなはだしくなり、会の継続が困難になったからである。その上で哲夫一人が責任者として継続することが無理だと考えたからである。哲夫は仕事柄長期出張が多く、三分の一ほどの期間は家を留守にしていた。いちばん長い例はイラクへの現場赴任で、二年半の間家にいなかった。そして、次第に高齢化する会員は、それぞれの事情で〈牧会〉〈魂の救済〉を必要としていた。仮の場所で決められた時間だけ集まって、所定のプログラムを事務的にこなすのみでは、本当の求めに応じていないと考えた。何よりも自分が落ち着いて家にいないことが致命的だと考えた。

第6節　伝道と牧会

(1) 矢内原集会の権威主義

矢内原は三二年夏に満州を旅行したが、その際乗車した列車が現地人ゲリラ（匪賊）に襲われた。しかし、彼自身は危害を免れた。そのことを信仰上の啓示と受け止めて、同年秋に伝道誌『通信』を創刊し、翌三三年に、自宅で毎日曜日の聖書集会を始めた。当初会員数一二、三名であったが、四五年の年末には四〇名余りになった。[注10] この集会は三七年に筆禍事件で矢内原が東大教授を辞してからは全体主義国家の警察も注視している環境で秘密結社のような性格を持つ、「生死を共にする覚悟」をもったものであった。矢内原が「思う存分叱り得る」ために、会員は彼よりも「十歳以上年齢の若い者」とし、また、「時局が緊迫して居たために、外部に対しては秘密、内部に対しては親密であること」を要した。矢内原の言論が「会員の不注意によつて警察の耳に入ることなきやう」厳しい警戒が必要であった。[注11]

戦前、一高学生であった川西瑞夫が、矢内原の家庭集会で「出エジプト記」の講義を聞いた後、石原兵永の夏期講習会に出て、同じ「出エジプト記」の講義を聞いた。そのことに激怒して矢内原は「私がつい今し方まで全精神を投じて講義してきたばかりのものでないか。その熱がまだ冷めない中に、きみは他の先生から同じ出エジプト記の講義を聞いたのは、私の教えだけで足りないからか。君は広く聞くよりも、深く学ぶことに意を用いなければならない。それが君自身の信仰の堅立に必要である」と書き送った。[注12]

戦後[注13]の矢内原の家庭集会の雰囲気について、川喜田愛郎は遠慮がちながら、「だが一面、正直に言って、先生がご自身の周囲に密にはりめぐらしていた空気、先生と同じように信じ、ことに当たってすべて、同じように判断することを暗黙に、しかし強烈に要請されるその雰囲気がわたくしにときおりいささかの反発を――その内容よりもむしろそのパターンに――覚えさせたことは事実です」と書いている。[注14]

矢内原の死後、家庭集会を開いた田辺もまったく同じ原則を掲げ、集会の主たる構成メンバーを二〇歳年下の者たちとすること、集会員は師に対して「真実」を保つことを標榜した。

(2) 儒教から引き継いだ一元主義と西欧の多元主義

一人の師に学んでよそ見しないことが「真実な姿勢」だという考え方の背後には、「真理は一つ」だという信念がある。西欧中世の神学でも日本の江戸時代の安定政権を支えた儒教でも、一元的真理観が支配してきたといえるであろう。西欧ではルネサンスや宗教改革に伴う宗教戦争、市民革命を経て、真理は多元的であり、何を真理とするかは個人の内面に委ねられるという考えが主流になった。西欧市民社会では、思想の自由が市民の基本的人権として認められ、政治体制の主流に属する「インサイダー」が権力を行使すると同時に、オルタナティブの思想を抱く「アウトサイダー」の市民権も守られるという原則が確立された。

日本は明治維新をもって「文明開化」したという。しかし、新体制を規定した明治憲法は、天皇主権の一元的思想体系であり、「教育勅語」や「軍人勅諭」に記されるものであった。したがって、市民主権を唱えた幸徳秋水らは死刑に処せられ、大杉栄らは憲兵に暗殺された。つまり、多元的な思想の自由はなく、アウトサイダーの市民権も認められなかった。

矢内原のように、一高・東京帝大に学び、東京帝大の教授になった人は、西欧の大学に留学したとしても、現実生活における倫理意識は、儒教以来の師に忠実な一元的真理伝授のパターンが身に沁み込んでいたのであろう。それが「師に対する真実」である。

後述のように、イギリスでは二歳の子供にも、自分の判断を基軸に生きることを教えている。戦後西ドイツ社会の体制変革は、つねに権威主義を排して、市民たち個々の自立した判断と、献身の積み重ねで支えられてきた。[注15] 市民一人ひとりが自己の内面に判断の基軸を持つことを前提としている。大学生の思想形成に関して言えば、今日のドイツでは、学生は学期ごとに違う大学に移動して、他の教授の講義を聞くことができる。今日世界の学界では、教師も学生も、めざすテーマにもっとも適した大学や研究所を求めて盛んに移動している。真理はすでに権威者が把握していて、それを未熟者に伝えるのが教育だという社会では、学問や思想の進歩は望めない。

西欧社会では、古代ギリシア・ローマ以来、それぞれの人が独自の意見を形成し、それを公の場で表明して議論を戦わせる伝統があった。古代ギリシアのポリス（都市国家）の民会（市民総会）や古代ローマの元老院などである。したがって、個人がそれぞれの意見形成をすることは新しいことではない。しかし、日本では一つの権威を擁立して、それ以外を排除して来た。その習慣は今も変わらない。つまり、「戦後の民主化」は、社会変革をまだ成し遂げておらず、大きな宿題を残したままなのだ。

(3) 内村の場合

内村であったらどのような態度をとったであろうか。参考になるのは「花巻非戦論事件」である。[注16]内村を尊敬する青年・斎藤宗次郎が、内村の非戦論に共鳴して、日露戦争の徴兵を拒否し、納税も拒否するという意志を内村に書き送った。内村は忙しい時間のやりくりをして花巻へ行き、「国法を破ることはすべきでない」と懇切に話した。その上で、「最終決定は君の判断に任せる」と述べた。自らが「アウトサイダー」であった内村は、人には、インサイダーだけではなく、アウトサイダーの道もあることを十分に知り尽くしていた。

また、「教育勅語」に敬礼をしなかった内村は、内面の教えというものは、強圧的に注入するものではなくて、それぞれの思考回路の中で咀嚼し、納得する時間が必要であり、権威の力で注入されたものは、咀嚼され、応用される基準とはなりにくいことを、身をもって説いたのであった。矢内原集会や駒場集会の会員たちが、結局は体制順応の道を選んだ事例については後述する。

第7節　伝道者たちの専門分化

矢内原を筆頭に、内村に強い影響を受けて伝道者になった人々の中に、平日は世俗の職業をもち、日曜日に「聖書講義」を行って「伝道」している人が少なからずいる。とくに資質・能力ともに恵まれて、この世の業績にも抜きん出たエリートが少なくない。

エリートは忙しいから、弟子たちに述べる講義は一方向であり、質疑や感想の交換はなされない。教えは上から下へ一方向に流れるだけである。それだけで師の精神が弟子に間違いなく伝わっただろうか。現実には、日曜日に「聖書講義」を聞いた若者が、平日兵器工場で元気よく働くのも信仰のお陰と考える現象が現れる。東大理学部を卒業した学生が呉の海軍工廠で技術中尉として業績を上げたことを誇ったり、満州の陸軍兵器廠に技術中尉として就職した田辺が張り切ったりしていた。また、先生がその実態を見て自分の伝道スタイルを修正したという記録は見当たらない。

無教会の伝道と対照的なのが、教会における牧会である。牧師は信徒とともに歩み、教会での祈りは信徒に祝福を与え、この世の困難に遭遇した信徒には寄り添って心を支える。つまり、この世の生活からのフィードバックを相互交換する。その上で信徒の悩みを最下流で受け止めて祈る。

ひとつの宗教が生まれて集団が成長していく過程では、俗世の問題を切り離して宗教のエッセンスを理論化する知的階級が形成されることは、集団の成長に欠かせない現象である。神学者の階層と日常生活に寄り添う住職・牧師の階層の分離である。創始者たちは、キリスト・イエスはもとより、鎌倉仏教の開祖親鸞や日蓮[注17]、浄土真宗中興の祖といわれる蓮如などは、民衆の中に入って、生活の全側面にわたる個別の悩みを受け止めて慰める働きをした。しかし、集団が大きくなると、教義のエッセンスを理論化し、整理する専門家が必要になり、学僧が修道院や寺に籠ってその仕事にあたった。それはどの宗教でも共通である。社会学者のジンメルはその現象を次のように表現して

いる。注18

与えられた空間のなかで、つまり限られた生活条件のもとで集団が拡大しなければならない場合には、その部分が分化することは不可欠の条件となる。（中略）原始キリスト教の教団では、生活が宗教的な理念で完全に貫かれ、どの機能も宗教的な理念の域にまで高まっていても、その教義が民衆にひろまっていくときには、ある種の俗化と神の冒瀆が起こらざるをえなかった。宗教的なものと混合する現世的なものがあまりにも多すぎて、宗教的要素が自己の刻印を、ただちに、十分に押すことができなくなったのである。しかし、これと同時に僧侶階級がつくられた。そこでは、現世的なものはまったく背後にしりぞき、生活は宗教的な内容だけでみたされた。こうして、宗教と生活との一致が失われ、現世的な階級と宗教的な階級の区別が生じた。

無教会集団が二代目および三代目の時代になると、理論家による「聖書講義」主体の日曜集会に特化して、牧会がおろそかになったと思われる。そして今日、四代目は、理論家たちも、牧会機能を志す人も求心力を失っているように見える。

第8節　無教会主義者たちの体制順応

一九七七年藤田若雄没後に、旧藤田集会から五名、旧駒場聖書集会から五名が、年二回、春分の日と秋分の日に学士会館で集まって、それぞれが当面する職業問題を話し合おうという会を始めた。会の名前は「職業問題研究会」とした。この会の企画者の趣旨は「それぞれの職場で管理職となる大学卒の職業問題」を話し合おうというもので、会員はすべて東大卒であった。[注19] 年長組と年少組の平均年齢の差はおよそ一〇歳であった。その中の主要メンバーが既存の社会体制の中での出世コースにあまりにも無批判に順応していったことに哲夫は驚いた。そして、矢内原・藤田・田辺が説いた聖書講話が、紙の上の知識として伝えられただけで、自分が身を置いている社会体制のありようを考える手掛かりとはなっていない現実があらわになった。以下、その代表例を述べる。

(1) 労働省官僚

上級職公務員試験を受けて念願の労働省官僚となった年長組の笹原駿平は、「これから念願通り労働者たちのために働くぞ」という意気込みで霞ヶ関の役所に入った。そして順調に係長・課長・局長に昇進した。

一九八〇年代初めのころ、かれが五〇歳前後で局長、哲夫が四〇歳前後のころのことである。笹原は、自分が役所内で順調に出世したことを誇らしげに述べた。

「わたしが課長職の時、先輩方の天下り先を三つ作ってあげた。天下り先をいくつ作るかが、課長の腕の見せ所だ」

哲夫はびっくりして、「そんな話は役所内の身内相手の自慢話として酒席でいってもよいかも知れないが、職場のあるべき姿を追求するこの研究会で、まじめな顔をして自慢げにいうなんて、いったいあなたはどういう神経をしているのですか?」と言った。

笹原は「君のいうことは、さっぱりわからない」と応えた。

その後、笹原はマレーシアに数年間夫婦同伴で長期出張し、知友に『マレーシア便り』という一〇ページほどの個人通信を送って来た。かれの仕事は、日本の経済援助で建設する工業団地の中に労働者の技能研修所を設立するので、マレーシア側の担当者とともに、その建設管理を行うというものであった。哲夫自身もイラクへ出張したり、現場事務所勤務をしたりして、個人通信誌を出していたので、同じイスラム国で工業施設の建設に携わる人の働きに関心があり、便りを受け取るたびに几帳面に感想を書き送っていた。

いよいよ施設が完成して、日本から鈴木善幸首相が出席し、マレーシア側はマハティール副首相が出席して竣工式が行われた。かれの『マレーシア便り』には、マレーシア側の無礼について激しい非難が綴られていた。「その式にそれぞれの代表が出席する際、資金援助を受けたマレーシア側の首相が先に会場へ入るべきなのに、鈴木首相が入場してしばらく待った後に入って来た。自分はどれほどやきもきしたことか。マレーシア人は礼儀知らずのだらしない人々だ」。哲夫もイラクやヨーロッパでその種の式に出たことがあるが、どちらが先に出なければならないと彼らが強くこだわっているとは思えない。そのほか、かれは数年マレーシアに滞在したけれども、マレーシアの人々と同じ立場に立って友達付き合いをしたふしがない。いつも言葉の端はしに、「だからマレーシア人は駄目なのだ」という見方が出てしまっていた。

かれはなぜ日本が経済復興を成し遂げた後にマレーシアに対して経済協力を行ったかを十分に理

解していなかったようである。キリスト教徒といわず、一般日本人としても恥ずかしいミスキャストであった。四一年一二月八日、日本海軍が真珠湾のアメリカ海軍基地を奇襲攻撃した時刻より一時間五分早く、日本陸軍はイギリス領マレー半島のコタバルに上陸してまたたく間に占領し、二カ月余りのうちにシンガポールまで達した。占領地では多くの住民を虐殺した。そのアジア蔑視の罪をあがなうために毎年マレーシアへ慰霊の旅を続けている人々が現在もいる。注20

帰国してほどなく、かれは退官し、相模原市にある労働省傘下の職業訓練大学校の副学長になった。通勤は千葉県からの遠距離であったが、八王子駅から送迎車に送り迎えしてもらっていた。かれが現役時代に先輩のために天下り先を設けた見返りに、かれ自身が退官後に恵まれた天下り先を与えられたのであろう。

(2) 厚生省官僚

鵜川忠良は、哲夫より一年先輩で、田辺集会にともに通い、田辺集会解散後はともに自主集会を主催して、協力し合いながら無教会キリスト教の集会を維持してきた友人であった。学生時代は、菊坂セツルメントに加わって、貧困家庭の子供たちの世話をすることもしていた。上級職公務員試験を経て厚生省に入省した。

少し変だと感じるようになったのは、七〇年代中ごろに援護局の課長になり、中国に置き去りにされた「中国残留孤児」の帰国のお世話をする部局のキーマンになった時であった。「中年になって中国に生活基盤を築いた人たちは中国にいる方が良いのだ。いまさら日本へ来てどうするというのだ」と言った。哲夫は驚いて、「人それぞれだから、日本に住みたいと思う人もいるだろうし、とりあえず一目日本を見た上で、どうするか考えたいと思う人もいるだろう。残留孤児を置いてきぼりにしたのは日本政府であり、政府はその人たちの希望を最大限にかなえなくて、どうする」と反論した。しかし、かれは可能な限りその仕事を厄介払いしたいようであった。厚生省の冷淡にかかわらず、民間ボランティアの働きによってかなりの程度に帰還運動が実現したのが、せめてもの救いである。[注21]その後、八三年からミドリ十字の非加熱製剤がエイズウィルス感染被害の原因であることがじょじょに判明し、厚生省官僚の責任が問われた。その際当時新進の代議士であった鵜川が朝日新聞のインタビューに答え、「役所が自分の組織内の者を（理非曲直を問わず）守るのは当たり前だ」という議論を臆面もなく主張したので顰蹙を買った。

この自主集会に、八王子市役所の障害福祉課に勤務する夫婦が参加していた。ある時、障害者のことが話題になった。鵜川はその時、厚生省で障害者の福祉を担当する部署の課長であった。市役所で日々、障害者の世話をしている二人が障害者に同情する意見を述べると、鵜川は上司が下僚を叱るように、「危険な障害者は社会から隔離するように警察権力で対処すべきだ」とまったく戦前の治安警察思想そのままのような意見を述べた。一同は驚き、その夫婦は以後来なくなった。哲夫は間もなく意を決めて、その自主集会を解散した。

以後哲夫はどの集会へも行かず、日曜日は一人で過ごした。妻の光子は、長男と一緒に教会へ通いだし、現在も続いている。彼女は生まれた時からの教会生活が心の支えであり、無教会集会で安らぎを得ることはできなかった。

(3) 金属会社幹部

矢内原・藤田の弟子で、大阪で日曜集会を開いている丸橋定雄という人物がいる。東京で藤田や田辺の家庭集会に参加した人が大阪へ転勤した場合には、かれの日曜集会に参加することが不文律になっていた。かれは若いころは労働組合活動も熱心に行い、妻とともに日曜集会で後輩を熱心に指導していた。かれの妻は、田辺夫人同様に、集会員である若い妻たちを自分が指導しなければ、という意識が旺盛であった。

かれが五〇代になったあるとき、哲夫に自慢していった。「〇〇市内に、チタン製のユニークなタワーがあるだろう。あれは住金が作ったんだよ。すごいだろう」「わが社は〇〇技術で世界一なんだよ。立派だろう」。しばらくしてから、かれが退職時までには重役の椅子を手に入れることを熱望しているのだという話が耳に入ってきた。かれが「この世の出世を望まず、信仰一筋に」と長年言ってきたことが最後の瞬間に反転してしまった。

その頃哲夫は、田辺の信仰五〇周年記念集会の幹事役を務めた。多くの人の都合を聞いて、やっと開催日を決め、場所も確保して一週間ほど経ってから、かれが「別の用事ができたので日程をずらしてほしい」と言ってきた。哲夫は断った。

(4) 原発への態度

二〇一一年の福島原発事故以降、哲夫は技術者として、原発に反対する運動に参加した。その過程で、無教会グループの友人たちで、仕事上原発に関係した人たちはどういう態度をとっているかが目に付くようになった。一人の学者は、事故の前も後も推進団体のために働いている。電力会社に勤めていた二人は、現在の電力会社の原発推進姿勢を肯定している。それぞれの人に会う機会があって、意見交換をした。どの人もそれぞれが所属する組織の方針に従うという態度であった。

　この歴史的な大事件に対して、心を動かされた無教会キリスト教徒はいないようである。そして所属組織と違う個人の思想を形成する姿勢がないのに驚いた。結局哲夫との交際も消滅した。

(5) 戦時中の事例

このような事例は戦時中の矢内原集会にもみられた。一例を挙げれば、矢内原の日曜集会に出席していた帝大理学部物理系の学生は、卒業して海軍技術中尉として呉の海軍兵器工廠に勤務した。そこで兵器開発の成果を上げ、「海軍兵学校付兼教官」の辞令を受けて江田島の海軍兵学校の教官に任じられた。その誇らしい気持ちを日曜集会への近況報告で次のように書き送っている。

　当地は呉より三〇分ほどとも思われぬ別世界にて、その規律ある気品と、重みのある静寂さにおいて、工廠と対蹠的存在であることを感じました。日本海軍も脊椎骨を養うべきこの地に来たって、純真なる小提督と接する機会の与えられしことは、何といっても大きな喜びであり、種々の希望が湧きあがるを覚え（ママ）ます。私自身にとりても大なる修養となるでしょう。当分は自信のできるまで徹底的に兵器を学びたく思っております。[注22]

この人は戦後、有名国立大学理学部教授となり、日曜集会を主宰し、伝道誌を刊行した。戦争中の活動が、信仰とどうかかわっていたのかはわからない。

戦時中の矢内原集会の会員には、内村の思想に倣って応召し出征して戦場で死ぬという道をたどった者もあったが、上の例のように、「大学の自然科学系を出たら、海軍将校になるという制度が出来たから……個々人の責任が問われなくなりがち」であったと、藤田は語っている。[注23]

(6) 哲夫の再就職

一九八七年、エンジニアリング業界の不況に伴い、早期希望退職者の募集があった。哲夫は早々に志願して他社に移った。その際、就職斡旋会社のリクルートの斡旋を受け、その紹介で新しい会社の面接を受けて採用してもらった。その直後、職業問題研究会の中でも尊敬する先輩から「誰の紹介で転職したの?」と聞かれた。それは、哲夫にとってはまったく意外な質問であった。われわれは独立した専門職として、誰にもすがらずに生きることを目指してこの研究会を行っていたのではないか。有名大学―終身雇用の大企業といった、社会内の既得権益階層構造に自らの身を委ねながら、社会基盤の構造改革を議論していても何にもならないではないか、と思った。後にこの経緯を、藤田若雄没後二〇年を記念する文集に次のように書いた。[注24]

無教会二代目三代目の先輩方を見てみると、「名士の社会批判」という側面をどうしても感じてしまうのです。「名士」という言葉で言わんとするところは、多くは東大を出て、この世での生活の安定と精神的指導者としての名声の両方を持ちあわせた人々がリーダーであったということです。（中略）（そういう人々の言葉は）構造改革に及ばないように思えるのです。ふたつの理由があります。ひとつは、東大総長を頂点とする大学教師たちがリーダーであること自体が、今日世俗の栄達や生活の安定を求めて不自然な受験勉強に親も子も狂奔している構図と重ね合わせられる側面があるからです。第二に、二代目三代目のリーダーたちが社会批判を行っても、その親しい友人たちが官僚やエスタブリッシュメントとして体制を支えており、個人的には相互扶助の関係を結んでいることです。批判者も失職すれば体制に身を置く友人が心配して生活の糧を稼ぐ道を準備してくれています。（中略）つまり、後知恵で言えば、体制側から保険を提供されながら体制批判をしているという構図になっているのです。

その時代の社会批判はそれが精一杯であったとしても、今日の社会批判は、もう一歩進んだものでなければなりません。

第9節　ドイツにおける一九六八年運動の蓄積

(1)「ゲーテもハイネも知らないの？」

娘の直子がドイツ人カールと恋仲になった。光子は自分の身内に引き合わせたく、「どこか気のきいたレストランで会食しよう」と決めて、沿線駅前の中華レストランを予約した。メンバーは、哲夫・光子の夫婦と次男、親戚は神戸に住む光子の兄夫婦、都内に住む光子の妹夫婦の六人と、当事者の二人、計九人である。哲夫と義弟は、およそ六〇年前に理科系学生として、大学の一、二年生の間ドイツ語を習った。話すことはできないが、「ローレライ」や「菩提樹」「野ばら」などのドイツ民謡は、歌詞が手元にあれば歌うことができる。哲夫が対訳の歌詞を人数分コピーして持参した。

心地よい春宵に一同集合、席について自己紹介、乾杯、歓談しながら食事をして気分も盛り上がったところで、老人二人はここぞと声を張り上げ、ドイツ語を知らない人たちはハミングで調子を合わせながら上機嫌になった。ところがふと気がついてみると、肝心のカールが怪訝な顔で口をつぐんでいる。

「カール、どうして歌わないの？」

「歌えないんです」

「どうしてまた？」

「歌詞を知らないんです」

「忘れたってこと？」

「いや、習ったことがないんです」

「じゃ、聞いたこともないの？」

「いわれてみればどこかで聞いたことがあるなあ、って感じです」

「じゃ、子供のころ学校でゲーテもハイネも習わなかったの」

「そうです。習っていません」

「エエーッ、本当?!」

かれが一〇代を過ごしたのは七〇～八〇年代であったが、そのころ小中学校の教壇に立っていたのは六八年の学生たちの反乱に加わった若者たちであった。

六八年の反乱を経た学生たちは、およそ三つの方向に向かった。[注25] 第一は、学問の世界で語られる概念から脱却して、内面化や個の主張を実験的に行うグループ、たとえば菜食主義やインド思想の流行などである。このライフスタイルの実験は、後の「緑の党」につながった。第二は、労働者との連帯、共産党への入党などといった古典的な政治活動の活発化である。しかし、知識人中心型の新左翼の運動は結局のところ広く一般市民の支持を得られなかった。第三の方向「SPD（ドイツ社会民主党）のための建設的な政治活動」が、数の上でもっとも多かった。ブラント政権は、六九年に成立し、ブラント自身が労働者階級の子供、私生児であり、ヒトラーへの抵抗運動に参加してノルウェーへ亡命していたという経歴があり、ベルリン市長として実務能力を実証済みであった。そして、東方外交ではドイツの罪をはっきり認め、「あれだけの罪を犯したのだから、こちらから何も言えない」という態度で、高い倫理性を示して難題を解決した。反乱に加わった多くの学生たちは、自分の専門の場で職業を得て、現場で少しずつ変革を求めていくこと、日常の文化に変化をもたらす議論と活動をしていく、という地道な選択を行った。このことが、後のドイツ統一と、現在の倫理的な政策運営の基礎になった。多くの若者が初等教育の現場に入って、新しいドイツの文化建設を意識して、多少なりともナチス体制構築に加担した権威主義的〝古典〟を徹底して排除した結果が目の前のカールの「ゲーテもハイネも読んでいない」という言葉だった。

(2)「否定弁証法」

六百万人のユダヤ人をガス室という「近代的な工場」で淡々と組織的に殺していった、という事実を前にして、過去の輝かしい哲学や文学が何の役にも立たなかった、という深刻な思いに人々は引きずり込まれた。そこから立ち直るには、旧体制にかかわった人物はもとより、文化遺産をことごとく廃却することから始めなければならなかった。しかし現実の行政を維持するには官僚体制の中に〝有能な〟人材が必要であり、ナチス体制下の行政官として手腕を発揮した人物も少なからず行政機構の中に残っていた。そのような〝残滓〟を一掃することを求めて若者たちは反乱を起こした。

その文化・思想の分野で、過去と決定的に断絶することを端的に表現した言葉が「アウシュヴィッツのあとで詩を書くことは野蛮である」というものである。「アウシュヴィッツ以降、文化はすべてごみ屑となった」とまで言っている。この言葉を語ったのはテオドーア・W・アドルノで、戦前から フランクフルトの「社会研究所」に勤務していたユダヤ系の哲学者である。この研究所は一九二三年にフランクフルトに創設され、主要メンバーはユダヤ系の学者たちで、アドルノのほか、マックス・ホルクマイヤー、エーリッヒ・フロム、ヴァルター・ベンヤミン、ヘルベルト・マルクーゼ、レオ・レーベンタール、フランツ・ノイマンらがいた。[注26] 三三年にナチスによってこの研究所は閉鎖され、多くはアメリカに移った。戦後はユルゲン・ハーバーマスらが第二世代として活躍している。

かれらはナチスによって「ガス室」に送られる立場にいたから、その問題意識はより深刻だったかもしれない。しかし、「ベートーベンやブラームスらのクラシック音楽……に代表される、ロマンチックで教養に満ちた文化の国……。そこでどうしてナチスのような政党、ヒトラーのような指導者が独裁的な力を発揮しえたのか、さらにはホロコーストのような出来事が生じることになったのか」[注27]という問いは、現在の私たちにも共通である。

かれらの問いの結晶の一つが「否定弁証法」である。あらゆる哲学は一つの理論を形成し、体系にまとめられる。しかし、生身の人間は一人ひとりの体験を生きていく。そして、既存の生き方が立ち行かなくなって、体系を否定せざるを得なくなる。誠実に生きることは、個別事象の経験を経て否定を表明することである。誠実に生きることはその否定を繰り返していくことであると述べている。[注28]

(3)「エリート的高慢さ」がもたらした戦後日本

「否定弁証法」の内容は、素人の筆者にはむずかしいが、不断に自己の体験に誠実に向き合って生きるべきことを、さまざまな言葉で説明していることはわかりやすい。それらの言葉を断片的であれ自分の糧とし、縁によって出会った読者に紹介することは許されるであろう。次の言葉があった。

・エリート的高慢さこそ、哲学的経験にはもっともふさわしくないものであろう。[注29]

・（主観に基づく）考え方は、自分の田舎町を世界の中心とみなす田舎者や偏執狂者の素朴さにも比せられる素朴性として放逐された。[注30]

後出の「矢内原と天皇制」（第5章3）に、南原繁、前田多門、田中耕太郎、天野貞祐らの知識人たちが、天皇の「人間宣言後」も、一般の人々の道徳規範として「教育勅語」が適当だと勧めたことを確認する。一般市民を愚民視して、自己とは異なる道徳規範である教育勅語を推奨する二重基準が、古い「田舎町」の「素朴な」神話を継続させることになり、社会体制変革を妨げた。戦前の責任者たちを裁くことは戦勝国による極東裁判でわずかに行われただけで、日本人自身の手では何も行われず、戦前の官僚組織を復活させ、五七年には岸内閣を、七二年には佐藤内閣を実現させた。さらに戦後七〇年後の今日も、戦争遂行体制を復活させて、アメリカを盟主とする軍事体制の中に組み込まれることを一層強化している。

とくに、「否定弁証法」のキーワード「アウシュヴィッツのあとで詩を書くことは野蛮である」は鮮烈に響く。たとえばアウシュヴィッツのユダヤ人強制収容所長ルドルフ・ヘスも、家庭人としてはやさしく良い父親だった。[注31] 野蛮な行為と詩を書くなどの美を求める行為は両立可能である。とくにエリートにはその二重基準に身を置く誘惑が大きい。しかし、フランクフルト学派の哲学者たちは、その誘惑を徹底的に排し続けた。それが「否定弁証法」であり、「田舎の素朴な考え方を放逐する」という行為であった。これがドイツの若者たちを新しい社会建設に導く原動力であった。

注

注1　深沢武雄『回顧一九六八〜一九七一　ソ連日食・四エチル鉛紀行』テクネ、二〇一二年、二一六〜

二五九頁

注2 深沢、前掲書、三七三～三七四頁

注3 深沢、前掲書、三七八～三八一頁

注4 「CVCCエンジン発表」ＨＯＮＤＡ https://www.honda.co.jp/50years-history/challenge/1972introducingthecvcc/page05.html

注5 リー・Ｎ・デービス、ＬＮＧ研究会訳『ＬＮＧの恐怖』亜紀書房、一九八一年

注6 イラクの一連の仕事は、著書『戦時下イラクの日本人技術者』（三省堂、一九八五年）にくわしい。

注7 『平和と信仰と科学　原島圭二の遺したもの』若木高善編、キリスト教社会思想を考える会、二〇二〇年

注8 山本泰次郎『内村鑑三とひとりの弟子』教文館、一九八一年、一〇四～一一一頁

注9 『藤田若雄　信仰と学問』藤田起編、教文館、一九八一年、二一七頁

注10 矢内原全集第二六巻一九六頁

注11 同前

注12 渡部恵一郎「『聖翼の蔭に』研究」『無教会主義の自己点検』第二号、一九七九年、八～一七頁

注13 同前

注14 全集別巻『矢内原忠雄―信仰・学問・生涯―』一三六頁

注15 たとえばアドルノの自己批判。三島憲一『戦後ドイツ』岩波新書、一九九一年、二二四頁以下

注16 山本泰次郎『内村鑑三とひとりの弟子』教文館、一九八一年、一〇四頁以下

注17 たとえば、日蓮が信徒一人ひとりの悩みに丁寧に答えている。植木雅俊『日蓮の手紙』角川ソフィア文庫、二〇二一年

注18 ジンメル、尾高邦雄訳「社会文化論」『デュルケーム・ジンメル』中央公論社、一九八〇年、四四五頁

注19 『平和と信仰と科学　原島圭二の残したもの』若木高善編、キリスト教社会思想を考える会刊、二〇二

○年、六七頁

注20 「『一二月八日開戦』の意味　侵略の起点　根底にアジア蔑視」『朝日新聞』二〇二一年一二月八日

注21 厚生省の冷淡ぶりについてはたとえば、安富歩『満州暴走　隠された真実』角川新書、二〇一五年、二〇三～二一三頁

注22 『冨田和久著作集』第六巻、二三五頁

注23 『藤田若雄キリスト教社会思想著作集』第三巻、木鐸社、一九八四年、二九頁

注24 『職業・思想・運動―マイノリティの挑戦』三一書房、一九九八年、一七～一八頁

注25 三島憲一『戦後ドイツ』岩波新書、一九九一年、一七〇頁以下

注26 細身和之『フランクフルト学派―ホルクハイマー、アドルノから21世紀の「批判理論」へ』中公新書、二〇一四年、iv頁

注27 前掲書、iii頁

注28 T・W・アドルノ、木田元、ほか訳『否定弁証法』作品社、一九九六年、三六～四一頁

注29 前掲書、五六頁

注30 前掲書、八四頁

注31 その一例として次の記事がある。「父はアウシュヴィッツ強制収容所の所長でした　それでも父を愛している！　独女性衝撃の告白」
https://news.yahoo.co.jp/byline/norikospitznagel/20150817-00048550

第4章　朝鮮半島からの友人たち

第1節　李との交わり

(1)　李の帰国

李は一九六七年三月に大学院生活を終わりにして帰国した。韓国社会はまだまだ戦争の傷跡が収まらず、内戦で破壊された社会基盤を立て直さなければならない時期であった。一九四五年に日本軍が撤退したのち、朝鮮半島の旧日本領土の三八度線から南は実質アメリカ軍が、北はソ連軍が接収した。結果として、南北に分断された政府が並立して対立が激化し、五〇年に朝鮮戦争が勃発した。五三年に停戦したものの、死者は南北合わせて五〇〇万人といわれ、街は荒廃し、多くの戦災孤児が生まれ、事態の収拾がまだ終わったとはいえない時期であった。

韓国では、六一年に朴正熙をリーダーとするクーデターが起き、いわゆる開発独裁の強権政治が行われていた。李は、専門の学問では世界の先端を極めたいという欲求を一方に抱えながら、他方では多岐にわたる分野の相談を受けて、専門外の勉強もしなければならなかった。たとえば、首都ソウルが戦場になったために都市のインフラシステムは寸断されていた。上下水道などは土木技術者の専門であるが、都市ガスシステムは機械工学や化学工学の知識が必要である。その都度かれは参考文献を哲夫に依頼した。

かれが身を置いた研究所は六八年に新設された韓国科学技術研究所（Korean Institute of Science and Technology：略称ＫＩＳＴ）で、朴政権肝いりの国立研究所であった。かれはその研究所で、自分の専門研究とその都度持ち込まれる諮問テーマをこなし、加えて週一回大学の講義を受け持っていた。六九年には韓国の機械工業の基盤育成策について諮問を受け、政府の商工部長官、経済企画庁長官、大統領にブリーフィングを行うこともあった。

七四年九月からは一年間、一家でサンフランシスコへ行き、スタンフォード大学で専門分野の研究生活を送り、これを機にその分野でも世界に知られるようになった。以後研鑽を積み、八三年には五・一六民族賞（日本の文化勲章に近い賞）を受賞し、韓国の精密工学会を設立して会長に就任した。八五年から九〇年の間は日本のＦＡＮＵＣに招請されて生産技術研究所長を務め、山中湖畔に住んだ。

⑵　ＫＩＳＴでのコンサルティング

七六年に、李が哲夫にコンサルタントの仕事を依頼した。炭鉱の機械システムの国産化プロジェクトを手伝ってくれという。それまでに哲夫は自社の仕事で、蔚山に建設する石油化学コンビナート内の肥料工場の計画のためにソウルへ出張したことがあったが、一泊二日で顧客事務所を訪問しただけでほとんど街を見る機会はなかった。この時は一〇日間の韓国滞在で、東海岸に沿った太白山脈の中の炭鉱を訪ねて、地方の様子も見学することができた。

四月一二日（月）羽田を発ち、ソウルと東部の江原道の炭鉱地帯を視察して、四月二三日に帰った。一二日から一九日までは、ＫＩＳＴの事務所で過ごし、その後一九日（月）の夜行で江原道へ行って、三日間現場確認と現場スタッフとの意見交換をし、二三日（金）の飛行機で帰国した。

海抜七〇〇メートルの太白山脈に抱かれた炭鉱町は、この冬、零下二〇度Cを記録したそうで、四月下旬というのにうすら寒く、梅がほころび始めたところであった。当時日本では炭鉱の閉鎖が相次いでいたが、韓国の炭鉱の炭質は良く、冬季の家庭用オンドルにも大量に消費されているということだった。それで、需要が供給を上回っており、設備増強が求められていた。

ソウルの中心街は、平日でも人があふれている。四年前の夏に来た時は、迷彩服の兵士が目立ち、サラリーマンでもネクタイなしの人が多かった。チューインガムを売る子供もいた。以後朴正熙大統領の軍事政権下で、民間の経済活動が急速に成長していた。ソウルでは東京都区部とほぼ同じ面積[注1]の盆地の中に、七〇〇万人が住んでいた。六五年には四八〇万人であったから、東京に劣らず都市の急膨張の問題が集積していた。四年前にKISTを訪れた時には、ソウルの東端の丘の上にある唯一の建物という印象であったが、今はこの丘がすべて住宅で埋まっていて、立派な小学校も建ち街角には本屋もあった。

一緒に働いたKISTの技術者たちは、ほとんど三〇歳前後の若いソウル大学の卒業生でスマートな人たちだった。ある食事時の会話。

哲夫「あなた方は大学時代に三年間兵役につかれましたね。わたしには兵役の経験はありませんが、三年間学業を中断すれば、多少の知識も蒸発してしまうのではないでしょうか」

技術者「その通りです」

哲夫「それに代わる何かプラスがあったでしょうか?」

技術者「やっぱり、ロスしか思い浮かびませんね」

哲夫「もっとも、大学というところは、本の読み方を知ればそれで良いんで、知識を覚える必要もないでしょうがね」

技術者「わたしも同意見です」

そういって、やおらポケットから文庫本の『イワン・デニーソビッチの一日』を取り出し、あるページを示して、「ここがいいんだ」と言って、すぐポケットにしまった。それが何ページだったのかは分からないが、戒厳令による言論統制下のインテリの気持ちが伝わって来た。『イワン・デニーソビッチの一日』や『煉獄にて』、『ガン病棟』の話などもした。

日曜日の晩の八時過ぎのゴールデンアワーにテレビを見ていたら、国営の大韓放送が、反共番組を流していた。北から逃げてきたという人が報告者で、拷問された場面や、軍事訓練の場面などであった。

平日の午後、博物館を見学中に、守衛が回ってきて、観覧者全員に、「今は民兵訓練の時間だから、見物を止めて講堂で謹慎していなさい」と命じた。若いアメリカ人たちも含めてすべて講堂へ押しこめられ、三〇分くらい椅子に座っておとなしくしていた。当時は国民皆兵で、兵役を終わったのちも、五〇歳までは予備役に就いており、毎月一五日に、三〇分ないし一時間、交通を全面停止して、市中で訓練を行っていた。

哲夫がソウルから帰るとき、時間の都合で福岡空港経由の便に乗った。福岡空港の乗り換えの待合室には、豊満な女性の水着姿を写した大きな看板があった。それを見てほっとし、全身の筋肉が緩んでいくのを感じた。

(3) 社会見学

哲夫と光子は二〇〇〇年代になって余裕ができてから何度か韓国へ遊びに行き、その都度目覚ましい発展を体験させてもらった。他方、北朝鮮との間に、いまだに解けない緊張があることを、二〇一〇年一一月に経験した。

二三日（火）、前日にDMZ（非武装地帯Demilitarized Zone）ツアーを予約しておいた。三八度線の軍事境界線を境に南北それぞれ二キロの非武装地帯があり、そこを見物するツアーである。それまで板門店という地名しか知らなかったので、このツアーは記憶に生々しく残るものとなった。

二人が乗ったバスには英語のガイドがついていたが、哲夫たちにはさらに日本語ガイドがついた。ソウル市内で、前を走る小型のスクールバスの後ろに「士師学校」と書いてあった。「士師」とは、古代イスラエルの指導者をなぞらえているのだろうか。ガイドの説明によれば、ＩＱ一五〇以上の高校生のための学校だという。韓国の学歴に対する熱意の強さに圧倒された。市内の混雑を抜けると高層アパート群が現れ、次いで田園風景が見えてきた。目指す板門店周辺はソウルの北西わずか五〇キロの距離にある。

非武装地帯に入るとき、バスを乗り換え、他の観光グループと同じバスに乗った。なんと中国からの観光客であった。このバスからは写真を撮ってはならない、ひとりで勝手に動くと地雷を踏む恐れがあるなどと注意された。米軍と韓国軍が北からの侵攻を防ごうと地雷を埋設した地域があるが、いまは撤去しようとしているということであった。迷彩服を着た軍の関係者がバスに乗り込んできてパスポートによるＩＤチェックを行った。非武装地帯に畑があり、家も見えるのはどうしてかと思ったが、韓国政府が税金免除と若者の兵役免除とを引き換えにここに住むことを奨励したのだという。そのうちに学校と教会のある一区画が見えてきた。これは単なる静かな村だと北側に思わせるカモフラージュだそうで、実は兵舎なのだと説明された。まず非武装地帯の南方境界線から七〇〇メートル離れた韓国最北の都羅山（トラサン）駅に行った。実質的には使用されていないのに、立派な作りであった。ちょうど列車が走ってきたが、誰も乗っていない。一日に二、三回走っているという。北さえＯＫといえばいつでも境界を越えて走らせる用意が出来ているというジェスチャーだそうだ。駅の電光掲示板には列車の行き先として「平壌駅」と出ていた。

次はトラ展望台である。北朝鮮をもっとも近くから見ることができる韓国最北端の展望台であった。ここでもカメラは指定された所でしか使えず、その場所で観光客は北朝鮮が写るようにとカメラを高く掲げてシャッターを押していた。望遠鏡は五〇〇ウォンを入れると使える。この日は雲ひとつない快晴で見晴らしがよく、畑はもちろん北の開城市に建物がたくさん見えた。北朝鮮の方も豊かに暮らしていると見せかける町を作っているとのことだった。動いているものは何も見えない異様な感じで、死んでいる町と思われた。違った位置から見ようと展望台の角に行って肉眼で北朝鮮を眺めていたら、「あ、見える、見える、人が」と双眼鏡を覗いている男性が叫ぶ声が聞こえた。

このツアーに乗ってくる日本人は少なく、この時初めて日本人に出会った。この日本人五、六人のグループはカジュアルなコートの観光客とは違った雰囲気があり、グループの真ん中にテレビで見なれた方が姿勢よく立っていた。よく見ると公明党の山口代表だった。説明役の韓国の軍人が丁寧に応対していて、秘書がノートを広げてメモしていた。

ここにいると、非武装地帯とはいえ、北側からこちらを観察しているのでは、あるいは急に攻撃される可能性はないのか、とあまり気持ちの良いものではなかった。この非武装地帯ツアーは怖いもの見たさのツアーだったが、最後に見学した第三トンネルはインパクトが大きかった。

これは七八年に北からの亡命者の証言で存在が明らかになったもので、長さ一六三五メートル、北朝鮮の兵士三万人が一時間以内に潜入できるとパンフレットに書いてある。トンネルは四つ見つかっているそうだが、この第三トンネルが一番規模が大きいそうだ。体調がよくなければやめた方がよいと言われたが、荷物は全部ロッカーに預け、黄色いヘルメットをかぶってスロープを降りはじめた。

スロープ部分は地上から地下七八メートルの第三トンネルに到達するためにシールド工法で掘られた近代的トンネルだが、斜度が大きく、見学後地上に戻ってくる人達があえぎあえぎ上がって来る。トンネル内は周囲の壁面が真っ黒だった。韓国がこのトンネルの存在を暴露したとき、北朝鮮側はこれが炭鉱の坑道であったと思わせるために石炭の粉を塗りつけて撤退したそうだ。ダイナマイトで爆破し、その後ツルハシを振るって人力で掘ったのか、表面は鋭角のギザギザの岩がむき出しになっている。この黒さとギザギザの壁は憎しみの象徴のように思えた。時々黄色い印がついている。これはダイナマイトを差し込んだ穴だとか。北朝鮮はこのトンネルを韓国が掘ったものと主張したそうだが、この穴の向きはソウルの方向を向いているという。見学路終点のドアが取り付けてある所まで行き、戻り始めた（見学距離は二四五メートル）。帰りの斜面のトンネルのちょうど中頃に差し掛かったときに、中学一年生くらいの制服を着た女の子たちが長い列を作って下ってきた。学校から見学に連れてこられたらしい。二列になって友達と肩を組み、はしゃいで笑っている。スキップしている子達もいる。

それから朝鮮戦争のドキュメンタリーフィルムを見た。中国からの観光客とアメリカの観光客が一緒にこれを見られる時代になったのが感慨深かった。

ソウルに戻るバスの中から漢江の下流が見える。とても美しく慰められた。鳥がたくさん点々と川面に群れていた。非武装地帯は人間の手が入らないので自然が豊かなのだという説明があった。

ホテルに預けていた荷物を受け取り、すぐ近くのシティ・エア・ターミナルに向かった。四時過ぎにシティ・エア・ターミナルでチェックインした。飛行機は七時四〇分なので時間はたっぷりある。テレビの前にたくさんの人が群がっている。家が燃えている画面が見える。皆、押し黙っている。バスに乗り込んだら、バスの前方にテレビがあり、また同じ画面が映っている。爆弾が破裂している画面になり、アナウンサーが緊張した声で話しており、乗客は凍りついたように沈黙を守っている。そのうちに画面に地図が出てきて、三八度線を西方の海に延長したような領域がアップになった。北朝鮮が延坪島（ヨンピョンド）を砲撃してきたのだ、と分かった。今も緊張の解けない社会であることを実感した。

その晩遅くに、無事羽田に着いた。

(4) 子どもたちが外国人に会う

哲夫の子供たちは小学生時代に親が外国人と親しい友達付き合いをしていることで、自然に世界が広まったようである。暸が小学校二年生の七七年一一月三日に次のような日記を書いている。

リーさんと会えてうれしかったこと

リーさんはかん国の人でぼくのおとうさんの友だちです。地下てつの赤いでん車の中でぐうぜん会いました。おかあさんは、今日こっちへ来るとは思わなかったのでりょうりを作ってなかったのです。だからおかあさんの作ったパイをだしました。けどざんねんなことが一つあります。それは、おかあさんがせっかくおりょうりをしようと思ったのに金さんてゆう友だちがよんでいるのですぐ行っちゃいました。それで少ししか会えませんでした。

翌年の四月二一日には金さんと李夫人と家族が新宿で会食した。

かんこく人のこと

きのうかんこくの人で金さんとゆう人とリーさんという人のおばちゃんがしんじゅくにくるので、ぼくたちは会いに行きました。どうして会いに行くかは、ぼくのおとうさんの友だちだからです。きの国やで夕ごはんをいっしょにたべるとき、二人でかんこくごでしゃべっているとき、ぼくは「かんこくごって早口ことばみたいだなあ」と思いました。

(5) 暸へのアドバイス

暸は大学で土木工学科の修士課程を卒業した後、大手建設会社に就職した。そこで四年間勤務し、現場事務所で地下トンネルを掘る専門家としての技量を磨いた。けれども、その職場で観察した社内の人間関係や顧客との交渉における業界慣行は、一生付き合うには耐えがたいものであり、異なる職業選択の可能性を考え始めていた。

九九年、年末の休暇を利用してソウルへ行った。二十九歳になっていたので学生生活に戻るには遅過ぎないだろうかという迷いがあった。ふと、「李さんは三十歳で大学卒業したあと大学院に進み学業を続けたんだよ」と父親が話していたのを思い出し、彼に会って相談するのがベストだと思ったからだ。李は「全然問題ではない。老眼が始まらない限りいつスタートしても良いのだ」と、あっけらかんと話した。暸は決心がついて、会社に退職すると伝えた。

(6) 直子の訪問

直子は一九九八年の春、大学を卒業して修士課程へ進学した。その春休みの間、約一週間、ソウルの李の家を訪問して泊めてもらい、日中はソウル市内の見学、夜は家族と懇談して見聞を広めた。李夫妻の長い経歴と国際経験は、得難いアドバイスであった。後にシカゴ大学へ行く判断もこのときの交流が参考になった。

第2節　高との交わり

(1)　高との交わり

一九七二年、哲夫は李から「義兄がイリノイ大学の准教授で、東アジアの政治を研究テーマとしており、日本の官僚制度の構成と昇進などに関するこれこれの資料を入手したいといっている。それについて協力をお願いしたい」という手紙をもらった。霞ヶ関の政府刊行物販売センターへ行ったが要領を得ない。厚生省にいる友人に会って話したら、すぐに手渡してくれた。それをきっかけに高と直接文通するようになり、折々に必要な資料を送った。お返しに何か欲しいものがあったらいってくれという言葉があり、アメリカの古い歴史の本を依頼した。哲夫が送った資料は高の著書に反映され、序文に丁重な謝辞を書いてくれた。

高は李夫人の兄である。一九五〇年六月二五日に北朝鮮軍が突然三八度線を越えて進軍して来て、軍事境界線からわずか六〇キロしか離れていないソウルは、三日後の二八日には市民の半数が住み着いたまま、北の手に落ちた。市内には住民の死体が散乱し、多くの建物が炎上した。[注2]この惨劇の中、高兄妹は両親を失った。ハイティーンだった二人の兄たちは、二人で住むことになった。三人目の男の子だった高（現イリノイ大学准教授）は祖父母に引き取られた。その後、祖父母とともにアメリカに渡って学者になった。末子の娘（李夫人）は、母親の友人・朴順天女史に引き取られ、国内で教育を受けた。

アメリカの高と哲夫とは話が合い、当時熱い話題になっていた『世界』の連載記事「韓国からの通信」を、毎号切り取って送った。この記事が『世界』に連載されたのは七二年から八八年までで、その間には金大中事件や光州事件があった。

後に光子が教会で東海林勤牧師の弟夫妻と親しくなり、同牧師とも懇談することができた。『世界』連載中には著者は匿名（T・K生）であり、後に日本のキリスト教の牧師たちが韓国から持ち出した資料を東京女子大学教授の池明観氏が、最終的にまとめたものであることが明らかにされた。その持ち出し役として、東海林牧師夫人が大きく貢献されたことを知った。

(2) 直子のシカゴでの恩恵

二〇〇六年に娘直子がシカゴ大学ＭＢＡコースに留学した時に、「娘が一人でシカゴへ行くのでよろしく」とメールして以来、高は親戚以上に何くれと心配してくれた。はじめてシカゴへ着いたとき空港へ迎えに来てくれ、その後学年の終わりごとに食事に招待してくれ、さまざまな相談にも乗ってくれた。

哲夫・光子夫婦も二〇〇八年六月にその卒業式に出席し、その機会に高夫妻に会ってお礼を言った。夫妻は朝、車でシカゴ市内の直子のアパートまで迎えにきてくれ、哲夫・光子夫婦を乗せてシカゴ市内・近郊の風光明媚なところを案内し、郊外のレストランで昼食をとった後、自宅へ連れていってくれた。両親を朝鮮戦争で失ったのちさまざまな苦労を経て、祖父母を伴ってアメリカに渡り、東アジアの政治・思想を講じている折り目正しい学者と、優雅で柔和な夫人と向き合って、四〇年間の付き合いが改めて身にしみた。

第3節　創氏改名に見る天皇単一支配原理

(1)　創氏改名

李と幼馴染の金は哲夫が同席する時は日本語で話す。このふたりは一九三三年に生まれ、小学校へ入学した三九年に創氏改名が行われ、戦争が終わった四五年三月に小学校を卒業している。小学校の授業は日本語で行われた。会話の席で李は金のことを「金田君」と呼び、金は李のことを「寺田君」と呼ぶ。『皇民化教育」のもとに、ことばを奪われ、名前も変更させられ、幼いころにそのことが刷り込まれた人びとのことが思われて哲夫は粛然とする。

三九年という時期は、朝鮮王朝を軍事征服して植民地化した一九一〇年から数えて約三〇年を経過しており、植民地の人びとの負担が極限まで深化した時期である。周辺では満州国建国（三二年）、中国侵略（盧溝橋事件：三七年、上海事変〔第一次〕：三二年、〔第二次〕：三七年）など、中国大陸での軍事行動が全面展開した時期でもある。植民地朝鮮は日本本土以上に、銃後の補給基地の役割を担わされた。「朝鮮産米計画」によって、米の作付けが強要され、その米は日本本土へ移出された。青年たちは徴兵された。また、日本本土へ強制連行された労働者たちもいた。地域ごとに人数が割り当てられて従軍慰安婦を差し出すことも求められた。

それらの負担が深化するのと歩調を合わせて「内鮮一体」の掛け声はいやがうえにも高くなって

いった。そして、皇民化政策の極みとして三九年の「創氏改名」「日本語教育」が実施された。水野直樹『創氏改名』による要約を引用しておこう。[注3]

朝鮮人を「血族中心主義」から脱却させて「天皇を中心とする国体」の観念、「皇室中心主義」を植え付けること――これが創氏の真のねらいだったのである。

（中略）明治民法は、家の長としての戸主に大きな権限を与えたうえで、国家が家を通じて個人を把握するという仕組みを作り上げた。そこでは、家が直接天皇と結びついているという観念が形成され、天皇を頂点とする国家体制を支える役割を果たした。

(2) 人びとの苦衷

「創氏改名」は、日本人に「李」や「金」という名前を付けるように要求された場合を想像すれば、人びとの苦衷を察することができる。穏健な人々も、「これぱかりは」と、強い心理的抵抗を覚えた。そのことについて、総督府が「強制ではない」と弁明したなどの記録もあって曖昧にされているが、現実は苛酷なものであった。人びとの苦悩は文学作品にリアルに表現されている。たとえば、次の二つの作品が人々の心をリアルに表現している。

リチャード・キム、山岡清二訳『名を奪われて』[注4]に人々が新しい姓名の登録手続きをしたのち、盛装し、黒の喪章を付けて墓の前で泣いた場面が痛々しく描写されている。梶山季之『族譜』[注5]では、日本の総督府に協力的な大地主が、七〇〇年続いた族譜に記載された姓を変えることを求められて、頑強に抵抗してきた。最後に当局は、姓を変えない小学生に教育をしないと脅し、族長は孫たちの求めに応じて姓を変えることに同意し、その文書を残して石を抱いて井戸に身を沈めたと記されている。

天皇のみが権力を握るべきだという体制を作るために、被征服民族の心を和解不可能な傷跡を残して踏みにじった。

第4節　矢内原の植民政策講座

(1)　職業選択に際しての自意識

矢内原は一九一七年、二四歳の時に大学を卒業して住友別子鉱業所に就職し、三年後に東京帝国大学に招聘されて経済学部助教授に任ぜられ、植民政策講座を担当する。

就職を控えた学生時代の文章には「朝鮮人の友になりたい」という志望が述べられており、現実的な道として「先づ朝鮮銀行へでも行ってやらうかと思ふ」という文章がある。[注6] しかし、家庭の事情で地元に就職する道を選んだ。第二の就職口は「植民政策講座」という、軍事行動を背景に異民族を支配する政策を生涯の学問研究のテーマに選ぶことであるから、そこに何らかの深い検討がなされ、その結果を誰かに語っているのではと思われるが、その種の動機を語っている記事は、管見の限りでは見当たらない。自分が職業とする植民政策学に関する諸問題を信仰に照らして躊躇するところがなかったのだろうか。植民地朝鮮では直前の一九年三月一日に「独立万歳運動」が、強圧的な日本軍の武断政治のもとでも全国的に展開された。また、第一次大戦終結後にウィルソン大統領が「民族自決」の原則を唱え、アジア諸国の植民地でもそれぞれに「独立の志士たち」が活動していた。

住友へ就職間もない二七歳の時期（二〇年）、しかも植民地にどのような問題があるかが万歳事件によって象徴的に示された翌年に、常識人なら本来なくなることが望ましいと考える仕事に就いたというのは、仕事自体に積極的な意義があると考えて選択したものであろうか？　もしそうであれば、その間の事情を考察した上での決意表明文書があってしかるべきではないだろうか？　どのような事情にせよ、せめて哲夫が四エチル鉛工場の業務に着手する際に行ったように、自分が態度決定した事情を明言した上で就職すべきであったのではないか？（第3章1「公害発生源の工場」参照）

東京帝国大学は帝国政府の必要を満たすために設置されたものであり、その需要に応じた講座を新渡戸の時代に設け、新渡戸の転出に伴って矢内原に就任要請がなされ、矢内原は体制の求めるところに、たんたんと応じたというのが実際のところのように推測される。

(2)　二つの著作物に見る乖離

三年間のヨーロッパ諸国留学から帰ったのち、その間の講義ノートを蓄積して、それを基に三三歳の時（二六年）に主著『植民及植民政策』を出版した。さらに、その翌年に『植民政策の新基調』を出版した。前者は総論であり、後者は留学からの帰朝以来各論として発表した論文を集成して一本化したものである。したがって、両著は著者の同時期の総論と各論を示すものと見てよい。

前者は、ヨーロッパ諸国の四〇〇年以上にわたる植民地経営活動を総攬した上で、このようにすれば経営側も現地人も経済的に利益を得るはずだ、と何とか植民政策のプラス面を見いだそうとしている。もっともそうでなければ、五〇〇頁になんなんとする教科書を書く意味はないし、そもそもかれの本業たる「植民政策講座」は成り立たない。しかし、植民地の本当の問題は、経済的利益を論じる以前に、異民族が乗り込んできて押しつける武力による耐えがたい抑圧構造である。したがって、末尾の結論部分には、「植民政策を以て植民地領有支配に関する政策なりと解せんか、『植民政策を行ひつつ、しかもその暴力的方法を除去し得べしとは、真面目に批判するに値せざる妄想である』」と先達の言葉を引きつつ、植民政策がいずれ廃止されるべきものだという認識を述べている。[注7]

後者は巻頭「序文」の第一行目に「帝国主義的植民政策は行き詰まらんとして居る」と著者の認識を直截に宣言している。そしてその本に収めた論文「朝鮮統治の方針」には、「日鮮同治」を唱える総督府統治の行き詰まりを詳述し、帝国的結合を維持するには「カナダ、濠州、ニュー・ジーランド、南阿聯連邦其他の英帝国のドミニオンはその最も顕著なる典型である。即ち之等のドミニオンは自己の議会及び之に対して責任をとる内閣を有し、英本国とは帝国会議に於て結合せられて居るに過ぎない」と述べて、朝鮮議会の開設とドミニオン制への移行を提唱している。[注8] つまり、もはや植民地は解消するしかないと明快に述べている（この文章は二六年四月の李王薨去に際して起草されたものである旨冒頭に記載されている）。

(3) 植民地化過程の軍事行動

矢内原は、朝鮮統治における暴力的な支配を強く批判しているが、これは朝鮮に限ったことではない。現代の中東やアフリカの絶えざる戦乱と難民の群れを見れば明らかである。

七八年から八三年までの間、哲夫はイラクに製油所を建設するプロジェクト・チームの一員として、初期には出張、後期には現場駐在の形でフセイン政権下のイラクを観察する機会があった。西側諸国の銀行融資も積極的に行われて、目を見張るような経済発展を遂げていることを目の当たりにした。強権を揮う政府が指導しているさまはあたかも日本の明治政府が実施した「開発独裁」そのものだった。この形態で一定の経済基盤ができて中産階級の主導する市民社会が形成されたら、民主的な政体に変わるだろうという期待を抱かせた。ちょうど韓国がたどった開発独裁の道をも連想させた。ところが、九一年の湾岸戦争で米国がこれ見よがしの猛爆撃を加えてイラクの国そのものを破壊し、大量の駐留軍に守られた占領軍政府を打ち立てて「独裁政権を打倒して民主政権を樹立した」と宣伝した。哲夫が見た高度経済成長の恩恵のもとで、生活環境の近代化を素直に喜んでいた市民たちは、今日では無政府状態の社会にはびこるＩＳ（イスラム国）の支配や占領軍の銃を突きつけられて、生命の危険すら覚えながら生活している。

一九四二年に中国戦線に参加して、侵略中に一〇三人の中国人を殺害したという憲兵・塚越正男の下記の体験談を読めば、植民地獲得ということがどういう状況かを直ちに知ることができよう。そしていずれの国であろうと、軍隊抜きの植民地獲得ということはまずなかったといってよいであろう。

……（私は）客観的条件である天皇制というがんじがらめの社会制度の中に自分を置くことによって出世を願ったのです。

私は、自分が出世するには一人でも多くの中国人を殺害することであると思っていました。ですから、拳銃の試し撃ちと称して二人の子どもの頭をぶち抜く訓練をしたり、新刀試し切りと称して斬首（首を切ること）したこともあります。

この地域（敵性地区）に……農民がいるわけです。そうするとなぜ人殺しができるかというと、それは僕らが受けた教育の中にある〝チャンコロ〟という考え方です。中国人は犬や猫よりももっと下等な動物であるということです。それを僕らが捕らえまえしかも共産党に通じているとなると、これがさらに倍加するわけです。なぜなら日本の天皇にはむかう奴だということですから、勇気百倍です。こいつを殺すということは自分の星がふえるということになるからです。[注9]

(4)　植民地の人びとに迫られた厳しい選択

朝鮮の人びとは日本軍の占領下にあって厳しい選択を迫られた。東京の神学校で学んでいた張俊河は次のように書いている。[注10]

（一九四四年七月）日本・東京にあって日本神学校へ在学していたわたしは、そのころほんの短いあいだ郷里へ帰省中だった。平安北道朔州の地。そしてわたしは長老教会牧師の子だった。日本人がもっとも厳しく注目し、また憎んだ牧師の一人が父だった。家庭は、神社参拝に反対した罪で宣川中学校を追われたのちも、ひきつづき要視察人物としてたえず刑事から尾行される父を家長としていた。わたしは長男だった。そのうえ日本から難を逃れて帰省していた。他の神学校とは異なり、正規の大学課程をもつ日本神学校の在学生である。いうなれば学徒兵「志願」の資格が付与されていた。そのため、わが家の不幸を一身に引き受けるべく、つまりはその「志願」にこの身を委ねてしまったという次第だった。

著者は、徐州の日本軍兵舎から三人の仲間とともに脱走して重慶の金九主席率いる韓国臨時政府に合流するために極寒の山野をこえて二四〇〇キロを徒歩で踏破するという苦労をし、西安で始められた韓米合同作戦に参加するという過酷な体験をするのだが、信仰をもって耐えるというだけでなく、他国の侵略・植民地化を跳ね返そうと命をかけて戦う人たちも少なくなかった。

(5) 矢内原と田辺の差別感覚

ところで、矢内原と田辺が個人の感覚として、植民地の人びとをどう見ていたのだろうか。

矢内原は満州へ調査旅行に出かけた際に〝匪賊〟にあったことを契機に、伝道紙『通信』を創刊し、自他ともに認める伝道者になった。そして、『通信』の第一号に、「匪賊に遭った話」という記事を掲載して、危害をまぬがれた模様を述べ、「確かにこれは神様が私を賊の目から掩い隠して下すったのです。神様が一寸袖の端を拡げられると、それで私は危地におりながら絶対安全であったのです。この事故の後で、私は聖書の詩篇を開けまして第九十一篇を読み、これこそ私自身の詩である。感謝であると心に叫びました」[注11]と述べている。

この感想が信仰心に裏付けられていることはよく分かる。しかし、植民政策学者が植民地調査旅行中に経験した一〇〇人もの集団をなす現地民からの襲撃であることを考えると、あたかも天災のように記述していることに違和感を禁じえない。何よりもまず「匪賊」という蔑称を、何の迷いもなく繰り返していることである。日本の満州侵略・統治がなければ現地の人々がこのような盗賊集団になることはなかったであろう。根こそぎ生活基盤を奪われた人々が復讐心をもって侵略国の鉄道旅客を襲うという社会現象の発生こそ、植民政策学者が正面に据えて取り組むべき課題のはずである。けれども、矢内原の筆致は当時満州に住んでいた日本人と変わるところがない。この旅行が行われた三二年の満州における日本人の人口は約六〇万人、全人口約三〇〇〇万人の二％しかいなかった。その日本人が固まって住み、他民族を使役して特権階級として君臨していた。当時の雑誌『満蒙』の記事を引用する。[注12]

満州から初めて日本へ行った母国見学の女学生等は、きまって日本人が石炭を運んだり、車をひいたりといって、驚いて帰って来る。下賤な仕事と満人とを何の不自然もなく同一視してゐる証左で、これが……「まあ！」たる表情の母胎にちがひない。（中略）

店へ入って来るなり、一人の男が叫んだ。「今そこで、人が自動車に轢かれてねえ」。「何処で」。「そこで」。「死んだ?」。「死んだらしい」。「日本人か?」。誰か(が)これを聞くことを忘れないところが、自慢にもならぬ満州の特殊性であらう。「いや満人だ」と答へ(た)と同時に、人々は一斉に、「なあんだ!」といふ顔をした。注:( )内の文字は引用者が加筆。

この記事の筆者は、日本人は優等意識をもって漢人たちに接していたこと、民族協和などはまったく念頭にない日常生活を送っていた様子を憂慮をもって記している。日本人は日本人で固まり、自分たちとは異なる民族との交流を拒絶する人が多かったのであろう。

一方、田辺の三年を超える満州生活を回想する記事にも、上下意識が感じられる。かれは、矢内原集会で聖書を学んだ後、四一年に大学卒業後陸軍兵器学校に入った。以後満州に行くことを希望し、関東軍の兵器工場に配属され、遼陽の町外れにある火薬爆薬工場に勤務することになった。「機械が苦手で工場に適応し兼ねた私は、中国人少年工の教育をし、合宿をしたことから、この部落に住み込み、管理事務所の仕事をするようになった。中国人労働者や農民の相談にのる福祉事務所のような仕事だった。/当時満人と呼ばれていた中国人を、人間として平等に扱った私は、満人を下に見る軍隊の中では異質な存在だった」。この文章の中で「人間として平等に扱った」という表現は、戦後五〇年以上を経過した後の文章にしては無神経といわねばならない。

田辺が兵器工場で働いていたことに何ほどかの躊躇がなかっただろうかとの疑問に対しては、かれの親友・富田が矢内原の家庭集会に送った「通信」を見る限り、そのような気持ちはうかがえない。[注13]

九月の一日、満州灼けのした、少し瘦せたようにみえるけれど、以前にもまして、元気一杯な田辺中尉が、狩留賀の宿舎にひょっこりとおとずれて、旅程のせわしい一夜の時を惜しんで晩くまで語り一年半ぶりに生々しい生活の情報を交換し、お互いに勤務する工作庁の性格を語り合って、慰められ、またはげまし合いました。戦局に遠く、遠大なる計画の下に工場がうごめいている点で、彼の職場は私のそれと性格を異にし、経験、技能などの点で斉一でない工員を多人数（ママ）にうごかしていくという仕事のむずかしさの点では、共通のように思いました。できれば職場内を案内したいところでしたがそれは許されませんでした。しかし互いに元気な姿をみたそれだけでいわば充分でした。翌朝早く、呉の駅に彼を送って健闘を約しつつ、健在を祈りつつ、再会を期せずして、私たちは別れました。

(6)　一日も待てない植民地解放

一九四五年八月に日本が敗戦を宣言し、アメリカ・イギリス・ソ連の連合国は、三八度線を境に北はソ連、南は実質アメリカ軍が統治を引き継いだ。同年一二月二七日に三国外相がモスクワに集まり、戦後世界の方向について協議・決定し、翌日にその結果を発表した。朝鮮には、臨時朝鮮政府の結成を助けるために、米ソ両軍代表による共同委員会を組織し、五カ年を期限とする米・ソ・英・中諸国による信託統治協定を作成することを提示した。これに対して、さまざまな政治団体が意見の違いを封じ、一致して反対の声を上げた。[注26]

この協定が南北の朝鮮人双方に激烈な反発をひきおこしたのは、……「五年を期限とする信託統治」のくだりである。「日本帝国主義による三十六年間の植民地支配からようやく、解放されると思ったのに、またこのうえ五年も外国の支配に甘んぜよというのか」が、反発の最大の理由であった。「日帝の植民地から国際植民地に変わるだけではないか。何たる侮辱だ」「死刑宣告にひとしい」「決死的に反対する」等々の激しい言葉が噴出した。（中略）

協定の伝えられた四五年一二月二十八日、ソウルで早くも信託統治反対国民総動員委員会が結成された。これは独立運動の指導者金九[注15]のひきいる「臨時政府」……の主導で、各政党、宗教団体、言論機関の代表約七十人が急きょ駆けつけ、午後四時から払暁まで白熱の論議のすえ結成されたものである。

米ソ両国委員会の人達は植民地の人びとの独立願望がそれほどとは思い至らなかったのであろう。信託統治などという余計なお世話を望む人はだれもいなかった。

第5節　「原住者に対する植民の利益」

植民の利害については、植民国側から見た利害が論じられることが多く、植民地にもともと住んでいた原住民にとっての利害に関心を払われることは少ない。後者について矢内原が論じた文献は二つある。

ひとつは一九二六年刊行の主著『植民及植民政策』、もうひとつは三三年発表の論文「未開土人の人口衰退傾向について」である。後者の末尾に前者の該当部分を参照するように記載しているので、この七年の隔たりの間に見解の変更があった訳ではない。矢内原の見解は完全に帝国主義者の立場であり、今日いずれの国においても植民者側の政府や団体が深刻に否定し、謝罪に努めているものである。

(1)『植民及植民政策』に述べられていること

矢内原はその主著『植民及植民政策』に「原住者の被る不利益」という項目と「原住者に対する植民の利益」という項目を設けてそれぞれを論じている。不利益の方は植民地原住者社会に経済負担が課せられること、戦争に巻き込まれること、強制支配が集団的人格無視をもたらすことを挙げている。その内容は単純明快である。他方、利益の方はラッガードとスミスの文献を挙げて、「さまざまな善政を布けば自由の価値を教えるという利益がある」、あるいは、「はじめは不幸なことがあったが、長い年月のうちに学習効果が表れ、力の差が少なくなって対等になる」と述べている。

ラッガード[注16]の著書は*The Dual Mandate in British Tropical Africa*というもので、一九二二年、矢内原が留学中に出版された。ラッガードは一八五八年に植民地インドに生まれたイギリス人で、最終的にアフリカにおけるイギリスの最重要植民地ナイジェリアの総督になった植民地経営官僚である。当事者がいう「原住者に対する利益」は、当然割引して受け取らねばならない。最近の書評を見ると、[注17]大英帝国の植民政策の理念を根拠として征服と行政スタイルを正当化し、父権主義的で人種的優越観に基づいている、と評されている。矢内原としては、出版されたばかりの手近な本を参照したのだろうが、今ひとつ説得力に欠けている。

もう一つ矢内原が参照文献として引用しているのは一七七六年に刊行された『国富論』である。その一節を抜き書きして、植民地原住者の利益の根拠としている。この引用部分は、スミスが大きな通商政策の枠組みを論じているついでに、一段落（パラグラフ）だけをあてて、関連事項として原住民の利害に触れたに過ぎない。その断片的記述を引用したものであるが、この文章全体を見ると、二〇世紀の植民政策の参考にすることは適切とは思えない。

この引用部分は、『国富論』第四編第七章「植民地について」の結論に近い部分である。[注18]矢内原の訳文は文語調なので、水田・杉山の現代語訳で下記に引用する。[注19]引用文中、「原住民」・「住民」と訳されている部分の原語を（　）内に記載する。また、矢内原が引用している部分を**太字**で表す。

> アメリカの発見と、喜望峰経由での東インド航路の発見とは、人類の歴史に記録された最大かつ最重要な二つの出来事である。（中略）それらの大事件から今後どのような恩恵また不運が人類にもたらされるのか、人智は予見できない。（中略）東西両インドの原住民（natives）にとっては、それらの出来事が生みえたはずのすべての商業利益は、それらが引き起こした恐るべき**不運**の中に埋もれ、失われてしまった。とはいえ、これらの不運は、それらの出来事自体の本性のなかにある何事かからではなく、むしろ偶然に、生じたもののように思われる。これ

らの発見が行われた特定の時期には、たまたまヨーロッパ人の側の力の方がまさっていたため、かれらはその遠隔諸国で、あらゆる**不正**を行って、処罰されないでいることができた。**おそらくこれからはそれらの国の住民(natives)はより強力になり、あるいはヨーロッパの住民(those)はより弱くなり、世界のあらゆる地域の住民(inhabitants)は、勇気と力において平等になって、そのことが相互の恐怖心をそそり、それだけでも独立諸国の不正を抑制して相互の権利にたいするなんらかの尊敬の念をもたせることができるだろう。しかしすべての国と国とのあいだの広範な商業が自然に、あるいはむしろ必然的にともなう、知識とあらゆる種類の改良の相互交流ほどに、この力の平等を確立するものはなさそうに思われる。**

冒頭の三行に、スミス自身は今後の恩恵または不運について「人智は予見できない」と言っていることに注意されたい。したがって、太字の部分は幸運な場合の希望的観測に過ぎない。なお矢内原は、ほぼ同時期（二七年）に刊行された自著『植民政策の基調』の中に「アダム・スミスの植民地論」という論考を掲載して、この部分について詳細に敷衍している。その論考でも、スミスの希望的な言葉の部分を次のように敷衍している。[注20]

国際社会的関係に於て彼はまた国民を以て単位となし、国と国との間、本国と植民地との間、及び植民国と土人との間の関係も、忠実親愛寛大、親たる愛と子たる尊敬、相互的畏敬によりて結合せらるべく、よしこの敬愛を欠く場合といへとも自由貿易による相互的経済利益の結合はこの対立関係より敵意と僻見とを駆逐するの光明であると為したのであると察せられる。（中略）自由なる個人が同情と自利心との紐帯により調和的社会を実現するとの彼の社会観は、やがて彼の国際社会観である。彼によれば、自由なる国民及び植民地が同情と自利心との紐帯によりて調和的国際関係を実現するとき富裕の最大限が達せらるべく、而してこの実現の為めには各国及び各植民地が正義の原則を犯さざる限り自由であらねばならぬ。

矢内原のスミス紹介は以上の通り、「過去に植民国による暴力と不正がはびこって、原住者が不幸に襲われたけれども、両者が対等に交易するようになればともどもに富裕になるであろう」と理想と願望を述べているものである。社会科学者として実証に基づいた事実を述べているのではない。

それにしてもなぜスミスなのだろうか。スミスがこの本を出版したのは一七七六年、アメリカ独立の年である。それから、矢内原の著書まで一五〇年が経過している。植民政策の教科書に「原住民に対する植民の利益」としてその論旨を紹介するためには、その後の歴史でこの理想が実現したかどうかを検証することが必要である。西インドにおいても東インドにおいても、植民した白人による原住民（アメリカ・インディアン、黒人奴隷、東インド植民地原住民）に対する暴力支配は以後も継続している。ほぼ二五〇年が経過した今日でさえ、制度は改良されたとはいえ、現実に横行する人種差別や暴力、抑圧は解決されていない。

日本に早くから紹介されたトクヴィルの『アメリカのデモクラシー』には、原住民（アメリカ・インディアン）が土地を奪われ、人口を減らしていく惨状を具体的に記している。[注21] また同書には、白人と黒人との間の法的障壁をなくしても、人種的偏見は決してなくならないという実態を明記している。[注22] そして、奴隷貿易は一九世紀に入っても依然として継続されていた。[注23] 東インドの人びとが一九世紀以降も連綿と独立運動を続けて来たことは歴史上明白である。

『植民及植民政策』は、はたして社会科学の教科書を意図したものだろうか。歴史が示す人間の本性から目を逸らして、夢を語ったに過ぎないものではないだろうか。

(2)『帝国主義研究』に述べられていること

戦後東大に復帰して、植民政策講座から名を変えた国際経済論を担当することになった矢内原は、一九二七年から三七年に渡る一〇年間に書いた論文を収めた『帝国主義研究』を刊行して、新講座の教科書とした。[注24] その中に、三三年に発表した「未開土人の人口衰退減少について」を収めている。その中では、一九世紀から二〇世紀にかけて、植民化された地域の原住民の人口が減少しているデータを示した上で、次のようにまとめている。[注25]

将来土人の人口及び文化が増加し向上する程度が、恰も植民国資本の要求に適合する程度のものなる時、換言すれば植民国資本の下に支配せらるる地位において有効なる生産者且つ購買者たりうるものなる時、植民国の保護政策は最も満足なる効果を収穫するものである。

要するに、植民者は資本主義システムを持ち込み、原住民が生活様式を変えて、新しい資本主義社会の生産者かつ購買者になった時は原住民の人口減少を免れるであろうというのである。黒人奴隷は生まれた時から人権はなかった。アメリカ・インディアンは、農耕生活を拒否して戦い、一九世紀後半に合衆国政府の政策として殺戮された。

矢内原は同じ論文の中で、資本主義社会の生活習慣を受け入れるために宗教による教化が有効だと述べている。

我が南洋群島において、早くキリスト教化したるチャモロ族の人口状態はこれに後れたるカナカ族より健全であり、又キリスト教の感化を受くること最も少きヤップにおいて人口衰退の事実が最も甚しい。一切の人類に対し個人の価値の自覚と、生命の理想と、生活の希望を与ふるキリスト教の普及が土人人口の保護上深き関係を有する事は多くの植民地の示す事実である。ここにおいてか、ヤップ島民人口保護の根本的方法の一つとして、同島民に対するキリスト教の普及が数へられてもよいだらう。なほ台湾の蕃界に対しては従来布教教師の入るを禁じてゐるが、生蕃人口保護の点より見て無益有害の禁止であると思はれる。

二〇二二年七月、ローマ教皇フランチェスコが、カナダを訪れて先住民に直接謝罪した。[注26] 一九世紀から一九九〇年代にかけてローマ・カトリック教会は、先住民の子供を親から引き離し、「白人」として教育した。その寄宿学校は同化政策の一環で、約七割はカトリック教会が運営していた。教皇は同化政策によって「（先住民の）文化とアイデンティティーが大きく損なわれ、多くの家族が引き裂かれ、非常にたくさんの子どもが犠牲になった」と認めた。また、「虐待や、あなた方の文化や価値観への敬意のなさ」に教会関係者が関わったことは「イエス・キリストの教えに背く」と述べ、謝罪した。

先住民の教化には、ローマ・カトリック教会のみならず、プロテスタントや聖公会など、あらゆる教派が関与していた。そして、第二次大戦後、多くの国々で政府および宗教界が先住民に謝罪した。オーストラリアのアボリジニやニュージーランドのマオリに対する謝罪と是正も同様である。

(3) 黒人奴隷とアメリカ原住民への視点

ラッガードの書名が示す"Tropical Africa"（熱帯アフリカ）といえば、歴史的にもっとも多くの奴隷が輸出されたところである（一六世紀から一九世紀にかけて少なくとも一二五〇万人余[注27]）。けれどもラッガードはヨーロッパの資本主義勃興期を支えた奴隷貿易には触れることなく、序文に、アラブ人による奴隷貿易・部族間による奴隷狩りを終わらせたのがイギリスの文明である、という主旨の説明をしている。今日に至っても"Black Lives Matter"というスローガンによって、白人による恣意的な殺人を防がなければならない事実が、その植民国管理者の言を無効にしている。

アメリカ・インディアンに対する虐殺は、アメリカへ移住したヨーロッパ人たちの全行程に随伴した罪深い歴史として刻まれているが、中でももっとも顕著な出来事は、一八六〇年から九〇年にわたる組織的な虐殺行為で、この期間にほとんどのアメリカ・インディアンが殺戮された[注28]。

では、アメリカ・インディアンの人口減少を矢内原はどう見ていただろうか。『植民及植民政策』

第七章「植民の社会的方面」にアメリカ・インディアンの人口減少を論じた文章がある。[注29]

ダーウィンは異種族との接触による土人人口の衰退の一般的原因を生存競争に求めた。（中略）生存競争の必要程度とは植民者が植民地に於てその社会建設の地歩を固むる為に原住者の駆逐を必要とするの程度である。その必要又は便宜を認識すること強ければ政策的にも原住者の絶滅多く行はれ、之に反して原住者が平和的種族にして植民者の生命財産に対して甚だしき脅威たらず、又労働力供給者として彼等の存在が植民者に取り却つて経済的有利なる場合に於ては、原住者の種族的生存に対する圧迫は最小限度に止められるであらう。（中略）

併乍ら政策による異種族の保護も亦、必ずしも常に弱小種族の増殖を来たらすとは限らない。アイヌは減少の傾向を示し、アメリカ・インディアンについても亦人口は停滞状態にある。種族は興り且つ亡んだ。欧洲人がアメリカに来たりたる時に接触したる土人（Indians）は前世紀に栄えたる大種族の消え残りたるものであると称せらる。それ故に種族的老齢の説を為す者あり。老齢期に入れる種族は植民者との接触なくとも自然的衰退の方向を辿れるものであるが、強烈なる異民族の侵入接触によりその衰滅の趨勢を速めらるるものと為す。斯くの如く活力弱き種族は生存競争に最も堪え難きこと言ふ迄もない。一の興味ある仮説である。

ヨーロッパから押し寄せた植民者たちが、圧倒的に優位な武器をもって原住民から生活の場を奪い、抵抗する者を無残に殺戮して行った歴史を当然のことのように記述している。素朴な社会的ダーウィニズムと侵略者たちの社会的優位を当然とする俗説を引用して疑わない態度は、帝国主義信奉者のそれである。南北アメリカのインディアンたちが白人の武力と詐欺的手法によって土地を奪われていく過程については、二〇世紀初めまでにいくつかの文献が公刊されている。先述のトクヴィルの一八三五年の著書[注30]や一五五二年に書かれたドミニコ会士ラス・カサスの報告[注31]などである。多少公平感覚を持つ識者ならば、これほど一方的言説を紹介して能事終われりとするはずがない。

(4) 社会科学論考と信仰上の願望

職業として帝国大学の「植民政策講座」を担当するためには、帝国主義を肯定していなければ勤まらない。植民地経営に携わる中央官庁や出先機関の高級官僚を育成するための「講座」だからである。それを担当した矢内原の姿勢は分かりにくい。

かれの信仰との関連を窺わせる代表的な論考二点について以下に検討したい。

第一は、既出の主著『植民及植民政策』である。全集では五〇〇頁を超える大著である。その末尾には、植民政策の総括として、「科学的にも歴史的にも望ましい政策の実現は困難だ」とひとまず述べている。その上で、テニスンの信仰にもとづく希望の詩を織り込んだ次の詩句を掲げている[注32]。

　ただ一事は確かである、即ち人類は之に対する希望を有することを。虐げられるるものの解放、沈めるものの向上、而して自主独立なるものの平和的結合、人類は昔し望み今望み将来も之を望むであらう。希望！　而して信仰！　私は信ずる、平和の保障は「強き神の子不朽の愛」

に存することを。

こう書くことによって、社会科学者であるかれ自身が負うべき問題を「神の子」に預けて、植民地の抑圧された人びとから目を逸らしているように見える。社会科学上の認識において、帝国主義的植民地経営が地元住民に不幸以外の何物をもたらさないと認識したのなら、そう正直に書くのが信仰者の道であろう。

第二は、日本軍が中国大陸で戦線拡大した三七年に、『中央公論』九月号に寄稿した論文「国家の理想」である。これが右翼論客の攻撃を受けて、矢内原は年末に辞職する。その論文の内容は、目下の日本軍の軍事行動は国家の理想から外れているという主張である。文章の長さは、全集では二三頁にわたるが、そのうち、八ページ(約三分の一)が旧約聖書「イザヤ書」の引用と解説にあてられ、理想を失った国は滅びるという論旨を展開している。社会科学的政策論に徹する代わりに、外来の宗教上の古典を持ち出すことによって、社会科学の言葉で論難するというよりは、外来の古典の権威によって説得しようとしている。聖書の引用部分は、紀元前八世紀のユダヤ王ウジヤが、周辺の強国アッスリヤとエジプトに対して軍事力を以て対抗した結果、失敗して、ユダヤが弱体化した故事を述べている。しかし、二〇世紀の日本と中国の社会背景や軍事情勢に引き当てるために、かなり抽象化されている。

上記二つの主要著作が、肝心なところを信仰の言葉に託していることは、社会科学上の政策論においてまっすぐに対決しているとは言えない。

ついでに加えれば、矢内原がこの筆禍事件によって失職したことを大きく評価する人びとがいるが、客観情勢から見れば、それは予見されていたことである。もし、かれが帝国大学において「植民政策講座」担当教授を敗戦まで無事勤めあげていたら、それこそ「おめでたい」話であろう。

トクヴィルは、アメリカの市民社会における宗教のあり方を観察して、宗教が一定の枠内から決して出しゃばらないことによって、長期にわたる社会的影響力を保っていることを記している。

> アメリカの聖職者は市民的自由を全面的に支持し、信教の自由を認めぬ人々をさえそれから除外しない。しかしながら聖職者が特定の政治体制に支持を与えることはない。彼らは注意深く政治問題の局外に立ち、党派的関係に巻き込まれない。だから合衆国では、宗教が法律や個々の政治的意見に影響を及ぼすとは言えない。だが宗教は習俗を導いており、家庭を律することに与っている[注33]。
>
> 私はあらゆる宗派の信徒に意見を聞いた。(中略)誰もが、この国における宗教の平穏な支配の主要な原因を、宗教と国家との完全な分離に帰した。(中略)この点に気づくと、私は、それまで以上に注意深く、アメリカの聖職者が政治社会に占める地位を検討するようになった。驚いたことに、彼らはいかなる公職にも就いていないことが分かった。一人の聖職者も行政府にいないし、議会にもその代表はいないことを発見した。(中略)最後に、聖職者自身の考えを調べてみると、この人々の多くは自発的に権力から遠ざかっているようであり、その外に立つことに一種の職業的矜持をもつように見えるのに気がついた[注34]。

宗教がその力を、万人の心を等しく捉える不滅への希求の上にのみ基礎づけようとするとき、それは普遍性を目指しうる。だが宗教が一つの政府と一体化してしまえば、特定の国民にしか適用できない教えを採用しなければならぬ。こうして宗教は、一つの政治権力と結ぶことで、ある人々に対する力を増大させ、万人を支配する望みを失う[注35]。

矢内原がその政策論の根拠として、キリスト教信仰に基づく主張を持ち込んだことは、かれの主張を短寿命で説得力の乏しいものにしてしまった。

第6節　戦後矢内原の旧植民地住民への無関心

矢内原は、戦後東大へ復帰して国際経済論と名を変えた講座を担当したが、そのことは旧植民地の人びとの問題がなくなったからではない。ひとつの政治体制が崩壊して新しい秩序が出来上がるまでに長い混乱の時期があった。朝鮮半島では南北に体制の違う政権が誕生して、過酷な内戦にまで至った。しかし、矢内原はこの人びとの境遇に関心を払うことはなかった。

(1)　日本軍に徴用された植民地の人びと

旧日本軍は停戦の瞬間に後始末を放棄した。新しい朝鮮の政権に負わせられた最初の業務の一つは、旧日本軍に徴用されて、新政権の版図外に置き去りにされた植民地朝鮮の人びとの引き揚げ問題であった。敗戦後満州、台湾を除く中国本土から国内に帰還した日本人の数は一五二万八八八三人である。[注36] 同時期に日本軍に徴用されて中国大陸に取り残されたまま朝鮮半島への帰還を待っていた人々は二五万人に及ぶ。[注37] 日本の軍民の人びとが帰還に際して遭遇した甚だしい困難についてはさまざまに伝えられている。日本軍の管理下にあった植民地の人びとが帰還するためにはそれ以上の困難があったであろう。その身の上を追跡し見届けるのは、植民政策を専門とした研究者こそもっとも近い位置にあったのではないか。しかし、戦後の矢内原には植民地の人びとについての関心を窺わせるものはまったく見当たらない。

(2) 戦後政治機構の確立

日本の中国侵攻が開始されるとともに、朝鮮は兵站基地とされ、戦時動員体制が敷かれた。政治・社会・文化などの全面的動員が随伴し、「内鮮一体化」・「皇民化」の運動が展開された。教育においては「国体明徴」・「内鮮一体」・「忍苦鍛錬」の三大綱領が掲げられ、初等学校においては「私共は大日本帝国の臣民であります。私共は心を合わせて天皇陛下に忠義を尽くします。私共は忍苦鍛錬して立派な強い国民となります」という「皇国臣民の誓詞」を毎日の朝会で唱えさせた。方々に神社が建てられ、参拝が強要され、家ごとに「天照皇大神宮」の神符が配給された。

日本が降伏したときもっとも強く朝鮮の民衆に要望されたことは、一日も早く統一政権を樹立して、政治・経済・社会・文化を再建し、朝鮮民族の独立国家を築くことであった。新政府を構成するために従来海外で活動していた人びとも次々と帰国してきた。金九や李承晩[注38]らである。しかし長期間続いた弾圧のために国内に市民運動の核になる指導者や団体が不足していて、結局米ソ二大国の対立構図の中に分断されるという悲劇に改めて見舞われた。このことも、植民地統治の負の遺産といわなければならない。

(3) 在日朝鮮人の処遇

アジア文化会館で、一〇年間アジア諸国からの留学生の世話をしてきた田中宏一橋大学名誉教授は、「日本国憲法と在日朝鮮人――戦前戦後を通じた、その歴史を検証する」という講演の報告を、『思想運動』に寄稿している。その講演の末尾で、東大で植民政策学講座を担当した矢内原忠雄が、戦後東大に復帰した後に、植民政策講座を国際経済論という講座に変えて、戦前は植民地にされ、戦後は帰属する国土を失って無権利状態に放り出された人々にまったく関心を示さなかったことを指摘している。その一端を紹介する（文章の一部を要約した）[注39]。

一九五四年四月九日付『朝日新聞』の「論壇」に、法務省入国管理局長の鈴木一が次のような文章を投稿している。「かつてはわが同胞であったこれら在日朝鮮の人たちに対する総合政策を是が非でも持たねばならぬと主張するのである。（中略）政府に確固たる総合政策のあることを示さぬ限り、在日朝鮮人一般が不安と怒りに陥ることは無理のないことである」（中略）『朝日』の論壇ですから当然矢内原も読んでいるでしょう。高級官僚がこういうことを言っているのに、植民地研究の第一人者である矢内原は何も言っていないようです。

朝鮮半島から日本国内に移り住んだ人びとが、敗戦時に約二〇〇万人いた。この人々は、一挙に日本国籍を失った。しかし、それは登録されていた日本国の戸籍や国籍が書き替えられたということではない。日本がGHQの統治下にあった期間には何らの措置も行われず、五二年の日本主権回復時に、旧植民地出身者の日本国籍喪失を法務省の民事局通達という、登記所の手続きなどを所管している低位の役所の局長通達で済ませている。

同じ敗戦国という立場に立ったドイツでは、当事者一人ひとりがその後の国籍を選択可能なように法律で定めていた。ドイツは隣国オーストリアを三八年、ナチス政権の時代に併合し、オーストリア人はすべてドイツ国籍になった。ドイツが戦争に負けた結果、オーストリアは五五年に独立した。そこでドイツは、在独オーストリア人に、ドイツ国籍を回復する権利を保障した。日本は一方的に日本国籍を消去して素知らぬ顔をしている。

恐ろしいことは、このことによって歴史も消去していることである。約二〇〇〇万人の朝鮮半島の人びとを、軍事征服によって日本人にして戸籍登録したものを、そっくり消去して、その間日本語教育を受け皇居遥拝を行った人々を、あっさりと同国人ではなかった、と記憶からも消去したことである。移住したり強制連行されて日本に住み着いた人々を社会保障制度から除外し、その人々の学校を学校として認めないという差別を公式に行っている（現在は国際人権条約を批准した結果、社会保障制度の対象にはなった）。

さらに無神経なことが横行する。しばらく前まで、日本の千円札に、伊藤博文の肖像が印刷されていた。伊藤は朝鮮王朝を軍事的に征服して、その版図を日本の植民地として初代総督になった人物である。かれを暗殺した安重根[注40]は今でも愛国の志士として記念されている。朝鮮半島の人々は、千円札を手に取るたびに、軍事征服され、植民地化され、創氏改名や移住を余儀なくされたことを思い出すことになる。その上、町中に横行するヘイトスピーチである。戦後処理は未だ終わっていない。

注

注1　東京都区部は六二八平方キロ、ソウルは六一三平方キロ

注2　三野正洋『わかりやすい朝鮮戦争』光文社NF文庫、二〇二〇年、五九頁

注3　水野直樹『創氏改名』岩波新書、二〇〇八年、五二頁

注4　サイマル出版会、一九七〇年、一二六頁以下

注5　岩波現代文庫、二〇〇七年、八五頁

注6　『全集』第二七巻、六〇四頁

注7　『全集』第一巻、四八二頁。『　』内は、ヒルファーディングの著書からの引用。

注8　『全集』第一巻、七三四頁および七四三頁

注9　広田照幸『陸軍将校の教育社会史』世織書房、一九九七年、三六六頁。元の資料は、座談会「侵略と兵士」『季刊現代史』第四号、一九七四年、一一一頁、一一三頁　およびアジアの女たちの会他編『教科書に書かれなかった戦争ｐａｒｔ１』梨の木社、一九八三年、一〇三～一〇四頁

注10　張俊河『石枕』サイマル出版会、一九七一年、五頁

注11　『全集』二六巻八三頁。『私の歩んできた道』日本図書センター、一九九七年、九九頁

注12　塚瀬進『満州国—「民族協和」の実像』吉川弘文館、一九九八年、一二七〜一二八頁。文中の引用資料は、吉野治夫「日満親和の横顔・其の他」『満蒙』二三巻一号、一九四二年

注13　『富田和久著作集』第六巻、二三四頁

注14　萩原遼『朝鮮戦争』文藝春秋、一九九三年、九二頁〜九三頁

注15　金九（キムグ：一八七六〜一九四九）朝鮮の政治家・独立運動家

注16　Frederick John Dealtry Lugard 1858-1945

注17　Colonial Essentialism in Lord Lugard's "The Dual Mandate", a Critical Textual Analysis : Advances in Social Sciences Research Journal (scholarpublishing.org)

注18　水田洋・杉山忠平訳『国富論』三、岩波文庫、二〇〇一年、一〇八〜一六二頁。該当頁は一三五頁

注19　前掲『国富論』一三五頁

注20　『全集』第1巻、六八七〜六八八頁

注21　トクヴィル、松本礼二訳『アメリカのデモクラシー』岩波文庫、二〇〇五年（原著一八〇五年）、第一巻（下）、二七三〜二七九頁

注22　トクヴィル、前掲書、三〇二〜三〇三頁

注23　布留川正博『奴隷貿易船の世界史』岩波新書、二〇一九年、二五頁

注24　『全集』第四巻、四頁

注25　『全集』第四巻、二七三頁

注26　「ローマ教皇　カナダを訪れ先住民に謝罪　過去の大規模の虐待で」ＮＨＫ二〇二二年七月二六日
https://www3.nhk.or.jp/news/html/20220726/h10013735261000.html

注27　布留川正博『奴隷貿易船の世界史』岩波新書、二〇一九年、三二〜三五頁

注28　ディー・ブラウン、鈴木主税訳『わが魂を聖地に埋めよ——アメリカ・インディアン闘争史』上・下、草思社文庫、二〇一三年

注29　『全集』第一巻、一四九～一五一頁
注30　トクヴィル、前掲書。最初の日本語訳は肥塚龍訳が一八八二年
注31　ラス・カサス、染田秀藤訳『インディアスの破壊についての簡潔な報告』岩波文庫、二〇一三年、原著一五五二年
注32　『全集』岩波書店、一九六三年、第一巻、四八三頁
注33　トクヴィル、前掲書、二一八頁
注34　トクヴィル、前掲書、二二六～二二七頁
注35　トクヴィル、前掲書、二二九頁
注36　藤原彰『餓死した英霊たち』ちくま学芸文庫、二〇一八年、一四四頁
注37　張俊河『石枕』安宇植訳、サイマル出版会、一九七一年、下四二六頁
注38　朝鮮の独立運動家で、大韓民国初代大統領。一八七五～一九六五年
注39　『思想運動』二〇二〇年九月一日
注40　朝鮮の独立運動家。一八七九～一九一〇年

第5章　市民社会における無教会

第1節　イギリス市民の組織力

(1)　市民社会におけるマネジメントの実例

第二次世界大戦（アジア・太平洋戦争）中のこと、日米戦争開戦初期の日本軍はフィリピンを占領した直後、マニラのサント・トーマス大学を接収して、同地に在留する民間の米英市民たちをここに収容した。その中の一人の女性イズラ・コーフィールドが書いた日記が後に『サント・トーマスの虜囚たち』（日本語訳名『私は日本軍に抑留されていた』双葉社）という本として出版された。その一節を山本七平が引用し、コメントを加えている。[注1]

「三日たち、やがて一週間がすぎた。〝登録に三日〟という話がばかげたものであることは明らかだった……どうやらキャンプが組織化されなければならないことが、はっきりした。ジャップたちは、そこに全員がそろっていることを確認すること（員数確認！）以外は、それをどう管理するかとか、捕虜たちがどうなるかとかにはいっさい関心がないようだった（秩序立てへの無関心！）

規律正しいアングロ・サクソン魂が後を引き受けるときだった。管理機関として、すぐれた専門家やビジネスマンたちの実行委員会が作られ、……が委員長にえらばれた。引きつづき、警察、衛生、公衆衛生、風紀、建設、給食、防火、厚生、教育、……の委員会や部がつくられ、それぞれ委員長が選ばれた」

それだけではない。彼らは、その秩序を維持するため、自らの裁判所までつくったのである。

「裁判所は秩序の法廷でおこなわれ、そのための男女からなる陪審員が任命された……」

そして彼らはまず、ゴミの一掃、シラミ・ノミ退治からはじめ、全員が統制をもって、病院、厨房、学校等の任務を分担して行き、イズラ自身が「二、三週間のうちに荒れ地に整然としたコミュニティをつくり、限られた枠内であらゆる施設を整えた小さな町をつくりあげた抑留者たちの組織と器用さ」に驚くのである。

だがそれは絶対に、彼らが、個人個人としてわれわれより立派な人間だったということでもなければ、知能が高いということでもない。……また、このイズラ自身が、一口にいえば、無名の下級植民地官僚の妻にすぎない。ただ彼らは、自分たちで組織をつくり、自分たちで秩序をたて、その秩序を絶えず補修しながら、その中に自分たちが住むのを当然と考え、戦後の日本人がマイホームを建ててその中に住むための全エネルギーを使いつくすのと同じような勢いで、どこへ行ってもマイ秩序すなわち彼らの組織を、いわば自らの議会、自らの内閣、自らの裁判所とでも言うべきものを、一心不乱に自分たちの手でつくってしまう国民だというだけのことである。

(2) 飢餓の中の捕虜収容所

次に、タイにおける日本軍の捕虜収容所で過ごしたヨーロッパ人の集団がどのように自らの捕虜、

社会を維持していったかを、捕虜となったイギリス兵の本『死の谷をすぎて』で見てみよう。注2

日本軍は南アジア征服を企図し、戦争目的から考えても意味をなさない泰緬鉄道二六〇マイルを、もっぱら人力で約一二カ月の間に建設させた。それに動員されたのは、地元民とイギリス人を主体とするヨーロッパ人・オーストラリア人・ニュージーランド人などの捕虜たちである。総員は六〇万名を下らなかった。摂氏四八度の直射日光の下、食糧はきわめて過少で飢餓と熱帯の病気に苦しむ人々を酷使し、東南アジア人（ビルマ・中国・マレー・タイ・タミル・ジャワの人びと）が一マイルにつき二四〇名、戦争捕虜は同じく六四名が死亡するという工事を強行した。

捕虜収容所の中では、当初弱肉強食の世界が支配したが、その内相互に助け合う社会を現出して、精神的にも肉体的にも奉仕し合う共同体が形成された。ほとんど全員が栄養失調でマラリアなどの熱帯病に侵され、皮膚病は化膿したまま自分でも動けず、膿にまみれて寝たきりになるものが多くいたが、その内動けるものが自発的に重病者の世話をし、生きるのを諦めている者が回復の努力をして命を取り留めるようになった。その共助の社会が人々を連帯させて、日曜の集会に集まり、また、自分たちの中から専門家を得て大学のようなセミナーをたくさん作って、自己啓発を行うようになった。

他方、日本の軍隊の中では病者やけが人は手当てされず、最後まで殴打と弱肉強食の凄惨な支配が貫徹された。下僚や捕虜を虐待する日本軍下士官や兵士は、「天皇の名において」殴打していた。恣意的な暴力が上から下へ順送りされるのがタテ社会の天皇制組織である。日本軍の中で病気を患った兵士たちは、まともな医療を施されることなく、悲惨な状態のままであった。日本政府が降伏した後、外国人捕虜たちはクワイ河沿いの収容所からバンコクへ貨車で輸送され、日本軍の疾病兵士たちを反対方向に運ぶ車両とさる駅構内で同時に留まることがあった。その時、ヨーロッパの捕虜たちは日本軍の病兵たちの車両に駆け寄って、食糧・水を与え、膿をぬぐった。[注3] その手記を以下に引用する。

彼らの状態は見るに堪えかねた。誰もが愕然として息をのんだ。……戦闘服には、泥、血、大便などが固まってこびりついていた。痛々しい傷口は化膿し、全体が膿で覆われて膿からは無数のうじが這い出ていた。……

私たちは日本兵が俘虜に対して残酷であることを体験してきた。それが何ゆえであるかということをいまはっきりと見てとった。日本軍は自軍の兵士に対してもこのように残酷なのである。……それならば、どうして私たち俘虜への配慮など持ち得ようか。（中略）

私たちの班の将校たちはほとんどの者が、一言も発することなく、自分たちの雑嚢を開き、配給された食糧、布切れ一、二枚、手に水筒をもって日本兵の列車へ歩き出した。

私たちを見張っていた番兵は、「ノー・グーダッ！　ノー・グーダッ！」と叫んでいた。だが私たちをさえぎることはできなかった。私たちは番兵の方を見向きもせず、敵兵のかたわらにひざまずき、水と食糧を与えていた。そして膿をぬぐいとり傷口に布を巻いてやっていた。やがて私たちが戻っていくとき、感謝の叫びである「アラガットウ！」という声が、私たちの背に何度も投げかけられた。

日本の軍隊は、精神的にも完膚なきまでに敗北している。

(3) 金瓜石鉱山におけるイギリス人捕虜

『くたばれ、ジャップ野郎!』という本がある。[注4] 著者は一九四二年にマレーシアのイギリス軍守備隊に従軍しており、日本軍の大部隊に攻め立てられて、シンガポールまで南下し、軍は降伏し、そこで日本軍の捕虜になった(同年二月)。[注5] 捕虜たちは、道路工事の重労働をさせられ、一時期は、昭南神社建設にも従事させられた。[注6]

著者を含む千余人は、同年一一月に台湾のキールン港から二二キロほど山中へ入った金瓜石鉱山の銅鉱採掘現場で強制労働につかされた。その苦役は以後三年間も続いた。この銅山は当時の日本の領土内でもっとも鉱石の生産量が多かった。日本鉱業が経営しており、捕虜をも使役していた。

食料不足で栄養失調になりながら重労働を強いられた捕虜たちは、さらに、日本人監督および虎の威を借る台湾人監督の下で、嗜虐的な暴力(軍隊では「制裁」といった)を日常的に振るわれた。監視者たちは、敬礼が不備であるとか、就寝時間前に横になったとか、様々な難癖をつけて日々暴力をふるうことが日課になっていた。捕虜たちには、肉体的のみならず精神的にも耐えがたい拷問であった。

また、鉱山内の労働現場は坑道内の深いところであったが、労災が頻発する耐えがたい環境であった。二年目の一二月、捕虜収容所長交代の機会にイギリス軍の代表が、労働現場の危険な環境を改善してほしいと訴えた手紙を提出した。強制労働と衣食住の悲惨な条件を別にしても、落盤および鉱石投入口から労働者が一〇メートル落下して不具になってしまったなどの労災が頻繁に起きていたことを訴えた。このように危険な労働環境放置は、単に日本側の生産性を考えただけでも不合理なことであった。

食糧不足は深刻で、栄養失調のための発病で命を落とした人が多く、広い意味の餓死だった。日本軍の捕虜となったイギリス軍人は三人に一人が死亡または行方不明となっており、ドイツ・イタリア両国軍の捕虜になった同軍人の死亡率が、二〇人に一人であったことと大きな開きがある。

敗戦時の日本軍は捕虜を全員殺害せよという指示を現場に出していた。最後に日本軍が負けて、この収容所から捕虜たちを解放するとき発生した暴行について、日本軍司令官は、「暴行や虐待は、すべて現地採用の台湾人軍人の仕業である」と責任逃れの演説をした。

この劣悪な捕虜収容所に囚われていたイギリス軍の兵士たちは、将校を代表とする自治組織を作り、秩序正しく日本軍の管理者と交渉した。

多数の病休者が発生する中で日本軍側が増産を目指して、元々極端に少ない食料の分配をさらに変更し、病休者の分を半減して、就労者の食糧配給を増やすという挙に出た（おにぎりを一個か二個増減する程度だが、それが捕虜たちには大問題であった）。班長達が説得して、多くもらったものはもみほぐしてみなに等量になるように分配しなおした。これによって、監禁者である日本側の「食い物で釣る」作戦は無効にされた。イギリス人捕虜たちのリーダーであったクロスリー少佐は、「監禁者を超える道徳を維持する」と唱え、捕虜たちは最後までそれを貫徹した。[注7]

日本軍が敗北したとき、全員が殺されてその痕跡を消される恐れがあったが、同少佐が主導権を握って、日本軍から管理権を奪い、無事収容所からキールン港へ迎えに来たアメリカ軍の駆逐艦にたどり着き、全員救出が成功した。

この捕虜たちの記録は痛ましいが、与えられた環境の中で見事に機能する共助の生活共同体を作り、維持し終えた姿は感動的である。

第2節　日本社会の人格破壊

軍隊という集団の生態がその社会を典型的に表現しているので、この節でも日本軍の例を挙げて、前節のイギリスの軍隊の極限状況における振る舞いとを比較検討したい。

(1)　日本人捕虜たち

フィリピンで捕虜になって、日本人捕虜の集団生活を経験し、それをまとめた小松真一の『虜人日記』によれば、日本人が捕虜収容施設に収容された場合には、自分たちで生活に必要な業務の分担を決めるというような自律的組織化の動きは起こらず、力の強いものが支配するやくざ支配が自然発生することを記している。[注8]
その内に親分なるものが自然発生的に生まれ、一番問題の多い糧秣、炊事関係を握るようになり、それに子分がだんだん増えてきて、終いには動かすことのできない勢力となってきた。終戦後、沢山の捕虜が次から次へと入って行ったが、この既成勢力は動かず、かえって子分は増加し、強大なものとなってきて、炊事、演芸、理髪関係を初め、ストッケード（捕虜収容所）全体の行政にも、絶対的勢力を得てきた。これがストッケード親分の存在だ。親分の中には、なかなか物の分かった、世間の裏も表も心得た人物もいて、無茶な事はしなかったが、子分の中には、虎の威を借る狐が実に沢山いて、これらが暴力を盛んに振るい、勝手気ままな事をしだし弊害は百出した。

(2) 初年兵へのシゴキ

初年兵が兵営へ入ると「皇軍」伝統のシゴキを受けた。その模様を、辺見庸は『1★9★3★7』に記している。それによって、初年兵たちは個人としての人格を破壊され、人間として自発的思考を行う生得の習慣を破壊される。

そのシゴキは、次のようなものであった。[注9]

ビンタはしょっちゅう。左右の頬を殴打する「往復ビンタ」は日常茶飯事。「革帯」（ベルト）をつかうシゴキもあった。二等兵二人を相対させてたがいにビンタをはらせる「対抗ビンタ」もあたりまえ。兵営の寝台の下にもぐらせ、「ホーホケキョ」と鳴かせて、次の寝台を飛びこえ、さらにその次の寝台の下にもぐらせて、再び「ホーホケキョ」と鳴かせる連続の「ウグイスの谷わたり」というシゴキも。少しでも手をぬきでもしたら古参兵のリンチをうける。兵士らはたがいにたがいをおとしめ、身体的な苦痛と屈辱感を味わわせることによってシステマティックにかつ徹底的に「個」と「私」をうばいつくし壊しつくした。殴られる被害者は、じゅんぐりに殴る加害者になっていった。きちんとそれを継承し踏襲した。そこに論理はなかった。

(3) 日本軍の指揮官たちが捕虜になった場合

収容所の区画は将官と一般兵士とが別になっていた。一般兵士の区画では完全な無秩序になり、やくざ支配に陥ったが、将官たちは、捕虜収容所の中でどのような振る舞いをしたのだろうか。山本七平が、フィリピンのアメリカ軍が設営した捕虜収容所内で過ごした経験を書いている。彼は下級士官ではあったけれども、日本軍の最高級の将官たちと同じ食卓に着く時期があった。[注10]

私はその末席で、ときどき閣下たちの方を見ながら早めに食事をすますと、急いで自分の幕舎に引き上げた。というのは米軍支給の軍衣をつけ、二列に並んでもぐもぐと口を動かしている閣下たちは、前夜、私が想像していたような、打ちひしがれて懊悩しているような様子は全く見えず、何やらロボットのように無人格で、想像と全く違ったその姿は、異様にグロテスクに見えたからである。(中略)

将官たちの間には、病的といえるほど俳句が流行しており、食事はたちまち句会となった。……たのしげに声を掛け合いつつ語りつづける会話は、何の屈託もない御隠居の寄り合いのように見えた。俳句以外の話題といえば、専ら思い出話だったが、それから完全に欠落しているのが、奇妙なことに太平洋戦争であり比島戦であった。（中略）

この会話（中略）が、陸海空、在留邦人合わせて四八万人余が殺され、ジャングルを腐乱死体で埋め、上官殺害から友軍同士の糧秣の奪い合い、殺し合い、果ては人肉食まで惹起した酸鼻の極ともいうべき比島戦の直後に、その指揮官たちによって行われた会話だとは、だれも絶対に信じまい。

だがこの傾向は、彼らだけではない。レイテの最後にも、内地のA級戦犯にも、これとよく似た和気藹々の例がある。その状態は一言でいえば、部下を全滅させ、また日本を破滅させたことより、今、目の前にいる同僚の感情をきずつけず、いまの「和を貴ぶこと」を絶対視するといった態度、というよりむしろ、それ以外にはなにもなくなった感じだった。（中略）

これは一体どういうことなのか。おそらくそれは「いま」の目前の対象を、「いま」の時点だけの臨在感で把え、「いま」それに自分を対応さすという形で反応することにより過去が消失するという、異様な精神状態を示している……。こうなれば人間には、責任も反省もない。否、想起すらあり得ない。（中略）

将官だけでなく、帝国陸軍そのものがきわめてこれと似た状態にあり、従ってその意味での無責任・無反省集団であって、それは、軍の内部ですら批判のあった「処罰されるべき人間が〝人間的な和によって〟逆に昇進した」という事例に、よく現れている。

といってもそれは、「責任」とか「反省」とかいった言葉が、軍隊にはなかったという意味ではない。ないどころか、この二つの言葉は絶えず強調されつづけ、「責任感旺盛なる将校」と言われれば、最大の賛辞であった。だがこの責任感という言葉は「自らの発想、自らの決断、それに基づく自らの意志で行った故に私の責任である。それを非とされるなら、軍法会議という公の法廷で争おう」という意味とは全く別の言葉、むしろその逆であって、自らの責任を回避するため盲従すること、いわば命令への盲従度を計る言葉であった。帝国陸軍には、客観的な「法」が存在するという意識も、将官であれ二等兵であれ、法に基づく「法的秩序」に等しく従うべきだという考え方も皆無であった。

従って、たとえば、砲弾のない砲を人力で三〇〇km引っ張って来いと命令されたら、そのため部下を何人殺そうと命令に盲従してひっぱってくれれば「責任感旺盛」な立派な将校だが、自らの決断、自らの責任で砲をパラナン川にたたきこめば、それは、自決させるべき破廉恥な無責任将校であった。

さらにその時、「小隊長としてそんな無駄な労役で陛下の兵士を殺すような無責任なことは絶対できない。私の処置が正しいか正しくないか法廷で決着をつけよう」と言えば、想像に絶する無知無責任の上に、厚顔にも「聖上の御名」をかたって事故を正当化しようとする、全く反省のない唾棄すべき卑劣漢、即座に〝総括〟してよい対象であった。従って反省とは、権威への盲従度の不足を自ら認めてそれを告白し、以後徹底的に盲従いたしますと誓言することであり、それだけであった。

ここで山本が記載している「砲弾のない砲を人力で……パラナン川にたたきこめば……」と書いているのは、彼自身が大砲を運用する現場の砲兵隊長であって、本来駄馬で路上を引く大砲を人力で引かされたこと（砲弾はすでに尽きていた）、パラナン川は橋のない近くの川を意味し、戦争末期になめた苦衷を表している。

(4) アメリカ人・イギリス人の軍隊

上記のフィリピンにおける捕虜収容所経験者たちが一様に記しているのは、日本軍が解体して、捕虜収容所に入ったら、軍隊の機能喪失とともに人間集団としての社会秩序がなくなり、日本人集団の中で、自然発生的なやくざ支配が出来上がった、という事実である。一般社会の自然な人間関係もできなかったというのである。山本七平は次のように考察している。[注11]

> すべての組織で、その細部とその中での日常生活を規制しているものは、結局、その組織を生み出したその社会の常識である。常識で判断を下していれば、たいていのことは大過ない。常識とは共通の感覚（コモンセンス）であり、感覚であるから、非合理的な面を当然に含む。しかしそれはその社会が持つ合理性を組織が共有しているがゆえに、合理的でありうる。
> 　しかし輸入された組織は、そうはいかない。その社会の伝統がつちかった共通の感覚は、そこでは逆に通用しなくなる。従って日本軍は、当時の普通の日本人が持っていた常識を一掃することが、入営以後の、最初の重要なカリキュラムになっていた。

だがこの組織は、強打されて崩れ、各人が常識で動き出した瞬間に崩壊してしまうのである。米英軍は、組織が崩れても、その組織の基盤となっている伝統的な常識でこの崩壊を食い止めうる。この点で最も強靭なのはイギリス軍だといわれるが、考えてみれば当然であろう。だが日本軍は、まったく逆現象を呈して、一挙にこれが崩壊し、各人は逆に開放感を抱き、合理的だったはずの組織のすべてが、すべて不合理に見えてしまう、――そして確かに、常識を基盤にすれば、実際に不合理だったのである。

(5) 日本軍だからできた戦争突入

山本七平は、学生からいきなり召集されて陸軍に入隊し、砲兵の測量士官の教育を受けて、フィリピンにおける砲兵を率いる小隊長となった。と言っても、彼我の戦力は圧倒的に差があり、最後にはジャングルの中を逃げ惑い、多くの戦友や部下を死なせ、わずかな運命の違いで敗戦が確認された時点でアメリカ軍に降伏して捕虜収容所に入れられた。そして、上記の将官たちの食卓風景を目にして、猛烈に怒りがわいたようである。そして、日本の軍人たちの集団主義に起因する人格的空洞状態を下記のように総括した。

一体、日本の将官、指導者に欠けていたのは何なのか。一言でいえば自己評価能力と独創性・創造性の欠如ではないか。またその前提であるべき事実認識の能力ではないか。……否、彼らだけでない、日本軍のすべてが、新しい発想もなければ、創造力もなく、変転する情勢への主体的な対処もできず、対象を正確に直視して、その弱点を見抜くことさえできなかった盲目無能の集団だったではないか。（中略）

「陸軍の能力はこれだけです。能力以上のことはできません」と国民の前に端的率直に言っておけば何でもないことを、自らがデッチあげた「無敵」という虚構に足をとられ、それに自分が振りまわされ、その虚構が現実であるかのごとく振舞わねばならなくなり、虚構を虚構だと指摘されそうになれば、ただただ興奮して居丈高に相手をきめつけ、狂ったように「無敵」を演じつづけ、そのために「神風」に象徴される万一の僥倖を空頼みして無辜の民の血を流しつづけた、その人たちの頭の中にあったものこそ血塗られた「絵空事」でなくて、何であろう。妄想ではないか。

無敵の軍隊など、世界のどこにも存在するはずがないのに――。それを彼らは内心では知っており、実態が明らかになればすべてが崩壊することを知っていた。それが恐ろしいから虚構と神風にしがみつく。そのため、いざというとき静かなる自信に基づく発言ができず、神がかり的発言者と動物的攻撃性で論理を封ずる者に主導権を握られる。そしてこの悪循環は雪だるまのようにふくれあがって、自分でどうにもならなくなっていたのではないか。[注12]

(6) 意思の主体

戦争であれ日常の職業活動であれ、だれでもそれぞれの持ち場で日々問題を解決し、決断しながら行動している。しかし、組織が大きく立派に見えるところでは、「私は白紙で、誰かの指示通り動きます。それがどんなに理不尽なことであっても従います」という人材がスタンダードになる。これはタテ社会の特性である。自己独自の理性に基づいて意思形成を行う者には暴力をふるい、自分の内面とは無関係な〝大義名分〟を押し付ける。[注13] このようなタテ社会の集団主義が破綻することは、過去の戦争で、高い代償を払って学んだところである。

仕事の場でも生活の場でも、日々新しいことが起こる。その変化は個人の五感と思考の中で認識される。それに基づく次のステップのための意思決定は個人の洞察と選択の中でなされる。集団の意思決定は、そのような構成員の個人の意思の総和として選び取られる。

タテ社会では、上意下達の意思決定が基本である。多数の市民が多数の場面で働かせるセンサーは無視される結果、最新情報の伝達機能や行為の結果のフィードバックは劣弱で、先行する意思決定を墨守することになりやすい。当然、現実の事態との齟齬が次第に大きくなるが、遅れて意思決定の変更を行うと、そのこと自体が権威の汚点となるために、何とか方針変更を行わないで表面を糊塗して済まそうとする。その結果は、現実と方針の乖離がますますはなはだしくなり、取り返しのつかないことになる。

アジア太平洋戦争における典型例を挙げれば、一九四三年に日本軍の制海権が失われた後にも、ジャワ島の石油など、南方の資源獲得という目標を撤回することはなかった。代償として、大陸打通作戦（中国国内の陸路に物資の流通ルートを確保するために、北支から広東に至る広大な陸地を占領する作戦）が行われ、さらに南アジア諸国の征服と泰緬鉄道などの陸上輸送ルート建設、また、南太平洋の大小の島々に日本軍の拠点創出を目指した。だが、大陸における中国軍の抵抗は厳しく、大陸打通作戦は多くの兵力を消耗したが成功しなかった。また、南洋諸島では、置き去りにされた日本軍兵士たちの多くが飢死する結果になった。

理性は個人の内面から出てくるものであるが、先の戦争の際に持ち出された権威は、「皇祖皇宗」という神道の神であり、タテ社会ならではの服従が強いられた。

第3節　明治維新という疑似革命

明治維新政府は公武合体によって新しい政治体制を築こうとした幕府と朝廷の公権力に対して、薩摩と長州を中心とする脱藩志士たちが企てた非合法集団のクーデターによる政体である。[注14] 西欧諸国で経験された各個人の人権確立を目指した市民革命ではなく、近代化のために有志に権力を移行させた疑似革命であった。新政府成立後、伊藤博文は新憲法を制定するに際して、当時ヨーロッパで新帝国を建設して憲法制定間もないプロシアの学者たちの意見を多く取り入れた。プロシア憲法の特徴は皇帝権力を強くし、イギリスやフランスとちがい、議会の権力を弱くしていることである。[注15] その結果、天皇を主権者とし、民権を代表する議会の権力を限定的なものにした。しかも、天皇を「現人神」という「神聖不可侵」の存在とした。行政府においては、軍部と政府の統帥権をそれぞれ別個に天皇に直属するものとした。その結果、政府、軍部がそれぞれ独自に行為することを可能にした。また、それぞれの組織の大臣の責任が規定されていないため、過失を犯しても、誰も責任を負わないことになった。[注16]

イギリスの議会政治は、君主の統治と人民の権利が対立し、君主が人民を圧迫することを防ぐということが前提になっている。けれども、明治憲法は、君民同治といいながら天皇の大権を人民が翼賛するという理念に基づいている。したがって、人民の権利は天皇の道徳的な大御心に委ねられるという構造になっている。その結果、後にアジア太平洋戦争末期になると、軍人が沖縄の人びとに玉砕を命じたり、日本人全体に対して「一億玉砕」を勝手に決めたりすることになった。要するに人民は権利を保障されることなく、取り締まりの対象にのみ位置づけられたのであった。天皇と人民が一体であることを確認するために、天皇の祖先を祭る神道が国家護持を受け、招魂社（後の護国神社・靖国神社）が国民精神の求心力とされた。他方、まつろわぬ者に対しては、不敬罪、治安維持法が用意された。日本の立憲政体を君主と人民の契約によるのではなくて、歴史的に遠い淵源に由来する建国神話に設定し、道徳規範たる「教育勅語」までもその神話を基盤とする体系に位置づけた。その体制は、国民を愚民視する欺瞞に立脚しており、その跡を追うことすら困難なものであった。[注17]

明治維新の違法なクーデターが成功したのは、西欧列強によって日本社会の安寧がはなはだしく脅かされたからである。隣国・清が阿片戦争によって国の独立も危うくなるほどに痛めつけられるのを見て、列強からの侵略を防ぎ、さらに列強に伍して大国になる道を目指し、国家目標を「富国強兵」に置いた。その内容は、先進国が開発した近代科学技術を導入して富国を図り、その富を軍事力に投入して、西欧先進国が数百年前から推進して来た植民地獲得・支配の道を踏襲するというものである。

イギリスやフランスなどの政体においては、人民の権利は普遍的な天賦のものとされ、生まれながら個人に与えられたものという原理に支えられている。当然、人権の根源は国籍によらないという論理になる。他方、日本の民族神が守るのは日本人だけであり、日本の軍隊が隣国を攻め取り植民地として支配する場合は、相手を対等な人間とは見ないため、人道を無視した殺戮や捕虜虐待が日常化していた。[注18]

これらの規範は一貫した思想にはなり得ず、その構造を熟知するエリートたちは「教育勅語」を筆頭とする道徳体系を自分たちには適用範囲外とした。その二重基準がこの国の思想基盤を空虚なものにしている。戦後の日本国憲法は、ひとまず普遍的原理に基づく「人権」を規定したが、日本社会の市民の発意による部分は少ない。そして、統治機構のうち、軍部は廃止されたが行政機構は戦前の体制と人事がほぼそのまま継承された。そして、日本社会の慣習である「立場」に合わせて意見形成するという社会慣習が個人の意識をいまだに支配している。[注19]これを、一人ひとりの内面で意志形成し、発言する意見に変えていかなければならない。これは個人の精神を一人ひとり啓発する長い人権学習の積み重ねを地道に行うほかに方法がない。[注20]しかし、何が問題で、目標は何かははっきりしている。

第4節　富国強兵政策

(1)「軍人勅諭」の社会

明治憲法がめざしたものは、国民を幸福にする社会の建設ではなく、国を富ませて軍備を増強し、外圧をはねのけた先に近隣諸国を軍事支配して植民地化することであった。市民には「教育勅語」を規範として与え、軍人には「軍人勅諭」を与えて、さらに国粋主義的な道徳を強要した。

ア　軍人勅諭

日本軍の組織は、上下の序列が極端に強調されたタテ社会で、階級が一つ上でも「聖上の御名」によって全権をふるった。「軍人勅諭」に次の言葉がある。

軍人は禮儀を正くすへし　凡軍人には上元帥より下一卒に至るまて其間に官職の階級ありて統屬するのみならす同列同級とても停年に新舊あれは新任の者は舊任のものに服従すへきものそ下級のものは上官の命を承ること實は直に朕か命を承る義なりと心得よ

階級の序列をだんだんに上へ辿って行くと、陸・海軍の総司令官になり、その上は統帥権を持つ天皇になる。階級が一つでも上位であれば天皇の代理になり、各員の上に小天皇が君臨する。それら小天皇の命令は「天皇の名代」として生殺与奪の権を持つほどに強力だが、天皇は「無答責」で責任を負う必要がない。結局、命令者は数えきれないほどいるが、「それは私の責任だ」という人は一人もいない。アジア太平洋戦争の結果、極東裁判で天皇をはじめ、閣僚や元帥たちの中で「自分に責任がある」といった人はだれ一人いなかった。

イ　軍隊における仕事と生活

軍隊といえども、仕事の場面と生活の場面がある。仕事は戦闘の準備・戦闘・戦闘後の撤収と武器の手入れなどの業務である。生活の場は、食事・睡眠などがある。一カ所にとどまって兵舎を作り、駐屯生活をする場合には、まだしも落ち着いた生活ができるが、行軍中となると、飯盒炊爨、宿営があり、荷役用の輓馬の手入れ、水やり、飼葉補給など、負担の多い休養準備がある。平時であれば仕事の勤務時間は決めることができるが、戦場では二四時間が就業時間である。戦争末期の中国戦線における大陸打通作戦では不眠不休の行軍を強いられた。[注21]長時間上下秩序を強制され、下位者はイジメに曝されるという人権喪失の無秩序が現出したのは、タテ社会の日本軍の特徴のように思われる。日本軍の捕虜収容所を経験した二人のイギリス軍人の手記を見ると、[注22]組織原理が基本的に違っている。

西欧やアメリカの軍隊でも、仕事（戦闘）のための指揮命令系統は整然とした階級社会である。しかし、兵営での自由時間の過ごし方は個人の自由が大幅に認められている。その上で、病人をいたわるとか、自治組織を作るとかを自発的に行っている。つまり、オフタイムは、兵営外で暮らしていた市民生活の近所つきあいとあまり違わない感覚で過ごしている。

日本軍の兵士が一番気にしたことは、まず身内の上官（小天皇）への気遣いであり、オフタイムを利用して、自分の感想をまとめたり、趣味を楽しんだりということは不可能であった。戦闘のエネルギーさえ、身内への気遣いのエネルギーに削がれたようである。生活時間においても上官や古兵に気を遣う（たとえば、すれ違った時に敬礼の仕方が悪いといって殴られることが多かったという）ことが、標準であった。

身内に拘束されて、細かい気遣いが必要だというのは、日本の職場社会でも同様である。とりわけ、ほとんどの大企業職員や官庁など終身雇用制を原則とした職場では、職場で波風を立てることは本人にとっても周りの職場メンバーにとっても不幸の種になる。つまり、物事の筋道を通すことよりも、職場の雰囲気（いわゆる「空気」[注23]）に従うことに重心が傾く。職務の方針転換が必要になった時に声をあげるということは、たいていその方針を過去に決定した上司の批判につながる。そういう職場では、間違いに気がついても沈黙を守る方が当人の出世に有利になる。

ウ　軍隊の行進に見るロボット化

軍隊の行進は、リズムの一致は当然のこと、手の振る高さ・角度、足の上げ下げの高さ・角度、あごの突き出し加減、目つきの鋭さも整然としている。この一様なロボットの鋳型にはめ込んで画一化することによって、人間をロボット化し、消耗品化する。軍紀は徴兵した兵士を奴隷のように自由に扱うためのマニュアルであった。

日中戦争勃発後の一九三八年に制定された作戦要務令の綱領第四の全文は次の通りである（カタカナを平仮名・新かなづかいにして、句読点を加えた[注24]）。


軍紀は軍隊の命脈なり。戦場到る処境遇を異にし、且つ諸種の任務を有する全軍をして、上将帥より下一兵卒に至る迄、脈絡一貫、よく一定の方針に従い、衆心一致の行動に就かしめ得るもの即ち軍紀にして、その弛張は実に運命を左右するものなり。而して軍紀の要素は服従に在り。故に全軍の将兵をして君国に奉げ、至誠上長に服従し、その命令を確守するを以て第二の天性と成さしむるを要す。

以下、藤原彰の解説を引用する。[注25]

このように服従を天性とさせることが、日本軍隊の兵士にたいしての究極の要求であった。そして軍隊の教育も兵営における生活も、兵士を奴隷的軍紀に屈従させることを第一義としていた。（中略）

しかしこのような軍紀の強調を、懲罰を武器とする強制によってのみ達成することは困難であることも、ようやく自覚されてきた。……その結果は、軍隊における家族主義の強調となって表れてくる。……一八八九年の監軍訓令第一号でも、軍隊教練要旨として次のように述べられている（以下仮名遣い、句読点を現代文の表記に改める）。

図 5-1　軍隊の行進

有形上の教育と無形上の教育と相俟って後、初めて完全なるものを得べし。例すれば、教練はあたかも小児における学校教育の如く、その理解力と体力とを発達せしむるものにして、軍紀は小児の家庭教育の如く徳義心を発育成しむるものなれば、軍隊においてもまた、この家庭教育なかるべからず。

この軍隊家族主義は、家族主義の一面である相互扶助や、肉親の愛情におきかえられるような観念をまったく欠いたものであった。そこでは、殴打、拷問、侮辱などが上級者の恣意にまかされるという私的制裁の合理化を生み出すばかりであった。そして私的制裁が愛の鞭とされるような倒錯した社会が形成されるのである。このような厳正さを誇った天皇制軍隊の軍紀は、公的には上級者の命令は天皇の命令であるとの建前の強調と、服従を強制する懲罰によって支えられ、内部ではいっさいの自主的な思考能力を奪う内務生活と、過酷な私的制裁とによって補われていたものであった。

エ　「赤子」と「輔弼」

ここに、徴兵された兵士は「小児」として「かわいがられる」ことが公式の監軍訓令で述べられている。天皇ひとりが大人であって、その他の一億人は「赤子」であると述べ、あらゆることを一人で裁いているように述べられている。

結局、日本の軍隊も社会も「赤子」と「小児」ばかりの集団で、独立した個人が契約に基づいて、個人個人の責任と権限を明確にしたマネジメント組織を作り得ず、個人を「空気」と「同調圧力」が潰すように常時作用している。[注26]

(2) インテリの規範無視

無理にそのような一元的な道徳基準を作っても、それを与えられる側は、建前だけのものとして自らの内面に取り込むことを拒否する。明治初めの教育界の指導者が、政府の与える道徳的箇条を虚構のものと扱っている事情が次のように書かれている。イザベラ・バードが、久保田（秋田市）の師範学校を見学したときの実態である。

> この学校はゆったりとした様式の建物で、三階建てとなっています。上のバルコニーから見渡せる灰色の家並みと、緑のふんだんにある町と、周辺の山々や谷の眺望はとても素晴らしいものです。各教室の設備には驚かされました。とくに化学教室の実験室と、自然科学室の実にみごとな図解教材にはびっくりしました。ガノーの『物理学』[注27]がこの科目の教科書です。教師は二五名、生徒は一六歳から二〇歳まで七〇〇名います。教えるのは読み書き、算数、地理、歴史、ジョン・スチュアート・ミル式の経済学、化学、植物学、自然科学、幾何、測量学です。（中略）
>
> 前にわたしは、久保田では外国の影響がほとんど感じられないと書きました。これは外国人との直接的な接触による影響はという意味ですが、この学校にも病院にも外国の科学や方式は

浸透しています。退出する前、私はどんな答えが返ってくるかは承知の上で、宗教は教えているのですかと教頭に尋ねました。するとこの二人の紳士[注28]はどちらも朗らかに蔑みを込めた笑い声をあげました。「私たちは無宗教です。学識のある者ならみな宗教などいんちきであることは知っていますよ」と教頭が言いました。

破綻した宗教の虚構に基づいて創建された天皇の玉座、ばかにする人々から見せかけの敬意を受けている国教、知識階級の間で猛威をふるう無神論、下層階級にいばり散らす無知な聖職者、頂点にはみごとな独裁支配を、底辺には裸の労働者を持つ帝国、最も崇高な信条は露骨な物質主義であり、その目的は物質的な幸福です。[注29]

(3)「現人神」ひとりの救済

以下、「終戦の詔勅」を現代文に訳して見てみよう。

私は、深く世界の大勢と、(日本)帝国の現状とを見て、非常手段を取って、現在の事態を収拾したいと思い、ここに忠義に熱い君たち臣民に告げる。

私は帝国政府に、アメリカ・イギリス・中国・ソ連の四国に対して、その共同宣言を(私が)受諾する旨を通告させた。そもそも帝国の臣民の安寧を図り、諸外国が共栄して安楽を共有することは、皇祖(天照大神から神武天皇)と皇宗(第二代以降の歴代の天皇[注30])が残した模範であり、私が恭しく守ってきたことであるが、先にアメリカ・イギリスの二国に宣戦布告した訳も、実

> のところ、帝国の自立存続と東アジアの安定とを願ってのことであって、他国の主権を排除し、領土を侵略するようなことは、もともと私の志ではなかった。（中略）このような事態になったら、私はいかにして億単位の赤子を保ち、皇祖皇宗の神霊に詫びることができるだろうか。これらは、私の帝国政府に対して共同宣言に応じるようにさせた理由である。
>
> 私は帝国と共に終始東アジアの解放に協力した同盟諸国に対して遺憾の意を表さざるを得ない。帝国臣民であって戦陣において死亡した人びと、職域において殉じて死亡した人びと、およびその遺族に想いを馳せれば、体が張り裂けそうだ。また、戦争で傷を負い、災禍を蒙って家業を失った者たちの厚生に心を痛めている。思うに、今後帝国が受けるであろう苦難は当然並大抵ではない。君たち臣民の哀情も私はよく知っている。しかし、私は情勢の赴くままに、堪えがたい事態に堪え、忍び難い事態に忍んで、将来のため世に太平を広げたい。
>
> 私はここに国体護持の可能であること、忠良な君たち臣民の赤子のような忠誠心を信じ頼り、つねに君たち臣民と共にある。（中略）よろしく国を挙げて一家のようになり、子孫に伝えていき、かたく神の国の不滅を信じ、責任は重く、道の遠いことを思い、総力を将来の建設に傾け、道義を篤くし、志操を強くして、誓って国体の精華を発揚し、世界の進運に遅れないようしなさい。君たち臣民はよく私の意図を体得せよ。

従来テレビで放映されているシーンでは「堪え難きを堪え、忍び難きを忍び…」という言葉だけなので、この言葉は主語なしで言われたものと思っていた。その場合、主語は天皇と国民全体とを含む総体だろうと無意識に推測していた。ところが、この文章の主語は「朕は」であり、国民は含まれていないことがわかった。ここに記されている文章には、ほとんどすべて几帳面に、「朕は」という主語が記されている。意志をもって方針を決定する文章の主語はつねに天皇であって、臣民はつねに客体である。「朕は億兆の赤子を保し…」といい、当時七四〇〇万人ほどの人口があったはずだが[注31]、意思決定に参与していない。

意思決定主体は天皇一人であり、大臣・大将すら赤子としてつねにその意思に従属追随する存在だという思想基盤がもっとも顕著に表れたのは、東京裁判における戦時内閣の閣僚たちの態度であろう。キーナン検察官は、次の総括を述べている。

元首相、閣僚、高位の外交官、宣伝家、陸軍の将軍、元帥、海軍の提督及内大臣等より成る現存の二五名の被告全ての者から我々は一つの共通した答弁を聴きました。それは即ち彼等の中の誰一人としてこの戦争を惹起することを欲しなかったというのであります。これは一四カ年の期間に亘る熄む間もない一連の侵略行動たる満州侵略、続いて起こった中国戦争及び太平洋戦争の何れにも右の事情は同様なのであります。……彼らが自己の就いていた地位の権威、権力及責任を否定出来ず、又これがため全世界が震撼する程にこれら侵略戦争を継続し拡大した政策に同意したことを否定出来なくなると、彼らは他に択ぶべき途は開かれていなかったと、平然と主張致します。[注32]

「終戦の詔勅」を発した天皇は、どのような意識を持っていたのかはわからないが、この高位官僚たちの自意識と照らし合わせて表裏と捉えれば、天皇一人が意思決定者で、それ以外はみな言うままに従う「赤子」だという文意と合致している。

理屈が合致していると言って納得している場合ではない。高位官僚たちが御気楽であっただけでなく、天皇も御気楽であった。あのように、すべての事柄を「朕が差配した」というメッセージを全国に放送した天皇が、責任を痛感して退位するわけでもなく、戦後も長くのうのうと地位を保ったのであった。つまり、誰も責任を取ることなく、なし崩しに今日まで来てしまった。そして、天皇と官僚の無答責は今も続いている。

(4) 別の選択肢からの隔離

挙国一致体制が長引くと、その思想が深く内面化して疑問に感じなくなる。陸軍将校の教育状況を丁寧に追跡した広田照幸は次の指摘をしている。[注33]

戦時期に青少年期に達した世代――いわゆる戦中世代――は、それ以前の世代に比べて、献身イデオロギーを忠実に内面化していたように思われる。この世代の中には、本気で天皇の神性を信じ、国体のために喜んで生命を捨てるほど、価値を内面化した人が少なからずいたことは確かであろう。しかしそれは、教え込みの技術が適切だったからではなく、献身イデオロギーと対立する別の準拠価値を内面化する機会がほとんどなかったからではないだろうか。物心ついて以来、「何が正義とされるか」について準拠すべき別の選択肢が用意されていなかったこと、すなわち別種の情報から隔離されていたことが、彼らに超国家主義を心底から信じ込ませることになった、というように。

第5節　矢内原と天皇制

(1)　紀元節講演

矢内原は戦後も、天皇に対して強い親近感を持ち、天皇を尊崇する国家を望ましいと考えていた。そして天皇にキリスト教の布教を試みた。そういう国家像を構想して推進するなら、国民に対してその根拠を説明し、広範な人々の同意を得た上で行うのが国民主権原則の手続きである。矢内原は、戦後も天孫降臨神話をそのまま継続採用している。依然として戦前の神話と天皇崇敬を主張するなら、その天皇を中心とした「八紘一宇」を掲げて植民地獲得戦争を遂行した結末を検証する作業が先決である。しかしかれは戦後東大に復帰した後、旧植民地に何ら関心を払わず、植民政策の検証を行った形跡が見当たらない。そして、再度神話にもとづく天皇の権威を持ち出し、これをキリスト教と協調して国民を指導する理念にしようとした。

敗戦の翌一九四六年二月一一日紀元節の日に、矢内原は大阪中ノ島公会堂において「国家興亡の岐路」と題する講演を行った。南原繁が東大講堂で日の丸を掲げて紀元節の記念式典を行い、大いに国民の士気を高めたと評価されている講演と時を同じくしている。その講演記録が、後日刊行された『日本の傷を医す者』に含まれている。[注34] この中で、「日本民族の理想が、天孫降臨神話に始まる万世一系の天皇にある」という主旨を述べ、「アブラハムに対してエホバ神が与へ給うた約束と天孫に対して天照大御神が与へた約束とは、世界歴史に於て相匹敵する二大事実である」とまで言い切っている。さらに「天照大御神は……エホバの神ではないが、併し天照大御神を意味あらしめるものは唯一つの絶対的な宇宙神である。即ち聖書に啓示せられて居るエホバ神である」といっている。

天皇制が天孫降臨と万世一系に基づくことを神の経綸の根拠とし、エホバの神がアブラハムに与えた約束と同等であると主張している。このように虚構の願望を連ねて天皇の価値増大を唱えることが、社会科学を職業とするものからなされるというのは、あまりにご都合主義ではないだろうか。[注35] 天皇制に基づく戦争の結果は、国内外の人びとの苦難として目前に山積している。戦後の戦争責任究明と新しい社会の構築に際して、誤った方向に影響力を行使した矢内原の態度は、キリスト教徒としての信用が高いだけに罪深いものがある。同年の『世界』八月号にかれが寄稿した「日本国民の使命と反省[注36]」という論文においても同じように、「一系の天子」の必要を力説している。それも同断である。

(2) 一般市民の知恵

なお、上記のように矢内原を批判することは、後知恵に基づくものであって公平でないという反論があるかもしれない。だが、この「万世一系」というフィクションを根幹とする教育勅語を学校の教育現場で教えることの困難が戦前から教師たちをひどく悩ましていたという事実がある。したがって、はるかに前から庶民は口にはしないけれども、天皇が太陽神の子孫だから尊いのだという主張はこじつけと考えていたと推測される。天皇が人間宣言したのも当たり前と受け取ったであろう。歴史家の古川隆久は、多くの生々しい事例をもって子供たちが先生の説明を嘘と判断した事実を述べている。[注37]

（雲の上の天照大神が孫のニニギノミコトに下界に下るように言い、その孫の神武天皇が初代天皇となった、という説明に対し）児童の理性が発達して来て、「先生人間が天に居ることはできないと思ひます。……雲の上なんどに居たらすぐにおちてしまひます」……「雲の上の方は空気がうすいですから呼吸が出来ませんすぐに死んでしまひます」とか小理屈をいふに至っては無下に叱りとばさないで何処の国でも古代のことははつきりしてゐないそれで我国の大むかしのことなども、はつきりしてゐない（中略）しかとわからぬといふようにしておく

古川は、こういうフィクションを道徳の基本に据えて教育することが人びとを愚民とみなす態度に基づくものであったことを指摘している。[注38] 実際多くの市民は、「天照神話」も「八紘一宇」・「神州不滅」・「一億玉砕」のような掛け声として聞き流せばよいと、子供のころから理解していた。当時も今も日本社会に住む人々は、この社会の統治者は大げさなフィクションを述べるものと割り切り、実生活では本音で過ごす知恵を十分に身に着けている。天照神話は子供のころからその知恵の訓練をしているのであった。

しかしながら、教育勅語の教育は子供たちに選択の余地がない状態で強力に押し付けられた。彼ら・彼女らは四大節（四方拝〔一月一日〕・紀元節〔二月一一日〕・天長節〔四月二九日〕・明治節〔一一月三日〕）などの祝祭日には学校に赴き、勅語奉読、宮城遥拝などの儀礼を行い、天皇崇敬の唱歌を歌った。[注39] 教育勅語奉読の儀式が成立するためには、予め教師が子供たちにその内容を説明しなければならない。子どもたちは教師の説明が現実の天皇とは結びつかない架空の作り話であることを容易に見抜いてしまう。[注40] そして、先生自身がダブルスタンダードの中で苦しみもがいていることを感じ取る。体制側の教育組織・政府・御用学者たちは市民にフィクションを押し付け、曲がりなりにもその意図が実現したつもりであったが、市民はその強圧を適度にかわすすべを幼くして体得したのであった。

(3) 愚民視政策の継続を勧めるエリートたち

戦後、教育勅語の継続を唱えていたのは矢内原のみではない。内村に学んだ多くのエリートが教育勅語の継続を推奨した。宗教学者の島薗進は、ＧＨＱが国家と神道の分離を指示し、天皇の「人間宣言」に至った「神道指令」について詳細に跡付けた後、このエリートたちの振る舞いに触れて深刻な憂慮を表明している。[注41]

神道指令から教育勅語の失効決議までに要した期間は二年半である。それだけ深く教育勅語は国民生活に浸透していたということだろう。その間に教育勅語の継続を唱えていた知的指導者たちのなかには、前田多門、田中耕太郎、南原繁などの高名なキリスト教徒がいた。カント研究者として知られた天野貞祐も内村鑑三に強い影響を受けた哲学者だった。彼らがなぜ、戦後しばらく教育勅語の排除を打ち出そうとしなかったのか。なぜ、国家神道による精神の抑圧がよく理解されなかったのだろうか。これは国家神道史という面からも近代日本キリスト教史という点からも、究明を要する課題であろう。

推察するに、西洋的な学知やキリスト教を背景にもつ西洋思想を学んできた当時の学者、知識人は東アジア的な権威主義の根深さを十分に理解していなかった。国家神道的な宗教性はいわば前時代の遺物であり、やがては消えてゆくはずのものと見くびっていたのかもしれない。他方、自らは高次のモラルを学んできて、これを後続世代に伝えていく任務をもつと信じていた。エリート的な自負と誇りから道徳規範を教え授けることが重要だと考えていたのだろう。そのため、教育勅語を倫理的な啓発の文書として高く評価することになった。

彼らがうまく理解できなかった問題は、現在、宗教について、またキリスト教について日々考えている私たちにとってもなお解きやすい問題とはなっていない。現代世界における諸宗教伝統、諸文明世界の相互理解という大きな課題の一つの応用問題として真摯に取り組んでいく必要があるだろう。

このエリートたちは、自身の道徳規範が西洋思想に学んだ普遍的なものであるとの認識を堅持している。他方、一般市民にはレベルを落とした分かりやすい教育勅語が便利なものだから、それを使い続けさせたらよいと勧奨し続けていた。教育勅語は、天皇ひとりが自由意志をもち、かれ以外の一億人民は、その意向を伺い、忖度して生きよと求めるものである。現実には天皇の意向がいちいち伝えられないから、大勢に順応して付和雷同することを誘導する。エリートたちはその群衆と一線を画して、頭で学んだ想像上の社会の規範をわが身に課している。本来なら、エリートと民衆が一体となり、力を合わせて新しい規範を作らなければならないときであった。その時を逸したので、新しい共同体を日本人自らの手で作ることができなかった。とりわけ、その内実である思想の形成を怠った。今日に至るまでその課題は果たされていない。

市民を愚民視するエリートたちの高慢な思い込みは、とっくに広範な市民たちに出し抜かれている。市民たちは今までおとなしく権力が押し付ける建前を聞いていたが、これからは本音でよいのだ、とすでに判断を下していた。そのことは、戦時下に職場へ押しかけた「修養団」も速やかに消え、一般の人々が終戦の年のクリスマスにきよしこの夜を歌って楽しんだことにも表れていた（第6章2）。「あの連中には教育勅語が適当だ」と思い上がったエリートたちこそ遅れていたのだ。

(4) 「現人神」体制を批判した人びと

戦後、「現人神」を頂点とする富国強兵政策が近隣諸国を強盗略奪した実態を根源から批判した人々は戦時中、侵略戦争の前線に立ち身をもって戦争を体験した人たちであった。

山本七平は上記『一下級将校が見た帝国陸軍』のほか、『洪思翊中将の処刑』[注42]、『現人神の創作者たち』[注43]などを著した。中国戦線で従軍した藤原彰は、『中国戦線従軍記』[注44]を著し、研究会を組織して、

『餓死した英霊たち』[注45]など、戦争の全体像を把握する研究を積み重ねている。

とりわけ、堀田善衛の『方丈記私記』にあっては、矢内原が希望的に、美しく描いてみせる全体主義的国民像は決定的に破綻していることが示されている。まず、支配者層が徹底して国民を不信の目で見ている。そのことは「近衛上奏文」[注46]を見れば一目瞭然である。その文章を堀田善衛は次のように評している。[注47]

（支配階級の）症例の一つは、国民というものの無視、或は敵視である。……すなわち、国民は戦争を、或は自分たちを、何と考えているか、という疑いを通じてしか考えていない。……

これを最も露骨にあらわしているものは、……就中、国内情勢に関する部分。……これによると、少壮軍人の多数も、右翼も左翼も、官僚も、みな共産主義者であり、「抑々満州事変、支那事変を起し、之を拡大して遂に大東亜戦争まで導き来たれるは」、軍部革新派であり、「是等軍部内一味の革新論の狙いは、必ずしも共産革命にあらずとするも、これを取巻く一部官僚及民間有志（之を右翼と云うも可、左翼と云うも可なり。所謂右翼は国体の衣を着けたる共産主義なり。＝近衛自註）は、意識的に共産主義革命に迄引きずらんとする意図を包蔵し居り、」というわけである。資本家と貴族を除いたほかは、活発な人々は誰もかれも共産主義者だということになるのである。……「職業軍人の大部分は、中以下の家庭出身者にして、その多くは共産的主張を受け入れ易き境遇にあり」と。……「中以下の家庭出身者」であることが、どこが悪いというのか。国民の九九パーセントは、中以下の家庭しかもてないのである。

（中略）こんなにまで真面目で非常識な、真剣で滑稽な文書というものは少ないであろう。「一億玉砕を叫ぶ声」さえが、「遂に革命の目的を達せんとする共産分子なりと睨み居り候」となるに及んでは疑心暗鬼、悲惨というのほかない。しかも、「此の事は、過去一〇年間、軍部、官僚、右翼、左翼の多方面に亘り、交友を有せし不肖が、最近静かに反省して到達したる結論」だという。満州事変、支那事変、大東亜戦争などに責任があるのは、また、中国の「国民政府を相手にせず」などといったのは誰だったのだろう。……近衛氏は、共産革命を防止し、国体と称するものを守るためにのみ、戦争終結を急いだ。そしてこの国体と称するものも、要するに自分たちと天皇ということにほかならぬと思われる。……この上奏文を何度読んでも九九パーセントの国民の苦難など、痛快なほどに無視されている。テンから問題にもされていない。要するに、「敗戦だけならば、国体上はさまで憂ふる要なしと存候。」というわけで、国民の苦悩、「生活の窮乏、労働者発言権の増大」などは「共産革命達成」のための道具として、この意義においてのみ憂うべきものなのである。その道具にさえならなければ、さまで憂うる要なしと存候である。

加えて、災難に遭遇した国民に対する天皇、および高位の軍人、役人の無神経な態度である。堀田はこれに続く章で、東京が空襲された後富岡八幡宮の近くで、ピカピカの車と軍服で視察に訪れた天皇の姿を偶然見たことを書いている。[注48] 少なからぬ高位の役人たちも同伴していた。天皇はこの焼け跡をどのような気持ちで眺めたのだろうか？

富岡八幡宮の焼け跡で、高位の役人や軍人たちが、地図を広げてある机に近づいては入れかわり立ちかわり最敬礼をして何事か報告か説明のようなことをしている――それはまったく奇怪な、現実の猛火とも焼け跡とも何の関係もない。一種異様な儀式として私には見えていた、……。この儀式の内奥にあるものは、言うまでもなく生ではなく死である。しかもその死は、誰がなんといっても強いられた死であり、誰一人として自ら欲しての死ではない。

これを見れば、矢内原の「天皇、祖宗の神霊と民衆赤子との前に泣き給ひ」[注49]という美化は消し飛んでしまう。大学の講壇からしか見る目のないエリートの言説は、地を這うように戦場や焼け跡を見てきた人びとには、もはや説得力がない。

注

注1　山本七平『一下級将校が見た帝国陸軍』朝日新聞社、一九七六年、二八六～二八七頁
注2　Ernest Gordon、斎藤和明訳『死の谷をすぎて～クワイ河収容所』新地書房、一九八一年、一〇〇頁
注3　E. Gordon、前掲書、三二一頁
注4　Jack Edwards、薙野慎二・川島めぐみ訳、径書房、一九九二年
注5　当時シンガポールはマレーシアの一部であった。シンガポールがマレーシアから分離独立するのは一

九六五年。

注6　日本は、シンガポールを「昭南島」と呼んだ。そして戦争直後に「昭南神社」を建てた。一九四二年五月から一〇月まで連合軍の捕虜五万人を使役して建設した。祭神は天照大神。一九四五年に取り壊された。

注7　Jack Edwards、前掲書、三七五頁

注8　ちくま学芸文庫、二〇〇四年、二四二頁

注9　角川文庫、二〇一六年、下六九頁

注10　山木七平、前掲書、二六六～二七〇頁

注11　『日本はなぜ敗れるのか』角川書店、二〇〇四年、二八四～二八五頁

注12　山本七平、前掲書、二七七～二七九頁

注13　安富歩はこの態度を「立場主義」と表現している。『生きるための日本史―あなたを苦しめる〈立場〉主義の正体』青灯社、二〇二一年

注14　鈴木荘一『明治維新の正体』毎日ワンズ、二〇一九年。

注15　津田左右吉『明治維新の研究』毎日ワンズ、二〇二一年、二五九頁

注16　津田、前掲書、二六六～二六九頁

注17　津田、前掲書、二八〇頁

注18　満州国に移り住んだ日本人は、自己を「満州人」とは思わず、最後まで日本人と考えていた。塚瀬進『満州国―「民族協和」の実像』吉川弘文館、一九九八年、一一六～一三八頁

注19　安富歩『生きるための日本史　あなたを苦しめる〈立場〉主義の正体』青灯社、二〇二一年

注20　たとえば、中島吉弘「人権教育における効果的な啓発方法～教育から学習へのパラダイム転換の試み～」二〇一九年　https://www.jinken-library.jp/database/column/entry/10266/index.php

注21　藤原彰『中国戦線従軍記』岩波現代文庫、二〇一九年、八七～一四一頁

注22　Earnest Gordon『死の谷をすぎて』新地書房、一九八一年
Jack Edwards『くたばれ、ジャップ野郎！』径書房、一九九二年
注23　山本七平『「空気」の研究』文春文庫、新装版二〇一八年
注24　藤原彰『天皇制と軍隊』青木書店、一九七八年、八八〜八九頁
注25　藤原彰、前掲書、八九〜九二頁
注26　山本七平『「空気」の研究』文春文庫、一九八三年。鴻上尚史・佐藤直樹『同調圧力』講談社現代新書、二〇二〇年。望月衣塑子・前川喜平・M・ファクラー『同調圧力』角川新書、二〇一九年
注27　ガノーはフランス人。当時この教科書の英訳版がイギリス、アメリカでも使われていたらしい。
注28　校長と教頭
注29　時岡敬子訳『イザベラ・バードの日本紀行』講談社学術文庫、二〇〇八年、上三七一〜三七二頁
注30　「皇祖」「皇宗」の意味は『広辞苑』による。
注31　海外居住者や沖縄県住民を含む。http://www.ipss.go.jp/syoushika/tohkei/Data/Relation/1_Future/1_doukou/1-1-A01.htm
注32　丸山眞男『現代政治の思想と行動』未来社、新装版二〇〇六年、一〇二頁
注33　広田照幸『陸軍将校の教育社会史』世織書房、一九九七年、四〇九頁
注34　『全集』第一九巻、一六二〜一八六頁
注35　津田左右吉『古事記及び日本書紀の研究』（初版一九四〇年）には、天孫降臨・万世一系神話がことごとく虚構であることが実証されている。最新刊は毎日ワンズ、二〇二〇年
注36　『全集』第一九巻、二三四〜二四五頁
注37　古川、前掲書、四三頁
注38　古川、前掲書、三四頁および四九頁
注39　島薗進『戦後日本と国家神道―天皇崇敬をめぐる宗教と政治』岩波書店、二〇二一年、二六頁

注40　記紀神話の実態を詳細に解明した労作に、津田左右吉『古事記及び日本書紀の研究』完全版、毎日ワ

注41　島薗進、前掲書、二四六頁

注42　文藝春秋、一九八六年

注43　文藝春秋、一九八三年

注44　大月書店、二〇〇二年

注45　青木書店、二〇〇一年

注46　「近衛上奏文」Wikipedia

https://ja.wikipedia.org/wiki/%E8%BF%91%E8%A1%9B%E4%B8%8A%E5%A5%8F%E6%96%87

注47　堀田善衛『方丈記私記』ちくま文庫、一九八八年、五〇〜五二頁

注48　堀田、前掲書、六二頁

注49　四五年『嘉信』復刊号「哀歌」『全集』第一七巻、七七五頁

第6章　牧会に身を投じて

第1節　おじいちゃんのオープンハウス

光子の実家の父（子どもたちにとっては「金沢のおじいちゃん」）大川顕吉の余生は心豊かなものであった。喜寿を祝って「オープンハウス」という珍しい催しを行って、自ら楽しんだ。その模様をイラクから休暇で帰ったばかりの哲夫が妻・光子から聞いて、次のように家庭新聞に載せた。

(1)　おじいちゃんのオープンハウス

一九八三年四月二八日はおじいちゃんの七七回目の誕生日です。おじいちゃんは定年退職後、いっそう自由闊達・天衣無縫・天真爛漫に創作活動・交友交歓を楽しんでいます。去る四月二八・二九・三〇日の三日間、〝喜寿記念オープンハウス〟という前代未聞・後代難聞の素敵な催し物をやらかしました。

なぜ〝後代難聞〟かといえば、油絵を良く描ける人はいたって少ない。その上随想なる自由な文章を書ける人はまたまた少ない。この両方を同時にやれる人といったら、日本国中更にまれ。そして、七七という気力阻喪する年頃にこういう意気盛んな催し物をやる人は日本広しといえども、金沢にいる、オープンマインドのおじいちゃんだけではないかと思うからです。

金沢には応援団もたくさんいて、たまたま『北國新聞』に載ったもんですから、千客万来。三日間に二百人という大繁盛ぶりでした（四分の三は新聞を見てきた人でした）。

旧友知己はもちろんのこと、新聞片手に泉丘高校前バス停から畑の中の道をキョロキョロとあたりを見回しながら歩く迷子が後を絶たず（手製の道案内立札の背丈が低くて見にくかった――反省その二）、そういう人を勝手知ったる知友が連れてくるという具合。やたら道を聞かれた近所の人が、何事ならんとのぞきに来たりで、また人気が人気を呼んだ。

さて、肝心のハウスの中はどうだったでしょうか。勝手知ったる知友は我が物顔に上がり込み（これぞオープンハウスのゆえん。〝勝手連〟がいたのは北海道だけではない）、絵だの文章だの七面倒くさい精神的産物には目もくれず、車座の中心にデンと座ってリラックスし、専らおじいちゃんの座談に合いの手を入れながら、主人公の糖分過多を防ぐため、大いに甘味消費に貢献した。

初めて来た人はおっかなびっくり、おずおずと「こんにちは」。一見麗しい若き女性応援団が現れて「どうぞ、どうぞ」。初めのうちこそ〝オープンハウスってなんやいね〟と目をぱちくり、上目遣いに入ってきた人が、やがて、この家の主人公と女主人公の顔を一目見て安心し、安心ついでに奥の部屋にドッカと腰を落ち着けて、三時間も四時間も随想集を読みふけり、はては炊き出しのおにぎりの差し入れを受けるという熱中ぶり。

教会の牧師先生のみならず、新聞を見て初めて来た人までも翌日は家族を引き連れて出直してきて、日ごろから〝しきいの低い〟大川家の敷居が一層低くなって、ドアの下から隙間風が入るようになってしまった。

知己の中にも再来、三来組が後を絶たず、中には、自らの胃の腑の活動状況を省みて、翌日に大きな菓子折り・すし折り・赤飯などを持参してくる人も少なくなかった。

『北國新聞』が行き渡る石川県内のあちこちの意外なところから人々がやって来るかと思えば、知友の中には神戸からはるばる駆け付けた奇特な女性ファンもあった。

このような大盛況、大繁盛ぶりにびっくりしたのは身内。

「オープンハウスなんて前代未聞、後世皆無のことをやって誰も来なかったらどうするの」

「モッタラモッタラと、ワッシャ　アカーンとかいって絵ばっかり描いているおじいちゃんの話を聞いてくれるヒマジンがおるかいね」

と内心　心配するのみならず、大口開けて、

「そんなことして大丈夫？」

と諫止せんとした。

ところが、初日から、老若男女門前市をなすを見て、突如として、ウチのおじいちゃんは偉いと言い出した。ほこりだらけの額縁にはまった何十年来見慣れた油絵が、突如マネやモネの絵のように輝きだした。この随想集はひょっとしたら、団伊玖磨氏の『パイプのけむり』よりセンスと学と信念において優れているのではないかしらん。向うさんは近頃千回を数えたらしいが、こちらは年の功は亀の甲、数においては上を行く。ベストセラーになって〝米寿オープンハウス〟は大豪邸でやることになり、今度は『朝日新聞』に記事が載り、全国津々浦々から万客億来、今回の客二〇〇名がすべてホスト側になって世話しなきゃならん。運悪く同じ日に同

時興行している皇居二重橋付近の方はガランとしていたりして……

さて、この三日間、このおじいちゃん夫妻の直系子孫たちは何をしておったのでしょうか。長男満氏。第二日目に神戸から車で駆けつけて、親しい客の送迎に忙しかった。しかし、両親を女性取巻き連に奪われて、話の車座に加わることができず、暇なときは専ら裏の方で新来の客の応対をしていた。デッチリのオバハンたちが大勢二階でお茶を飲んでいるが、根太（ねだ）が落ちやしないかとひとり心を痛めながら。

長女深井光子夫人。第一日と第二日目に台所でお茶を沸かす。ホントの娘よりも親しい自称の娘たちがたくさんいて、当人はボケーっと座っているばかり。

次女吉川リサ子夫人。深井家と吉川家のコマイガキどもを預かり、東京で一人留守番。「来年こそ行くわ。来年もやってね」と切歯扼腕。来年は〝喜一寿オープンハウス〟でもやらなきゃなりませんぞ！

これら三家庭は、〝金沢銘菓〟のお相伴にたっぷりと与りました。

「こんなに楽しい催し物は前田藩開府四〇〇年この方はじめてのことです。この因襲に閉ざされた金沢の人びとの中によくこういう素晴らしいことをされましたね。あなたはとても勇敢な方です」

と初めて来た人が言いました。その力の源泉は奈辺にあるのでしょうか？

おじいちゃんは毎週教会の週報に短文を書いていて、これが案外、人気があるらしい。なぜかというと、読む人がどう思うかということを全然考えない。人からバカにされそうなことも、人がオコリそうなことも、遠慮会釈しない。どうしてこのような人格が可能なのでしょうか?

一般に喜寿といえば、子供・孫・親類縁者など、血縁・地縁の人びとから祝いを受けて、人生の黄昏時に一瞬の花火を上げて楽しむ。このおじいちゃんは受けるのではなくて、与えて楽しんだ。この世から期待するのではなく、働きかけた。

北陸の地で、サラリーマン生活を送りながら、この精神を屈折させなかった信念は日本社会一般の常識的処世術と大きくかけ離れている。これは何といってもキリスト教信仰抜きでは考えられない。今生きている七八年の自在な生活がその証である。

☆

シマオクソクを逞しくして、見てきたような嘘八百を書きましたが、どうぞ心を乱されることなく、ゆっくり休んで疲れをいやしてください。

頓首　(哲夫)

第2節　サラリーマン大川顕吉

大川顕吉は、明治に牧師になった大川達吉・花子の長男である。姉と妹、弟二人の五人姉弟の第二子として、一九〇六年(明治三九年)に生まれた。日露戦争に勝利してちょうちん行列を行って軍国主義が湧きかえる世の中になった。ヤソの息子は石を投げられる最悪の時代に生まれてしまった。職場へ入ってからは、アルコールを受け付けない体質だったため付き合いが悪いといっていじめられた。

(1) 画集『ハーモニーのパパ』

大学は、大阪外語大のロシア語科で学んだ。そして、二八年（昭和三年）に逓信省へ勤めた。当時

図6-1　模型の写真

図6-2　ウラジオストックの町のスケッチ

ヨーロッパから入って来る時計やカメラは、シベリア鉄道でウラジオストックへ運ばれ、そこで日本の郵便局員が受け取って船で敦賀港へ運ぶという手順を踏んでいた。したがって、敦賀郵便局にロシア語を話し、船で往復する要員が一名必要だったのである。それから五〇年まで、一二年間敦賀で勤務し、金沢郵政局に転勤した。金沢では郵政研修所という教育業務について個性を生かすこともでき、理解し合える友人もじょじょに増えていった。

敦賀勤務の時期はいつも船に乗っている訳ではなく、郵便局内で勤務している日々もあったが、その組織に溶け込めず、村八分にされていた。早く帰宅して一人の時間を楽しむことを好み、休日には一人黙々と機関車や飛行機の模型を工作する生活を送っていた。住まいははじめのうちは敦賀市内の借家、後に官舎に移った。官舎は敦賀からさらに国鉄小浜線の汽車を四駅乗って美浜駅で降りた久々子(くぐし)海岸近くにあった。敦賀で鈴木鉄也牧師と出会ったのは、三〇年代後半である。鉄也牧師は、青山学院を卒業してメソジスト教団の牧師となり、「日本一貧乏な教会」を志願して敦賀へやってきて、教会を新築したのだった。顕吉は同牧師の妹を紹介され、家庭を持つようになり、一男二女を得た。

その二〇代・三〇代に、休日に作った木造りの飛行機や汽車のほかに、ウラジオストックへの行き来の船の中で描いたロシア人や町の風物は大小の絵や母親あての絵葉書として大量に残された。二〇一一年に長男がそれらの一部を写真にとって『ハーモニーのパパ』という画集を作って知友に贈った。

(2)「ああよかった」……満鉄に就職できなかった話

かれが天に召されたのは二〇〇〇年のクリスマス直前であった。遺品の中には、模型や絵画・絵ハガキのほかに、たくさんの随想の文章があった。ほとんどは戦後に書いたものだが、戦前の職場に関連した文章を転載しておきたい。まずは「ああよかった」と題する就職の経緯を書いたものである（七二年筆）。

中国における日本人の行状記を読むと身の毛がよだつ思いである。残酷さにおいて世界一であろう。我々は今日まで全部ヴェールに隠されてほとんど知らなかった。残虐というか、日本帝国は、そして日本人は無茶苦茶なことをしていたものである。あれではますます反日熱を煽ることになり、だんだんと泥沼に足が引き込まれる如く、大東亜式で惨敗する運命を自らの手で作っていたことになる。あの残虐さを神は見逃し給うはずはなかった。あの時日本帝国は壊滅のもとを懸命につくっていたのである。まあ、悪人の国日本であった。特に満鉄などは支那人の血と泥と汗によって築かれ、保たれた虚栄の城郭であった。

私は外語を卒業して歩兵七〇連隊に入隊中に、あるコネにより満鉄入社が九〇％決定して、大きな夢を兵営の中で見たものである。幸か不幸か（今になってみると幸いにして）、最後の手続きの書類がどういう間違いか、たぶん逓信省のミスで満鉄に届かず、それで同社への就職はオジャンになってしまい、書類のミスをした逓信省に奉職することになった。私の同窓生は三名満鉄に就職でき、大いに羽振りを利かしているのに、私は田舎の郵便局で働かなければならないので、いつもうらやましかったものである。しかし、二〇年後終戦になり、私は逓信省にいたため軍にも召集されず、無傷のままであったのに、満鉄組はスッカラカンになって内地に舞い戻り、就職探しをやり、またＡＢＣからやり直す始末。やはり書類が届かなくてよかったと胸をなでおろしたものである。

　また日本人行状記を読んで、私はあの残虐な搾取の上にあぐらをかく満鉄に就職しなくてよかったと心から思う。もし不幸にして満鉄に雇われていたら、支那人への残虐によって自分のサラリーをもらっている満鉄が栄えているため、その残虐行為に参加していたかもしれない。神様は平素の私の祈りを聞いて、それだけはお前にさせたくないと思われて、書類を不着にして私の満鉄行きを止められたと思う。お陰でわたしの手を支那人への残虐行為で汚さずに済んだといえる。（以下略）

戦後、地方の一サラリーマンが懐いた反省の弁だが、矢内原、田辺、富田ら、エリートたちの中にかえってこのように明晰な反省の意識が見当たらないのはどうしたことだろう。

(3)　「ああ修養団」

軍国主義が高まっていく時代に、顕吉は職場で強制される全体主義の精神運動を苦々しく眺めていた。上記の表題で後日書いたものを写しておく（七八年筆）。

たしか昭和五・六年ころから一〇年ころにかけて、「修養団」というものができた。当時もわたしは、これを「白色テロル」と命名していた。満州事変が起きる以前は不況はひどく、国民の生活は苦しくなるばかり。そして日本で最初といってよい大々的ストライキを京都市電従業員組合がやり、労働闘争が各地に起こりかけたころである。これ以上ストを全国に蔓延させないため、おそらく日本政府の頭の悪い役人たちが考え出した運動であろう。

その後この団体は官公庁とか大企業などの寄生虫的存在となり、官公庁などを巡視しては修養団の集会が時間外に、年三・四回催された。なにしろ日本政府の差し金で動くムーブメントであるので、私たち郵便局員は局長の命令で文句なしに出席しなければならなかった。入口で一人ひとり氏名をチェックされ、もし欠席すると、必ず翌日は局長室に呼ばれて文句を食らった。いやいや出席したものである。出席者は服装まで定められている。すなわち、上下とも白のワイシャツに白ズボン、頭に白鉢巻き。一同が集まると「流汗鍛錬」という船こぎ体操を何回も繰り返しさせられる。集団でこのように同一動作をさせることによって一種の催眠効果を狙ったものであろう。リーダーはもちろん白鉢巻きに日の丸の扇を左右に振って音頭をとる。まさに低級な日本趣味の運動であった。だいたいお分かりのように、天皇制新興宗教である。開会と閉会の前には、全員目を閉じて、講師がちょうどキリスト教の祈りの語調で祈りのまねをする。この講師なる人物は必ずヒゲを生やし、顔は見るからに助平面して、しゃべる声の下品さはまるで香具師そっくりで、ペラペラしゃべりまくる。私なんか途中でトイレへ行くふりしてエスケープする常習犯であった。

天皇を神として拝する宗教であるから、もちろんそのバイブルは教育勅語であった。逓信省でも上からの強い要請であのインチキ講師たちに次々と郵便局を巡回させて、有無をいわせず修養団の会に参加させたものである。局でもだいたいまともな連中はエスケープすることになっていた。反対に農村から来た純朴な若い男女（当時若い女性の電話交換手たちもいた）が一人残らず残っていた。

この集会を重ね非常時時代に突入すると、ただの集会のみでは我慢できず、ミソギをするようになり、神社の池や松原の海につかるような狂信に走るようになった。これは時流に乗って日本政府が考案した天皇制新興宗教の姿であった。政府から金が出て、相当派手にやっていた。どうしたことか対米戦争が起こった時には影も形もない存在になっていた。なお、この修養団は、官公庁・大企業以外にも、文書伝道よろしく民間人にも働きかけ、天皇制新興宗教として自他共に認められる存在であった。

人の作った宗教は必ず長続きせず、永続できるものは唯一つ神の手になるもののみである。

(4)「終戦の日には、みんな喜んだ」

終戦の日に皇居前広場で土下座して号泣している人びとの写真がよくテレビで放映される。しかし、あれは少数派に違いない。大多数は日和を見てすぐに変身したことを顕吉はむしろ苦々しく思いだしている（八〇年筆）。

最近戦争を知っている世代がだいぶ少なくなったためか、よく終戦当時あなたは何をしていましたか、などというアンケートがよく出され、終戦の経験がレポートされている。

さて私はどうだったか。陛下の終戦の放送を聞いて、「だいたい戦争は済んだらしい、無条件降伏でもいい、これ以上本土決戦までになると、私は局の仕事、それに在郷軍人会のために逃げるわけにいかない。たぶん子供二人と家内と死別ということになろう。

子どもは三歳の息子と一歳の娘。娘をおんぶして山の中へ逃げる家内。こんなの長期戦にでもなると早々に参ってしまい、私の家庭が破壊されてしまうだろう。困ったことだ」と内心思っていた。戦況は日に日に不利になるばかり。こういう時に終戦を迎えたわけである。日本が負けたからといって悲しむ者は、私の周囲には一人もいなかった。むしろ助かった、と喜ぶ顔・顔・顔であった。私なんか家庭が戦争で破壊されなくて、何よりよかった、というのが実感であった。

急に肩の荷が取れたみたいな解放感であった。戦争中、とくに敗色が濃くなってからは、特高、それに軍が幅を利かし出し、民草はそいつらに威張られっぱなし、まさに戦々恐々としていた。こんないやらしい奴らがいなくなっただけでも世の中が急に明るくなった。いずれ米軍が進駐するだろうが、彼等は紳士的であるから、無茶はするまい。当夜から灯火管制もなくなり、煌々と電灯をともせ、窓の遮蔽幕も外され、涼風が自由に居間に流れてくるではないか。これが平和の味だとしみじみ思った。ああ死なないで良かった。平和になってよかった。日本は負けても平和の方がよかった。

(5) 「終戦の年のクリスマス」
七三年八月一五日の回想。

(前半省略) 急に国内は明るくなった。天皇制に関係ある神道がのさばってキリスト教などは、敵国の宗教として官憲に睨まれつつ礼拝を守っていた。戦争末期になると、この礼拝ができなくなるように教会の建物に「暁部隊」が泊まり込み、実際に教会の礼拝がストップさせられた。終戦と同時に天下晴れて礼拝できるようになった。とくにマッカーサーの占領政策でキリスト教と左翼政党が優遇され、教会はたくさんの若い人であふれた。

その年の暮れのことであった。わたしは敦賀女学校で「聖夜」の歌唱指導をしていた。女学生のみならず、ほとんどの人がクリスマス・ソングを歌い出したのには、うれしいを通り越してあきれた。つまり、日本人の豹変ぶりの鮮やかさにあきれたのだった。

次にうれしかったのは、どこをスケッチしても構わなくなったことだ。軍事機密法なんていやなものがなくなったのだ。これで油絵を描く気になった。官憲に睨まれてびくびくしながら絵を描くなどできるものではない。

「矢内原と天皇制」(第5章5)の中で述べたように、教養にみちたエリートたちが「当分一般人民には教育勅語をあてがっておけばよい」と推奨したが、敗戦の年のクリスマス・ソング唱和が、教育勅語がすでに過去のものとなったことを示している。

(6)「靖国神社」

靖国神社に対して、市井のクリスチャンとしての感想(八〇年筆)。

靖国神社に政府閣僚が参拝するという。(中略)国家のために戦死した人々を祭るのであるから、国家として参拝するのは当然だという。私もそれには反対しない。しかし、神社であるところに大いに問題がある。(中略)そもそも、靖国には軍人のみを対象にしている点がうなずけない。敦賀時代の記憶であるが、私の友人は港で起重機を運転していてアメリカ軍のヘルキャット戦闘機に打たれて戦死したが、靖国は知らぬ顔をしている。また、東洋紡に中学生が多数学徒動員され、そこでB29の爆弾を受け、一〇〇名近くの子らが即死した。彼らは国のために動員され働かされて死んだが、靖国とは無関係である。あまりにも軍人本位である。もっとひどいのは、こんな無茶な大戦争を引き起こし、戦犯として絞首刑になった軍人も靖国は神として祭っている。軍人ならだれでも祭る。そのくせ、同じ軍人軍属でも、台湾人・韓国人の場合は、戦死しても靖国神社は知らぬ顔ですましている。同じ軍人として日本のために戦ったのではないか。こんなバカな話はない。こんな不公平なことを神社の名によって敢行している非良心的な姿を無神経に参拝する政治家どもの気が知れない。およそ宗教と名のつく神社がこんな日本の人種的エゴを平気でやっているなんて、いかにインチキ宗教であるかが分かる。

だいたい、死んだ人、戦死した人を神として祭るなんて、今日の世界に例のないことである。日本人の宗教観は、あまりにお粗末なレベルにある。

第3節　鈴木鉄也牧師

鈴木鉄也牧師は、光子の母・和子の長兄である。牧師になって、伝道に一生をささげ、一九八八年に、天に召されたが、その生涯を義弟の顕吉が思い起こして書いた。

故鈴木鉄也兄を想いて

大川顕吉

兄は明治三一年（一八九四年）、父鈴木金六、母芳枝の間に一〇人兄弟の長男として生まれた。

兄がキリスト信者になったきっかけは、少年時代近所に住んでいた同姓の鈴木源太氏の長男一郎君ととても親しかったことによる。よく行ったり来たりして遊んでいた。同家はクリスチャンホームで当時としては珍しいほどの文化的生活を送っていた。兄はその一郎君に誘われて仙台の五橋（いつつばし）教会の門をくぐった。誘った方の一郎君は、その後肺病で亡くなったが、兄はその教会で木村繁枝という優れた牧師に出会いその信仰に触れ、中学三年の時受洗し、将来伝道師として一生を神に捧げることになる。そのために東北学院に進み、さらに東京に出て青山学院神学部に入学した。陸軍歩兵少佐だった兄の厳父にしてみれば日露戦争に勝ち国中ミリタリズムが氾濫する時だっただけに、長男を軍人にして跡を継がせたかっただろう。兄の決意もさる事ながら、父親も余程訳の分かる人だったと想像される。「学院では僕は勝部君と一、二を争う成績だった」と感心させてから、実は神学部には二人しかいなかった、と笑っていたものである。寝坊して授業に出てこない兄を先生が寮まで起こしにくるといったのんびりした学生生活だったようである。

青山学院を卒業後第一歩として北海道の岩見沢に赴任した。牧師として単身赴任は宜しくないと、前々から相愛の中だったはじめさんと結婚してから赴任した。はじめさんは当時仙台にあった婦人伝道師養成学校を出て、仙台で活躍中だった。凄く頭の切れる女性だった。ついで山形、小樽、豊岡（埼玉県）、浜松に赴任し、浜松では宣教師と衝突して、「どこでもいい、一番弱っている教会に行かせてくれ」と本部に頼んだ結果、敦賀に行くことになった。

敦賀教会は昔からある田舎の旅館を一部くりぬいて礼拝堂をつくり、そのほかの部屋は昔のまま、昼でも暗くおばけでも出そうな哀れな建物だった。こんな哀れな教会もあるかと驚いていた。おんぼろな建物だけに鼠公は暴れ放題だった。あまりにおんぼろ教会なので着任早々会堂新築を考え、二年後にみ恵みの内にこじんまりした会堂と牧師館の献堂式が挙行された。もっともこの教会堂は終戦の年七月一一日のB29による焼夷弾攻撃で敦賀全市と共に燃えてなくなった。

敦賀時代、教会の幹事達が（今も同じだろうが）あまり読書しない傾向があったので、兄の提案で本を共同購入することになった。会員は今の額でいうと月三〇〇円とか五〇〇円を出して本を買って回し読みし、全部回ったら抽選で一冊づつ会員のものになる。兄が本を選択するので、あまり困難な書ではなく十分心を豊かにするものが安く読め、教会員の文化水準を高めることになった。

兄は昔から時間厳守の人だった。まだ人が揃っていなくとも時間が来ると集会を始めた。特に田舎では葬式等の時親戚の人達は時間どおりに会場に集まって来ない。しかし兄は時間になるとさっさと式を始める始末だった。この時間厳守の兄にある幼稚園の先生が駅長（国鉄の列車ダイヤは正確なので）というあだ名をつけていたのが忘れられない。

敦賀教会の会堂ができて二年ほどしてから水戸教会、そして教団合同の年に浅草教会に赴任した。兄が一番死力を尽くして伝道に励んだ場所である。戦争もいよいよ末期にはいってB29の本土攻撃がひどくなり、街でも防火訓練が真剣に行われるようになった。兄は防火班長に選ばれたが、近くの寺院のお坊さんも班長になり何かと話し合う機会が多くあった。そのうちにそのお坊さんと意気投合し、とても親しく行き来して働いたという。いかに浅草に密着した伝道をしていたかが分かる。教会の信者の最後のひとりが立ち退くまではここを避難するわけにはいかないと最後まで踏み止まり、空襲に命をさらすほど教会を愛していた。

終戦後、いち早く教会は復興し街の人々も戻り、浅草は目覚ましく発展した。兄は寝食を忘れてといってもいいほど全身全霊神にささげた生活だった。兄はよく勉強した。ただ単に聖書の研究以外に映画なども心して見に行き、伝道の対象たる現代人の心のありようを正確につかみ、説教は聖書の真実さを印象深く聴衆に訴える内容だった。中味が豊かなのに簡潔、礼拝時間は初めから終わりまで一時間で終わらすよう特別に配慮された。一時間で終わるなら少々忙しい人でもそれくらいやりくりできるので、礼拝出席がしやすくなり、きわめて現代的だと評判だった。それでも礼拝を欠席する人もいる。するとすぐその日の午後にその方を訪問する。訪問された人は大変恐縮し、以後は少々無理しても礼拝出席するよう心がけるようになった。こうして安定した伝道活動が続けられた。自分の教会のほか、教団のいろいろな要職にもつき感謝に満ちた多忙な日々だった。

一方、はじめ夫人は兄の伝道生活を積極的に支えた。兄は礼拝後説教の出来具合についてよく彼女の意見を求めていた。夫人は教会経営のほか幼稚園でも働き、幼児に大きな影響を与えた。大概の教会付属幼稚園では卒園するとせいぜい教会学校くらいまで申し訳程度に出席するところ、浅草教会では卒園生は教会学校どころかもっと続いて青年会、そして信者になってからも教会幹事になって働くというケースは珍しくなかった。実に実りある教会教育も兄夫婦の信仰と経営能力の然らしむるところであった。特筆すべきは、幼稚園の父兄はもちろん浅草教会周辺の住民の間に何かいざこざが起こると、はじめ夫人は大岡裁判よろしく親切にテキパキと鮮やかに相談を処理して町の人たちから感謝され、これが縁で教会に近づく人もあるくらいだった。牧師館には常々若い人たちが出入りして、兄の生活はいつも活気あふれる明るいものだった。牧師家庭は来客が多く、夕食時に家族以外の人が急に加わるということが毎日のようにあった。そのためはじめ夫人はよく混ぜご飯を多めに作った。とくにひき肉とごぼうの入った肉ご飯は出番が多かった。これだと人数が増えても融通がきき、おかずがなくてもこれだけでまず立派な夕食となるからである。これに夫人の話し上手が加わり、品数は少なくても豊かな食卓となった。貧しい家計の中からのこのごちそうは兄の伝道に大きな役割を果たしたことと思う。はじめ夫人は大柄な方だったが、晩年体が弱く病床についている場合が多かった。彼女は自分のことを「羽織が薬を飲んでいる」と表現していた。

浅草教会で伝道五〇年を期に引退した時には、いつでも会えるように教会の周辺に先生の隠居所を建てて移り住んで欲しい、という声が別れを惜しむ教会員の中にあったそうである。が、それでは後任の牧師が伝道しにくくなり、辞めたはずの教会に恋々としているのを潔しとせず、遠く青梅の信愛荘（引退牧師の住まい）に強引に引っ越した次第である。

十月二十八日に長男道也君に先立たれ、何といっても大きなショックだった。兄の健康に作用したようである。眠れぬ夜もあったようである。風邪をこじらせ十二月三十日の朝、じん不全で入院し、同日午後八時一六分、九〇歳の生涯を閉じた。体の不調を感じて朝入院してその日の夜亡くなったが、その最後の日まで立派に己が道を歩んだ。（中略）何の苦もなく思い残すこともなく、安らかに父の身元に召された。いかにも兄の最後らしいこの世へのサヨナラだった。（中略）

第4節　大川達吉の生涯

光子の祖父・達吉は明治期に志を立てて牧師になり、花子夫人と共にすぐれた働きをした。

達吉は明治五年（一八七二年）に、水戸藩の剣道指南役・留之助の三男として生まれた。明治維新になり、廃藩置県で父は禄を失った。五人の兄妹は職に就いて働かざるを得なくなった。士族であった関係で五人とも官庁に奉職することができた。三男達吉は、一〇歳を過ぎたころから水戸裁判所の給仕として働いた。働きつついろいろと勉強したセルフメイドマンであった。達吉の友人のひとりに、仏教の集会にも出れば、キリスト教の伝道集会にも出るという集会マニアがいて、たまたまある日、その友人に誘われて伝道所の門をくぐった。それが達吉の運命を大きく変えた。

教会生活をつづけながら、無教会主義の内村鑑三を尊敬し、ルターの信仰、つまり神様と自分の間に何もない「直接の信愛の関係」を心に強くたたみこまれ、以後、内村の『聖書之研究』を愛読して、水戸で内村先生の講演がある時は極力働いた。後に牧師になって内村を招聘したときにかわした手紙が内村の直筆として家宝のように伝えられている。

図 7-1　内村の手紙

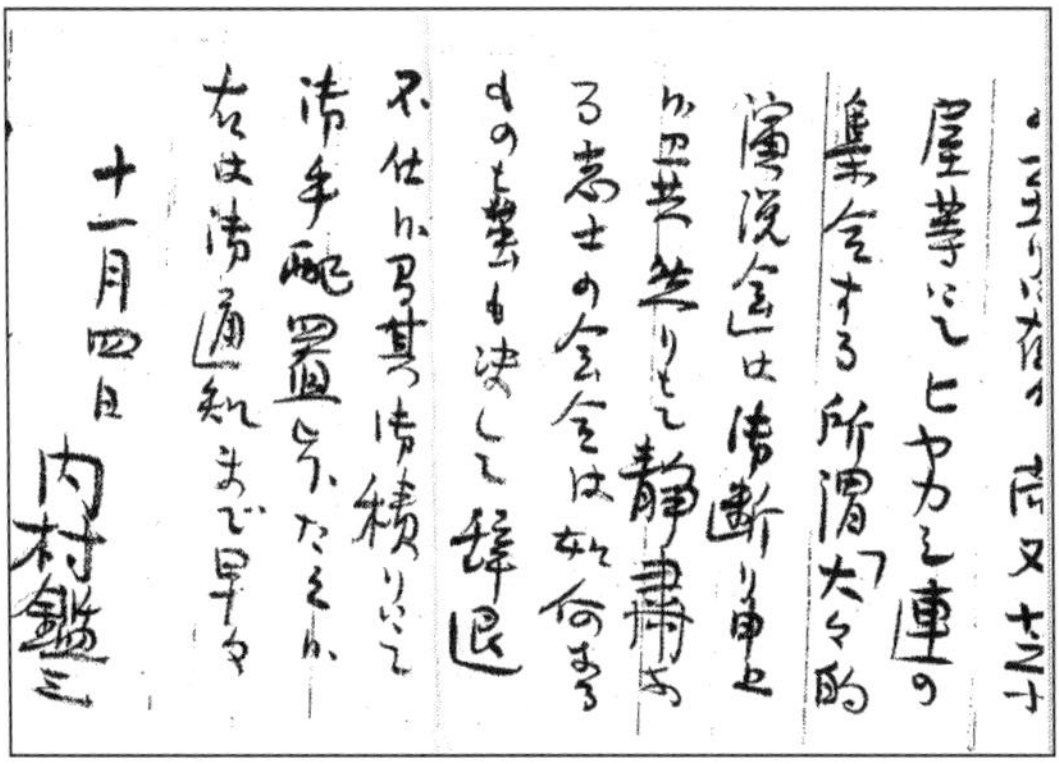

尚又芝居小屋等にてヒヤカシ連の集会する所謂「大々的演説会」は御断り申上候
然りとて静粛なる志士の会合は如何なるものも決して辞退不仕候
其積りにて御手配置下されたく候
右は御返事まで早々
十一月四日
内村鑑三

地元・石岡へ内村を招いた時の、内村からの返信で、「芝居小屋等にてヒヤカシ連の集合するいわゆる『大々的演説会』はお断り申上げ候」と見える。花巻の斎藤宗次郎への手紙にも同様の言葉があり、内村は、信徒たちと懇切に話し合うことを大切にしたことが窺える。

達吉はその後、仙台の尚絅女学院を卒業して、ブゼル先生のヘルパーをしていた峰山花子と、アスキリン先生の世話で結婚し、水戸の花屋敷町に新居を構えた。彼女は二代目のクリスチャン（ハリストス聖公会の）で、性格が明るいので、学窓時代には「サンシャイン」とあだ名されていた。当時は文明開化の時代。英語を自由に話し、かつ眼鏡をかけ、オルガンを弾ける女性はその典型であった。当時五歳くらいだった達吉の甥が花子を慕っていつも遊びに来ていたそうである（この人は後に旧制水戸高校のドイツ語の先生になった）。達吉は、当時石岡登記所に勤務し、仕事にも精通し、判任官に昇格、これでいよいよ人並みの生活ができるという基盤を得たところだった。ところが、その生活を弊履のごとくに捨て去って伝道者になるという一大決心をした。日本人の金もうけに執着する人生、そこから来る醜い社会のありようを身をもって感じ、キリスト教信仰以外にわが祖国を救う道はないと確信した。妻花子もブゼル先生を助けて日曜学校で教えたり、伝道活動をした経験もあって、大変意欲的に賛成した。

別にそのためのたくわえがあった訳でもなし、妻と三人の子供を仙台の妻の実家に預けた。役所の同僚、熟達した仕事、それに愛する家族と別れ、単身横浜神学校入学のために上り列車に乗った。

神学校に入学した達吉は、リンゴ箱を机代わりにして、若い学生に伍して勉強にいそしんだ。そのうちにミッションの肝いりで、日曜学校を開く建物を借りるという名目で一軒屋を借り受け、仙台に別居中の妻と子供らをそこに住まわせることができて、家族の東京生活が始まった。間もなく長女が学齢に達して、近くの礫川（こいしかわ）小学校に通うことになり、父と子が同時に学校生活を送ることになった。

入学から二年後の一九一〇年（明治四三年）に神学校を卒業し、一家そろって盛岡バプテスト教会へ牧師として東京を後にした。途中土浦あたりで弁当にお寿司を買った。ふたを開けたら、ソボロのピンクと卵焼きの黄色が目も鮮やかに飛び込んできて、その嬉しさは顕吉には一生忘れられないほどであった。父には今後の生活の心配がさまざまにあったろうが子供には分かるはずもない。明治の末ごろの日本人はたいへん貧しかった。三度の飯が食えない人びとがたくさんいた。顕吉の小学校時代、昼食時間ともなると、四、五人の子供が教室から抜け出して、砂場で空腹のまま時間稼ぎをしていた。こういう気の毒な子らはだいたい肺結核で早く亡くなっている。各家庭で米櫃が空になることが往々あった。とくに大正六、七年（一九一六年、一七年）ごろ、大阪で米騒動を経験した顕吉の記憶では、まるで本当に革命みたいな騒ぎだった。貧乏牧師の家でも本当に米櫃が空になった。その時、突如ドンゴロス（麻袋）に詰められた一俵ほどの米が届けられた。差出人は不明だった。また子供らが皆学校に通っていたころ、明後日にお金が一〇円（今の十万円以上）要るという時があった。どうなることかと心配していると、その日までにきちんとお金が入り、どの子も学校に不義利することなく済まされた。達吉牧師の家は、全部これ式で、当時幼い顕吉は神様のことなどわからなかったが、必要なだけマナ（恵み）が降ってきて、生きるに欠くことはなかった。

話が先走ったが、盛岡に向かう東北線下り列車に戻ろう。盛岡教会は市の中心部、内丸にあって、隣は啄木が卒業した盛岡中学校であった。また、教会の後ろには、大名屋敷の広大な敷地があり、そこにT宣教師が住んでいた。牧師館はその裏隣の果樹に囲まれた閑静なところにあった。梨、柿、栗が、時季ごとに豊かに実り、空腹の子供たちの大きな喜びであった。この牧師館で三男の正吉が生まれた。正吉の将来に大きく影響を及ぼした要素が二つある。ひとつは当時母がすでにハーモニーの美しさの虜になっていて、隠れた音楽家だった。その二は、隣に住むT宣教師の夫人が、ドイツで音楽を勉強してきた立派なピアニストで、宣教師館のピアノ（当時これは幼稚園も使用していて、岩手県でただ一つの貴重品）の素晴らしいレッスンが、牧師館にも聞こえてきたことである。生まれたときから始終ピアノ曲を聞かされて育った正吉は、生涯音楽とともに生きた（作曲・編曲などもした）。そして、どの子供もそろって音楽好きに育った。

達吉の働きによって多くの青年が教会に来るようになり、牧師館にも来てにぎやかな日々が続いた。顕吉は絵が好きだったので、だれかれかまわず紙と鉛筆を渡しては、絵を描いてくれとせがんだ。日曜学校も盛んになり、教会活動としてはいい線を行っていた。達吉は教会以外に農村伝道にも力を入れていた。当時の岩手県は僻地で、縦に東北本線が一本走るのみで、あれだけ広大な山野は大昔のまま冬眠している部落もあった。そういうところに伝道の足を伸ばしていった。ある伝道の帰りに、六歳になる健ちゃんという孤児を達吉が連れてきて、温かく迎えて顕吉たちと一日楽しく遊んだ。夕方、盛岡市内にあるキリスト教系の孤児院に達吉と顕吉と三人で行った。門を入るとチャペルの時間で、子ども三〇人くらいが「わが魂の慕いまつる」という賛美歌を歌っていた。顕吉は以後この讃美歌が好きになった。チャペルの後、達吉が健ちゃんをその院長に「この方が君のお父さんだよ」と紹介して引き渡した。外は夕霧が立ち込めて、なんだか健ちゃんの心を暗示するみたいだった。

冬の日曜夕拝後、達吉は必ず玄関の柱に足駄を軽く蹴って、挟まった雪を落とした。その音を聞いて子どもたちは父が帰ったことを知った。顕吉が学校嫌いで、今でいう登校拒否をするのが達吉のいつもの心配だった。

教会は順調な歩みをしていたが、古い信者と達吉が導いた新しい信者の間がうまくいかなかったらしい。その上に、T宣教師は英語の出来る人のみを大切にして、教会全体の調和を乱したらしい。T宣教師は牧師を除外して、病妻がいる中学校の英語教師と別の女性の結婚式を盛大に行った。これでは此の宣教師とともに伝道はできぬと決心して、達吉は大阪バプテスト教会に転任することにした。大阪バプテスト教会の条件は、子供の多い人というのであった。

そんなわけで、懐かしい盛岡の地を多くの人々に見送られながら出発した。駅前の掲示板には大きく「大阪方面は現在コレラの大流行につき、十分の予防対策の上行かれたし」と書いてあり、少々悲壮な気持ちで雫石川の鉄橋を渡ったのを後々まで忘れることができなかった。列車が夕もやに包まれるころ、幼い正吉が「うちへ帰る」と何度もせがみ、涙を誘ったことも忘れられなかった。

大阪に着いて、天王寺区北山町に居を構えた。この地域一帯は空襲による焼失を免れたので、現在もその面影を残している。盛岡で母花子は懐妊していたので、すぐに女児が生まれた。明子である。

達吉はこの地こそ骨を埋める土地と決心した。経験も豊かであり、働き盛りでもあったので全力投球した。やがて谷町九丁目にある教会の横に牧師館が新設され、いよいよ伝道に力を入れた。夏などは庭に電灯を引っ張ってきて、誰でも電車通りから気楽に入って説教が聞けるように、毎晩ここで伝道説教をしていた。近くの病院に勤めていた人も、この伝道で救われたと言っていた。とにかく毎夏三週間ほど、平常の集会以外に連夜の説教をした。相当のエネルギーがないとできないことである、世界日曜学校大会が東京の帝劇で催され、それに続いて地方大会が大阪で行われた。この教会にもその大会出席者の西欧人が二〇名ほど来て、共に礼拝を行った。礼拝後達吉が初めて英語で挨拶をした。もっとも前もって妻花子の猛特訓を受けた賜物である。その後、大阪市公会堂が中之島にできたほやほやのころ、市内キリスト教連合大会があり、大阪として初めて「キリスト降誕」のページェントが盛大に催され、達吉はヨセフ役、同時に出演したマリア役や三人の博士たちは、大阪随一の教養人たちであった。達吉にとって晴れの舞台経験であった。そして「大阪の人たちは早く相談がまとまり、すぐ協力してやるので気持ちがいい。大阪人はすぐれた力を持っている」と感心していた。

教会も着々と成長を見て、早々に独立教会になった。自分の教会以外にも他の教会の伝道集会に頼まれて東奔西走していた。毎日曜礼拝の後は牧師館でウズラ豆だけの昼食に、人が多くて毎回三度くらいに分かれて食事をした。口さがない人々は、大川牧師の説教よりもこのウズラ豆の昼食が上だなんていったりした。子どもたちにとって、谷町の生活で忘れられないのは、いつも居候が次々といたことである。柳行李一つ下げて突然、「九州の〇〇教会の者です。大阪に職探しに来ました。よろしく」といった挨拶をして、牧師館に泊まり込み、一～二カ月もして（その間集会には出席するが）、職が見つかったとなると、二度と姿を見せなくなる。また、何年間も毎日毎日午後四時ごろになると姿を見せるNさんという五〇代の男がいた。教会生活のベテランらしい。教会のことを始めとするよもやま話をして夕食を平らげ、ハイサヨウナラ。こういう人びとにも嫌な顔一つ見せずに貧しい食事を共にする父の顔は、いつも明るかった。とにかく、谷町教会がたいへん温かい、神を主とした家庭的な良さをもっていたことは、父の信仰もさることながら、明るく人々を迎える母の性格によるところが多くあった。まあ、いいコンビであった、と晩年の顕吉は述懐している。

谷町教会以外にも大阪の教会関係者たちが、喜んで協調したので、大阪全市の日曜学校夏季学校をやったり、中央公会堂で全市の合同礼拝をしたり、時には廃娼運動を政府と対立してやったり、その他各地の特別伝道集会に招かれて説教したり、忙しい日々を送った。毎日午前中、達吉は読書にあてていた。読書も少し疲れてくると音読していた。達吉は幼いころから小鳥が好きで、大阪でもウグイスや目白、ヒワなどを飼っていた。ヒワは達吉の音読に合わせるように盛んに鳴いて、神を讃えるようだった。このようにして次週の説教の内容が決まるようだった。午後は教会員宅を訪問した。主眼は、教会員と牧師という関係よりも、対等の友情を結ぶことにあった。不幸にしてつまずく教会員がいても、牧師との友情関係が保たれていれば、また会員に立ち戻れると信じていた。どこの教会にも高給取りと薄給取りの人がいる。当時は洋服組と和服組ということになる。これが二つに分かれたら教会は成り立たない。達吉はそういうことにならないように特別に気を使っていた。和服組の一人が第三者の悪意によって警察に拘留されるという出来事があって、かれは警察に何度も足を運んで、一刻も早く自由の身になれるように努力した。その間は家にいても落ち着かず、心配げであった。

三二年、達吉は戦時色を強めていく世相を憂いながら、六一年の生涯を閉じた。辞世は毛筆で書いた。

あなうれし　後事を聖手にまかせつつ
あまつみ国に行くのめぐみ
今は早や　心に残る雲もなし

み国の使い来るを待つのみ

第5節　ハンサムな男たち

(1)　水戸藩剣術指南

山川菊枝『幕末の水戸藩』は、当時の人々の生活ぶりと、政変の一つの震源地になった城下町の激動を鮮やかに描いている。その本の「筑波挙兵の背景──桂小五郎」という節に、藤田東湖の子として生まれ天狗党のリーダーになった小四郎が、才走った早熟の子であったことを説明するのに、文武のみならず、画才もあったことを説明した一節がある。[注1]

当時弘道館の剣道の師範にたしか大川某といった左利きの名手があり、その人が左腕に竹刀を振り上げて、右利きの某師範と試合をしている小四郎のスケッチが、いかにも気合がこもって真に迫っているのを、庄翁は一生大切にしていたが、ふすまにとめておいたのが、いつかなくなって惜しいことをしたと嘆いていた。(「大川」の部分は仮名に書き換えた)

誰あろう、この水戸藩剣術師範こそ、達吉の父親留之助(のち貞と改名)であった。この試合の模様をもう少しくわしく記述している資料に、名越漠然という人の『水戸弘道館』という本の一節を写しておく。

嘉永年間（一八四八～五四年）の事であらうか、三流立合の勝負の時、一刀流の鵜殿力之介と無念流の大川留之介の試合が誠に盛観であったと伝へられてゐる。鵜殿力之介は一刀流の名人で、……千葉の門に入って日夜淬励し、其の術の妙は時輩に超出してゐた。……さて此の勝負如何といふに、……両流の剣客、皆片唾を呑んで凝視してゐる中、愈々立会った折が双方寸分の隙もなく相対応する中に、鵜殿はだんだん歩を進めてじりじり攻撃の態度をとり、……は段々退嬰の姿勢に傾いてきた。無念流の同輩は気を揉んで危みつつ凝視していたが、やがて隙やありしか鵜殿が小手を打ち込んだ一刹那、大川は飛鳥の如く体を替はして左に見事横面を斬って鮮やかなる勝利を得た。其の早業といったら一言もなく、見事な打方で観衆は思はず歎声を漏したとの事である。（「大川」の部分は仮名に書き換えた）

本人が記述した業務記録と友人長久保猷の記録と三男達吉が娘にあてた説明書を参照しながら、留之介が従事した多事多難な幕末の主要活動を以下に記載する。

文久三年（一八六三年）二月、大寄合組の一人として、順公（水戸藩主徳川慶篤。列公斉昭の嫡男。一八四四～六八年藩主）にお供して京に上った。慶篤はほどなく水戸へ帰ったが、弟の昭訓・昭武は京都に残り、およそ三〇〇名が本圀寺を主たる屯所にして京都に留まったが、留之介はその一員となって治安維持に携わった。その間正親町公董少将が、外国船の砲撃を行って攘夷を決行した長州藩を嘉賞するために勅使として朝廷から派遣されたとき、同少将に随行して長州へ行った。また、有栖川親王の屋敷の警護に当たった。そして、元治元年（六四年）七月に水戸へ帰った。そして、天狗派に与して市川派と戦った。幕府軍が鎮圧に来た時、天狗党の首領株は京都へ向かい、留之介らは幕府軍に降伏した。その結果、水戸にある獄中に投ぜられて、残酷な取り扱いを受け、仲間はじょじょに首を斬られたが、留之介には幸いに撃剣の弟子がいたりしたので、縁故で死を免れ、五年間の禁牢の後、慶応四年（明治元年、一八六八年）、明治天皇の天狗開放の勅定を受けて釈放された。そのとき、歩行困難で、戸板に乗せられて帰宅した。

図6-3　後姿の図

留之介の三男が達吉、孫が顕吉、その長男が光子の兄・満である。

(2)　背の高い三兄弟

達吉には三人の息子と二人の娘がいた。息子たちはみな背が高く、運動が得意であった。長男顕吉は牧師にはならなかったが、その分陰で教会を支える活動をたゆまず行っていた。そして、ユーモラスでオープンな家庭を築いた。若いころに新妻との後姿を描いた自画像も、背が高かった。

第6節　大川花子の生涯

大川花子夫人は、明治一一年（一八七八年）九月一九日、宮城県桃生郡広渕村で郵便局長を務めていた峰山音治の三人兄妹の末っ子として生まれた。母親はすでにギリシア正教の信者であったので、花子も幼くして、右手で十字を切り、感謝の祈りをささげる習慣があった。五歳の時幼児洗礼を受けクリスチャンとしての生活に入った。もちろん日曜学校の生徒であった。

当時農村伝道がなされており、伝道に来ていたブゼル先生の目にとまり、小学校卒業後は仙台の尚絅女学院の第三期生として入学することになった。ブゼル先生は偉大な人格者で、仙台を中心に活躍され、とくに第二高等学校生徒を多く入信させた。女学院は全寮制で、夢多き乙女たちにとっては、イタズラもあり舎監の目を盗んで自習時間に隣室に忍び込み、話をしているうちに舎監の来るのを知ってあわてて押し入れに逃げ込むなどというスリルを味わった。そのことがよほど楽しかったと見え、五〇代六〇代になっても、あの時の夢を見てドキドキした、と言っていた。風邪を引いたりしたとき、休養しても良いといわれ、宣教師館のソファに寝転んで、アメリカの婦人雑誌を見たり、レコードを聴かせてもらったりしたことが一番楽しかったといっていた。そのように、ブゼル先生を通じて伝えられた西欧風の考え方や、西欧の音楽や絵画に心を寄せていた。学芸会では、友人とシューマンのトロイメライをオルガンでデュエットし、完全にハーモニーのとりこになっていた。生前「私の葬式には必ずトロイメライを弾いてね。そして、ときどきトロイメライを聴いて私を偲んでね」といっていた。また、考え方も西欧風で、世間では「これはまずいものですが、お召し上がりください」というが、花子夫人は「これおいしいからぜひ食べてください」といっていた。

育児法も西欧風というか、理論的計画的だった。赤ん坊が泣けばすぐ授乳する習慣に対して、花子は幼児の健康のため（内臓にもきちんと休息を与えるため）に、もうひとつは心の健康のため（大人になってから規則を守ることのできるよう）に、完全な時間制授乳を実施した。これには強い決意が必要だった。

花子は絵が好きだった。彼女の父親が仙台伊達藩の小姓を務めていた時、師匠について絵を学んでいた。顕吉も祖父の描いた子犬のジャレている絵を数枚見たことがあった。花子は女学校でもよく絵を描いて絵の先生にかわいがられていた。達吉との婚約が決まったのち、フィアンセ宛の手紙に天子や幼児のペン画を送り、達吉はそれを愛用の大きな聖書に挟んでいた。幼児の顕吉は母にねだって、よく汽車や小鳥の絵を描いてもらった。花子は卒業後もブゼル先生のヘルパーとして学校に残っていたので、英会話は自由にでき、通信も滑らかな英文で自由にしていた。結婚後、大阪時代、牧師の夫の収入だけでは七人の生活を支えるのが苦しいので、教会の二階で女子だけの英学校を開き、夕方二時間教えていた。後に写真の権威者として著名になった山沢栄子女史が東京美大を卒業したばかりで参加し、その飾らない人柄が花子とすべて一致して、ずいぶん親しくしていた。そういう芸術家肌に共鳴する花子であった。

結婚後、夫達吉は水戸裁判所登記所に勤務しており、後に石岡の登記所に転勤になった。夫は内村鑑三を尊敬し、水戸や石岡付近に内村が伝道に来るときには熱心に尽力した。達吉は常々考えていた。「祖国日本は大帝国ロシアを倒し日の出の勢いだが、各所に打算だけで働く人間のなす矛盾が目立ち、やはりキリストへの信仰によらねば政治も産業も文化も健全な進歩は望めない。私が立たねば」。小学校卒業以来、低い身分からコツコツ努力して判任官に昇格し、これからいよいよ生活も楽になろうとするときに、裁判所を辞め、六歳を頭に三人の子供と妻をその実家に帰して横浜神学校（現在の関東学院の前身）に入学を決意した。妻からも「あなたがその気になってとてもうれしい。初心を貫いてください。貧乏はもとより覚悟の上です」との激励があって、この大転換が可能になったといえよう。これを見て町の人々は「あれやからヤソはよろしくない」とけなした。

やがてミッションの好意で東京に一軒家を借り、家族が一緒になることができた。ある晩、父が不在の夜に、大嵐が襲い停電になって、それは恐ろしい夜になった。その時花子はロウソクを灯してオルガンの上に立て、学生時代に弾き慣れたオルガン曲、賛美歌等を次々に弾いていった。子どもたちはオルガンの周囲に固まって、外のすごい風雨の音を忘れ、母の作り出す平和のムードに浸ることができた。後年顕吉は映画『サウンドオブミュージック』を見たときに、昔の楽しかった時とそっくりだと感慨にふけった。

盛岡に移ってから、子供たちは成長し、長男顕吉は小学校へ入った。しかし学校嫌いでしばしば叱られた。最高の叱り言葉は「あんたなんか今日限りお祈りを止めなさい。そんな悪い子のお祈りなんか神様は聞いてくれない」。それが一番応える言葉だった。当時ヤソの子は学校では差別にあったようである。後に顕吉は、「先生はあまり親切ではなかった」としか言わなかったが。

盛岡での顕吉のもっとも嬉しかった母の思い出は、当時一切見せてもらえなかった活動写真を一緒に見たことだった。『クオヴァディス』と『レミゼラブル』だった。もう一つ母親が見に連れて行ってくれたのは、盛岡として史上初めてのイルミネーションだった。夜、中津川の対岸にある電灯会社の屋根に百数十個の電灯が輝き、文明開化のすばらしさを眺めることができた。

一九一六年夏、顕吉が四年生のときに、一家は大阪の谷町教会へ引っ越した。花子は五人の子供のママであったばかりでなく、教会中のママであって、近鉄で大阪に通勤している大勢の教会員の面倒を見たり、励ましたりに忙しく、自分の時間がないほどだった。そのほか、居候や夕食だけを食べにくるおっさんなどがいたが、そういう人びとにも明るいママだった。日曜の礼拝後も人びとは去りがたく、ママが出すウズラ豆の一品料理の昼食を、三〜四回の時間別に分かれて、喜んで食べていかれた。

当時教会はよくコンサートに利用された。これもママが特別に音楽愛好家だったせいでもある。ある時、関西学院イブがあり、室内楽が催され、その中に津川主一や由木康等が、学生服姿でシングルカルテットを歌われ、中学生の顕吉はその素晴らしい音楽に酔ってしまった。後顕吉は大阪外語大学に進んだが、グリークラブに入って熱をあげた。グリークラブで「大川のママ」が当然通用する愛称になり、しばしば教会堂でコンサートが行われた。

やがて、一九三二年に夫達吉に、三五年に次男慎吉に、三九年に長女照子に先立たれた。母親として自分の腹を痛めた子どもに先立たれたことは衝撃だったらしく、ようやく体力の衰えが見え始めた。それでも集会には必ず出席して人びとを慰めた。近鉄沿線の長瀬に夫が引退の時に設けた家に三男夫妻と住んだ。老後の最大の楽しみは家庭菜園であった。暇があると必ず出て行って野菜や花の世話をした。戦争末期のこと、毎日家の前に老いた女乞食が来て芥箱をあさり腐ったものでも拾って食べていたので、彼女はついにかわいそうに思い、食物や着物をめぐんで与え、「また明日もいらっしゃい、何かあげましょう」という具合にお世話した。ところが終戦になり食物が不自由な時代に、その老いた女乞食が来て、「お礼返しのため、食事を差し上げたいから、汚い小屋ですが来てください」と招かれた。花子は一張羅の晴れ着を着て出かけた。当時なかなか白いご飯も食べられない時節であったのに、どうして手に入れたのか、お餅を作ってご馳走し、「あんたはいい人です。きっと長生きします。仏さんみたいな方です」と心から祝福した。この事件は花子の最高の喜びだった。

一九五三年の暮れ、脳溢血で倒れ、家族の者が謳う賛美歌の中に七六歳の生涯を閉じた。その死に顔は、すべてを主にお任せし、走るべき道程を完全に走り終えた、安心と誇りをもって御国に旅立った喜びが窺われる表情だった。彼女の生涯に巨大な影響を与えたブゼル先生が、自分の臨終に歌ってくれといった讃美歌Take Your Cross with Smileを同じように望み、そのSmileを遺骸に残して旅立った。

第7節　キリスト者の戦中戦後

光子が、知り合った西田允(まこと)は教会の会誌に、少年時代に経験した敗戦前後の模様を記述している。

下記に、允の「夏模様」という文章のハイライトを抜き書きする。[注2]

允は一九三六年（昭和一一年）生まれ、四三年に小学校へ入学した。毎日集団登校だったが、ある日何かの都合で遅れて家を出、あわてて駆けて行った。もう誰もいない正門を入って校舎へ入ろうとして、配属将校につかまった（当時学校には軍隊から退役将校が派遣されていた）。呼び止められ、いきなりビンタを食らった。一瞬訳が分からなかったが、すぐに悟った。奉安殿に脱帽して最敬礼するのを忘れていたからだった。当時、全国の学校には正門を入ると奉安殿という神社風の建物があり、中には天皇・皇后の御真影と教育勅語があり、登下校時、生徒は全員最敬礼させられていた。

母は日曜日に教会へ通っていた。当時女性は通年着物を着ていた。母は襦袢の胸の部分に小さな袋をかがって、その中に米を入れて牧師夫人に差し入れしていた。戦時中牧師は一日中特高（特別高等警察）に見張られていた。牧師を検挙する一番手軽な方法は、食糧統制を破る経済事犯として挙げることだったので、血眼で見張っていた。牧師の赤ちゃんには、当時一日一合（一八〇ミリリットル）の牛乳が特別配給されていたが、ぜんぜん足りなかった。それで、米から重湯を作って飲ませる必要があった。牧師夫人に手渡すまで、特高に身体検査されないように野菜を手に提げてカムフラージュしながら牧師館へ入って行った。

小学三年の八月一五日、戦は終わった。その日は玉音放送があるといって、軍人の父も家にいた。父は放送前から、「日本は負けたんだよ」と言っていた。ラジオでは天皇が甲高い声で何かしゃべって終わった。父は突然笑い出した。しかも実に愉快そうに大声で笑った。その夜は家中が明るかった。まぶしかった。

それから何日か経った頃、父が小ぶりな全集本の虫干しを始めた。表紙を見ると、『マルクス・エンゲルス全集』と読めた。兄が「エライ本をもっていたんだねえ」と話しかけた。「中身が素晴らしいから持っていたんだ」と答えていた。共産主義者ではなかったけれど、マルクスの思想の深さを知っていたから、必死になって隠し持っていたと話していた。もし官憲に見つかったら、即刻逮捕拷問され、下手をすれば殺されていたかもしれない。その時代は教育勅語で国民の精神を縛り、治安維持法で日常生活を監視した。英語は敵性語として禁止、ジャズなどはもってのほか。カメラも持っているだけでスパイとしてしょっ引かれた時代だった。

終戦後の学校はしばらくすると、どんどん静かになっていった。大都会から疎開して来ていた子供たちが戻って行って地元の子どもたちだけになったから、ガランとした感じになった。先生の声が急に優しくなった。こわかった先生の態度が変わったのでイヤな感じがした。アメリカは恐ろしい国だ、鬼畜米英だと教えていた人が民主主義の国だ、お手本だと教え始めた。

一年ほど経ってから、〝ビンタ〟とあだ名され、恐れられていた三〇過ぎの若い先生が自殺したと聞かされた。子どもたちは「あいつ、ザマミロ」と思った。校長宛に遺書が届き、「学校を辞して故郷に帰り一年以上経ったが、自責の念にかられている。児童を殴り、どれだけ心を傷つけたか知れない、私の代わりに謝ってほしい」と書かれてあったという。こういう人こそ生きてほしかった。この先生も戦争の犠牲者だったのだ。

進駐軍の下、急に町がにぎやかになった。ラジオはVoice of Americaが一日中Big BandのSwing Jazzを流していた。「ビギン・ザ・ビギン」「昔聞いた歌」「A列車で行こう」、そして「素敵なあなた」を小学生が朝から晩まで鼻歌で歌っていた。

これに対して、無教会キリスト教の指導者達のなかで、戦争中軍国主義に反対の姿勢を示したのは、少数で、多くは戦争を擁護していた。日本は米英を討つ「神の鞭」と言った黒崎幸吉は、敗戦を日本に対する神の審判と受け止め、玉音放送の「陛下の大御心に恐惶感激」した。塚本虎二も敗戦を「私たちの罪に対する天譴」とし、玉音放送を聞いて「落胆とも失望とも気抜けとも名指しがたい気持ち、鉄の杖でも振り回して瀬戸物屋にでも暴れ込みたいようないらだった気持ち、それでいて恐ろしいまでに底知れぬ空虚！」と記した。[注3]

教会員西田允の記述と対比すれば、敗戦のとらえ方が両極端である。無教会キリスト教グループの中で政池仁だけは戦前から絶対平和論を唱え、さらに戦後は天皇の戦争責任に論及していた。

注

注1　『山川菊枝集』別巻「幕末の水戸藩」岩波書店、一九八二年、三〇三〜三〇四頁
注2　『夜明け』五六号、日本キリスト教団生田教会　社会委員会
注3　藤田若雄編著『内村鑑三を継承した人々（上）敗戦の神義論』木鐸社、一九七七年、三五〜一〇五頁

第7章　世界市民への道

第1節　妻の休暇と夫の教育

(1)　初めてのニュージーランド

一九九八年三月一七日、光子は妹のリサ子といっしょにニュージーランドのスミス家へホームステイに出かけた。農家の慣習に縛られた長男と結婚し、東京へ嫁に来たと言いながら親と同居して、長生きした舅に二九年間仕える日々からようやく解放されたばかりであった。このスミス夫妻と光子が出会ったのは、一四年ほど前のわずか一日のことである。哲夫がイラクへ単身赴任していた間、彼女は資格を取って、外国人の観光客を案内する通訳ガイドを始めた。観光客にとっては歴史や風物の説明よりはその国の人間とか文化に関する話が面白い。中年女性の生活から出た話は予想外にうけた。

「小学校へ入ったばかりの娘に話しました。〝白熊はね、北極にいるんだよ。知ってるよ、おかあさん、北極の動物園にいるんでしょう〟」

「ロンドンのヒースロー空港で、イラクでの単身赴任生活を終えた夫と落ち合いました。かれは二年半の海外生活の間にWesternizeされて、空港で私をhugしたかったのですが、私は、日本人です。人前で体を接するのははしたないという習慣に囚われていてそうしませんでした」――など。

日光へ案内した一団の中に、スミス夫妻がいた。何気なく話した日本人の日常習慣のことを興味深く覚えていて、毎年手紙をくれ、文通をしていた。そして「一度来て下さい。私が車椅子生活になる前に」とずっといわれていた。

オークランド空港では夫妻で出迎えてくれた。すぐに、〝マーガレット〟、〝ジョージ〟とファースト・ネームで呼び合うようになり、目の下に海が広がるオークランド郊外の家で四人の生活が始まった。三人の子供夫婦はそれぞれに独立していて、娘さんの家を訪問して孫たちに会ったり、全員のパーティがあったり、教会や町へ買物に出かけたり、という生活を一週間共にした。

招かれていたのは光子で、「おまけ（Bonus）」と呼ばれていたリサ子は、買物にいっても店員とふざけたりして人一倍溶け込んだ。またひとの動きを見逃さず、ジョージからは、「あのどんぐりまなこからはだれも逃れられない」と評されていた。

長女の家庭へ行ったら、九歳と六歳の子が、なんとかもてなそうと、自分のアルバムを持ってきて、懸命に説明してくれ、今度は三歳の子が負けじと自分のアルバムを持ってきて説明するという具合で、すっかり家族のようにリラックスした。このパーティでは、子供たちが衣装を代えて出てきて、アコーディオンの演奏をしてくれた。

ニュージーランドの子供たちは自慢するときは、「ヒーヒーヒ　ヒーヒーヒ、あたいはお人形さんをもらったんだもーん」と歌うそうである。「あんたたちも、〝ヒーヒーヒ　ヒーヒーヒ、ホストのパンツを干したのはわたしたちだけでしょ〟と自慢できるよ」とマーガレットはいった。七〇代の老夫婦と五〇代の姉妹は下着を一緒に洗濯機へ放り込み、干すのも一緒にやっていた。

老夫婦ふたりの生活はたいへん心豊かなもので、光子が翌日スーパーマーケットで珍しいものを買っていこうと、〝たくさんあって書ききれないわ〟といいながら買物のメモをしていると、マーガレットがつと立ってどこかへ行き、トイレットペーパーを持ってきて、〝これがいるでしょう〟と差出した。みな大笑いした。「ジョージも持って帰りたいわ」というと「小間使としてでしょ」という。外出するとき、ジョージは外でずっと待っていてもマーガレットは悠然としている。ジョージはなにか苦情を言いたいときでも冗談に絡めていい、決してとげとげしい言いかたはしない。

帰ってしばらくしてから、手紙のやりとりがあった。マーガレットの手紙はいつものとおり長いもので、便箋五枚にびっしり書いてあった。この旅行を通じて、光子は長年の対等の人格を否定された環境から解放され、一人前の人格を持つ者として大切にされ、結婚前の自由を取り戻したようで、自信を得ることができた。

(2) 二度目の訪問

二〇〇六年三月二五日(土)から一週間、三人の姉妹が、ニュージーランドのスミス家へホームステイに行ってきた。光子・リサ子姉妹と、兄嫁の道代である。二人にとっては八年ぶり、道代は初めてである。

オークランドの空港へは老夫人マーガレットと、その娘のアンナが出迎えてくれ、いつものように大きなハグを交わした。アンナはスコットランドに住む昔からのペンフレンドを四週間ホームステイさせて、ちょうど二〇分前の飛行機で送り出したところだった。

マーガレットの家へ着いたのは午後二時ごろ、自宅で待っていた夫君のジョージと五人で遅い昼食をとった。ジョージは食事の準備にかいがいしく働き、いつも三人の居候は出る幕がなかった。

ジョージは八〇歳、マーガレットは七〇代半ばである。二人の家は入り江に沿った海岸の丘の上にあり、居間からはいつも海が見え、一歩外へ出ると砂浜の波打ち際を散歩することができる。海鳥がたくさん行き来していた。

マーガレットとジョージが三人をピクニックに連れて行ってくれたとき、マーガレットがクックックとひとりで笑っていた。サンドイッチの具をたくさん持ってきたけれど、肝心のパンを持ってくるのを忘れたというのだ（手巻き寿司のように、食べる人が好きな具をはさんで自分用のサンドイッチを作る）。途中で店に寄って買っていった。アンナの家へ行ったときは、孫たちが学校からもらった優秀賞のカップが飾ってあったが、その取手の一部が欠けているといって、クックックと笑っていた。「わたしは生まれつき明るく生まれたので救われたの」と彼女はいっていた。生まれてまもなく、母親が産後鬱病のために自殺してしまい、親戚に預けられたり、父親の再婚相手の継母に育てられたり、精神的に恵まれなかった。「幼いとき、いつも『おてんばは駄目よ』とたしなめられていて、あるとき、継母の友人に、『わたし駄目な子？』と聞いたら、『あなたは良い子よ！』と大きな胸に抱きしめてくれたのよ」

一晩、アンナの家へ招待された。夫はクロアチア系移民の息子で、黒い髪のいくぶん東欧の雰囲気を持った人だった。二人の間には三人の娘がいる。長女は大学生、次女は高校生、三女は小学生である。三人で、アコーディオンや管楽器のソロ演奏や合奏をしてくれた。ヨハン・シュトラウスあり、東欧音楽あり、タンゴありと多彩であった。

お返しに、リサ子は衣装を整え、レイをつけて、ハワイアンのフラダンスを踊った。ことのほか喜ばれて、拍手喝采をもらった。老夫婦は涙ぐんで、「なんてすばらしい返礼をしてくださったことか」といわれた。

(3) 夫たちの研修旅行

〇八年四月二八日（月）から五月四日（日）まで、亭主たちの研修旅行に三組の夫婦で行ってきた。前回の女性三人の土産話は、「ジョージはいつも笑顔を絶やさず、いそいそとこまめに家事も手伝っている。それに引きかえ、わが亭主どもは、不機嫌な顔をして帰ってきたかと思うとテレビから視線を離さず、夫婦の会話どころではなく、メシ・フロ・ネルという単語しか発しない。一度実物を見せて、ジョージの後ろについて、On-the-job trainingをやらせなければならない」という結論に達した。で、この連休期間に三組の夫婦がぞろぞろと、老夫婦の家へ出かけたというわけである。

四月三〇日、いよいよジョージとマーガレットの家を訪問した。朝八時半ごろホテルを出、一〇分ほど歩いた所にあるHerzの事務所へ行って、かねて予約していたレンタカーを借りた。トヨタの八人乗りのボックスカーであった。

光子の兄の満と義弟の道夫が国際免許証を持ってきていた。道行く車の八〇％は日本の中古車で、人の目を気にすることなく二〇年三〇年と乗って、完全に動かなくなるまで利用しているのだそうだ。左側通行といい車種といい、道路の上だけを見ると日本の路上を走っているような感じがした。三〇キロほど北上してから分かれ道へ出て、東へ突き出している半島の尾根道に入る。尾根道からは右と左に交互に海が見え、はるか南にはオークランドの中心街が、北には湾曲した砂浜とさらに北に連なるみどりに包まれた丘陵が見える。この半島はちょうど伊豆の別荘地のように、丘の上に家を建て、階段を下りて砂浜に出るという風光明媚な高級住宅地である。ジョージとマーガレットの家も、その一角にあった。一一時ごろに着くと、二階のベランダの上からジョージが歓迎してくれた。マーガレットは布巾を片手に現れた。女性たちは二人とハグを交し、男性三人は握手した。早速ダイニングキチンに通され、二年間の積もる話に花が咲いた。食前にナッツなどをつまみ、食前酒を嗜みながら談笑してひと時をすごすというのがイギリス流らしい。来客をソファーに坐らせて、ジョージがボウルに入れたナッツをひとりひとり一掴みずつ取らせて回った。台所にはマーガレットが、昼食の準備をしているが、大きな声で「ジョージ、お皿を出して」「○○を並べて、my dear」と呼び、その都度、ジョージが行ったりきたりしていた。二度目から、訪問者がボウルを持ってナッツを配ったり、テーブルにナイフとフォークを並べたりし、〝Lesson1終了〟、〝Lesson2終了〟などと、ジョンに敬礼して報告した。マーガレットは、ときどき台所から出てきて説明したり冗談を言ったり、かわいがっている毛虫の説明をしたりして、じっとしていることがなかった。

昼食は、夫妻がこもごもお祈りの中に不思議な縁で六人が来たことを感謝してはじまった。サラダのボウルと、鶏肉の載ったパスタをそれぞれが取り分けて賞味した。食後のデザートはマーガレットお手製の菓子で、お茶とともにいただいた。家族の写真を見たりしているうちに四時になってしまったので失礼した。ともかく、マーガレットの途切れることのないおしゃべりと、ジョージの冗談を言ってウインクするいたずらっぽい笑顔は二年前と変らなかった。

翌五月二日（金）は、まずまずの天気で、ジョージとマーガレットの家へ行った。近傍の名所へ案内してくれるという。

朝一〇時ごろに二人の家へ行き、ジョージが運転する車の後を満が運転する車が付いていった。海岸沿いに北に向かって三〇分ほど走って、国道沿いの森の中のHoney Centerというところへ立ち寄り、お茶を飲んだ。売店の奥に蜂の巣の断面をガラス越しに見られる展示面があり、その面に、無慮数千かと思われる蜂がびっしり群がっていた。解説のパネルには、三種類の蜂を写真入で説明していた。いわく「女王蜂」「働き蜂」「Drone」。前の二種類は知っていたけど、Droneというのは知らなかった。「Droneて何の蜂？」というと、ジョージが「オレのことさ」とウインクした。光子が電子辞書を引くと「ミツバチのオス蜂：いつも巣にいて働かない。（他人の勤労で生活する）のらくらもの」などと書いてあった。年金生活に片足突っ込んでいる男性たちは身につまされた。

そこからさらに北へ走って、「カオリの森」へ行った。原生林を手付かずのまま保護している自然植物園。ちょうどわれわれが着く前に雨が降っていて、木々は濡れ、しずくがぽたぽた落ちて、谷川は音を立てていた。静まり返った中の水の音、鳥のさえずりの中を三〇分ほど散策した。マーガレットの言う通り「沈黙を聞く」ことができた。

そこを出てから、さらに北にある、Sheep Worldという遊園地へ行った。ここの呼び物は「Sheep Show」という実演で、牧場から犬が羊の群れを畜舎の中へ追い込んできて、それらの羊を色分け・年齢分けし、適当な個体を捕まえて電気バリカンで毛を切るところまで見せてくれた。午後二時のショーの観客は、われわれのほかに、アメリカから来た三人連れや、子どもたちを連れた地元の家族が数組であった。三〇歳ほどの若者がひとりで演じていて、二匹の犬を使い、二〇頭ほどの羊を扱っていた。犬の働きも羊飼いの働きも見事でなかなか見ごたえがあった。

五月三日（土）も、朝一〇時ごろジョージとマーガレットの家へ行った。そこから、二台の車に分乗して、半島の付け根にある長女アンナの家へ行った。お二人にはほかに二人の息子がいて、この日は長男グレッグの一家（奥さんと二人の息子）が来ていた。アンナのご主人と三人の娘さんも揃った。

こちらの三人の女性との再会を喜ぶ長い挨拶の後、食事の準備が始まった。肉料理は台所のすぐ外のベランダにしつらえたバーベキュー用ガスバーナーの上で、串刺しの肉とソーセージをグレッグと奥さんが金火箸で反していた。そこで、家事研修生の日本人亭主三人組が、その金火箸を受け取り、焦げ目を見ながらひっくり返した。グレッグいわく「ニュージーランドの男が家事をするといっても、手間のかかる下ごしらえは台所で主婦がやってるんだから、男はいいとこ取りしてるにすぎないのだけどね」と醒めたことを言ってはにかんでいた。

食事と、食後のホームコンサートを楽しんでいるうちに、午後の豊かな時間は過ぎ、お茶の時間もそこそこに、別れの挨拶をした。

(4) マーガレットの誕生パーティ

二〇一一年六月七日、ニュージーランドのオークランド郊外に住むアンナから光子に電話があった。「七月二〇日に母親のマーガレットの八〇歳誕生パーティを開くつもりだけど、それにサプライズで来ないか」という誘いだった。三月一一日の原発事故以来、気持ちが萎え、体調良好とは言えなかったが、思いきって行くことにした。

二〇日朝、着物を一人で何とか身につけた。ちょっと脇のところがおかしいけど、日本人がいるわけではないから、大丈夫。チェックアウトもすませて、パーティが開かれるレストランの隣のバーに座っていた。マーガレットをびっくりさせるために、この一カ月、アンナと内緒で事を進めてきたのだった。

一一時少し前に、家で焼いたケーキを抱えてアンナが現れ、

「よくやってきてくれたわ。ありがとう」

そして、よしよし、という感じで、また足早に駐車場に戻って行った。すぐに、家族一同と共にマーガレットがやってきた。黒のスカートに赤のブラウスを着て華やかだ。光子を見ても気が付かない。後でマーガレットは、会う人すべてに、この日のサプライズの場面を話した。

「片隅に着物を着たアジアの女性がいたのよ。でも何も気が付かなかったわ。そしたらアンナが肘で突くの。そしてそのアジアの女性がにっこりしたので、『ミーツコー』と叫んだの」

長男、次男の嫁さんたちがこの感激の対面を写真に撮っていた。息子や孫たちも、みんなにこにこして見ていた。

パーティには三五人ほどが集まった。色とりどりの風船が頭上に、テーブルには花があって、華やかな雰囲気だ。マーガレットのためにおもちゃのティアラまであった。アンナが焼いたカップ・ケーキにマーガレットがウェディングケーキのようにナイフを入れ、二人の孫がフルートとクラリネットの演奏をし、スピーチがあり、さらに隣の人との会話を楽しんでいた。女性たちはそれぞれ

に簡素ながらもきれいな装いをしている。マーガレットの夫のジョージが話している。

「光子とは二五年前、日本のニッコウというところに行ったときに出会ったのです。日本には『ニッコウを見るまでケッコウと言うなかれ』ということわざがあります。『ケッコウ』の意味は……」。

「ほとんどみんな、病気をしたか、今しているか、どっちかよ。あの人は癌の手術をしたばかり、あっちの人はご主人をなくしたばかり……」とマーガレットが食事しながら言った。

肉体が弱くなっても、悲しい出来事があっても、楽しむ時が与えられたら、その時は心から楽しむものよ、と教えられた。

(5) 五度目のニュージーランド

二〇一七年七月、光子は施設に入ったマーガレットを見舞いに行った。空港出口を出たら「ヨウコソ」とアンナが迎えてくれた。空港から四五キロほど北郊のアンナの家に車を走らせながら、互いの家族の近況などを話し、また、マーガレットの様子を聞いた。

「母は自分が前の自分ではなくなっているのを理解しなければならないから大変よ。認知症の人って昔のことはよく覚えているでしょ？　でも母にとって昔のことは悲しいことが多くてね。母は逆子で生まれてそのために右肩が正常でなかったのよね（そういえばいつも右手をかばうようにしていた）。きっと痛かったのでしょうね。いつも泣いてばかりの赤ちゃんで、母親（アンナの祖母）はどうしてよいかわからず、父親はそれに対処してくれず、私の祖母は母が六カ月の時に自殺したのよ。母が六歳の時に祖父は再婚して継母が母を病院につれていって矯正を試みたのだけど、完全には治らなかったのよね。小学校では右腕をまっすぐ上にあげられず『交通おまわりさんのようだ』といじめられたのよ。母は幸運にも左利きだったので、左で字が書けたのだけど、その頃は左利きの子供を右利きにしなければという風潮だったので、母は勉強でも遅れをとってしまって……。母が子供時代の悲しかったこと、楽しかったこと、おかしかったことを断片的に書いたものがあって、それをきちんとつなげて読めるものにしなければ、と思っているのだけど……」

「ぜひ、それをやり遂げて私に読ませてね」

「母はまだ冗談は言えるのよ。その時の目の輝きは昔のままね」

「さあ、家に着いたわ。ここはクロアチアでもあるのよ」

屋根にクロアチアの国旗がはためいていて、「クロアチア共和国領事館」とクロアチア語と英語で書かれたガラス板が壁に貼り付けられていた。夫のレオはクロアチア出身で、歯科医をしながら、ニュージーランド北島の領事を無報酬で務めている。

「この旗のおかげで、ここは公的機関でセキュリティがしっかりしていると泥棒が敬遠してくれるのよ」

マーガレットの七〇歳の誕生日には七〇人を招いてサプライズ・パーティをしたというアンナの家はとても立派だ。

翌一八日（火）、午前中にマーガレットに会った。アンナの家の近くに「引退村」と呼ばれている広い一区画があり、マーガレットはその施設に入っていた。昔のようにミツコを笑わせられるかしら……と心配していたそうだが、握った手のぬくもりで充分だった。

すぐにマーガレットを連れてアンナの家に戻った。この日はマーガレットの長男グレグと奥さんのヘザー、次男のスティーブが、レオの誕生日とパミラの誕生日を祝うためにやってきて、家族のパーティがあった。可愛かった少年スティーブはたくましい一七歳の若者になっていた。昨年の秋、ニュージーランドの高校ラグビー選抜チームに選ばれて、日本に招待され、別府で日本の高校生と試合をしたそうだ。一緒に来日したグレグ夫妻は素晴らしかった日本滞在の話をしてくれた。

「親は往復の旅行費だけを出せば、滞在費をもってくれるというので日本に行ったのですが、王様になったような気がするくらいに、至れり尽くせりの待遇でしたよ。食べ物のなんとおいしかったこと！　足湯をしながら和食を食べたりもしました。京都にも行きましたよ」

二〇日（木）はマーガレットの誕生日で、彼女はおめかしして待っていた。三人でニュージーランドの田舎の雰囲気が味わえるレストランでランチでお祝いした。引退村に帰って、マーガレットはお昼寝をする時間だったが、ホールから生の音楽が聞こえてきた。女性音楽家がキーボードを弾きながら歌っていたが、三〇人ほど、座っている人も、寝たままの姿勢の人も何の反応もできないほど心身が弱っている人たちだった。マーガレットがアンナと一緒に、無表情に座っている人たちに目を合わせ、挨拶、握手をし始めた。マーガレットの面目躍如である。目だけで会話ができるのだ。光子は一人だったら勇気がなかったと思うが、二人の後をついていき、ようやく挨拶ができた。「日本から来たのよ」と話したとたん、ひとりの女性が「アー」と叫んで光子の手を握りしめて放さなかった。彼女の好意はその握力の強さに表れていた。

翌二一日（金）も午前中に引退村に行ったところ、またコンサートがあった。この引退村に住んでいる人たちがメンバーになっているコーラス・グループの発表会だった。ステージ衣装を身に付け、楽しそうだった。ニュージーランドの人たちが子供の時から慣れ親しんでいる曲が聞けて嬉しかった。

その後、ジョージが眠っている墓地で、生前に受けた親切を感謝し、併せてジョージのお父さんへの敬意を表した。牧師として苦労されたのだ。境遇の似たジョージと顕吉を会わせたかった、と光子は思った。

二四日（月）、マーガレットに別れを告げ、空港に向かった。彼女の世話がだんだん大変になるアンナは"Just do your best and let God do the rest."（精一杯自分で頑張って、後は神様に任せましょう）と言った。

第2節　人との交流

(1)　歴史への謝罪

光子が外国人観光客のガイドをしていた時、箱根での自由時間にある夫婦に話しかけた。

「どちらからいらしたのですか？」

夫人が答えた。

「カナダからです」

「あの〜、カナダの方は今も『赤毛のアン』を読んでいらっしゃいますか？　わたしはアンが大好きで、あの本はわたしの子供時代のバイブルでした」

「え！　わたしはこの日本への旅行にも一冊持ってきているんですよ。孫が生まれるたびにプレゼントしています。ところで日本人のあなたはなぜアンが好きなのですか？」

「自分の考えを堂々と述べて実行し、生き生きと暮らしているところがとても魅力的なのです。とくに日本の女性として」

お医者さんだったという旦那はにこにこしてこの会話を聞いていた。

一九九五年、光子はトロントに行く機会があり、このテイラー夫妻を訪問した。旦那が突然いった。

「カナダ政府が戦争中、日系人を強制収容していたことは申し訳ないことでした。日本人のあなたにお詫びします」

この言葉は光子の心に染みた。

「この同じセリフ、わたしもいわなければならないのになあ、一体、いくつの国の人たちにいわねばならないのだろうか？」という思いが脳裏をかすめた。包み込むような温かさのある夫婦であった。

この後、光子は妹・リサ子を伴ってもう一度テイラー家を訪問した。一族が全員集合して歓迎してくれた。

その娘一家と、光子は今も文通している。

(2)　人と人との交流

光子の年上の従姉・沢口菊は、一九四五年三月の東京大空襲の時には二〇歳で、東京女子大学へ通っていた。本郷で靴屋を営んでいた叔父の家に下宿していたが、爆弾が落ちる中、叔父夫婦から「わたしたちはこの店を守るから、あなたはこの子らを連れて逃げて」と言われ、五歳の男児と三歳の女児を託された。

後年、ハワイで年配の元アメリカ兵と言葉を交わす機会があった。

「あの空襲の時、あなたはどこにいたのですか？」

「わたしは空襲のさなかに二人の幼児の手を引いて炎の間を必死に逃げまどっていたのです。あなたは、飛行機から爆弾を落とす側だったのでしょう？」

「いや、わたしも怖い思いをしていたのです。大森の捕虜収容所に入っていましたから」

菊は、東京に敵国の捕虜が収容されていたことを初めて知り、帰国してからそのことを精力的に調べ、捕虜収容所について考える会に参加した。後年、オランダ政府から勲章が授けられたのは、その会の最年長であったことから、会を代表しての受賞だったのであろう。

菊はまた障害者のグループの支援もしていた。光子が初めてカナダへ行ったとき、たまたま世界の障害者のグループがトロントに集まる大会があり、菊も付き添いのグループの一員として、トロントに来ていた。光子とはお互いにホテルの電話番号を知らせてあったので、ある夜遅くに電話がかかって来た。話は次のようなものであった。昼間の大会は盛会のうちに終わった。夜は、地元のグループが各国から来た人々を国別に家庭へ招待して、交歓会をすることになっていた。菊が日本人に割あてられた家庭へ行ったところ、他の日本人はだれも来ておらず、ホストの家庭の人びとは大変落胆していた。

日本の人びとは海外へ旅行するといえば、名所旧跡を見て写真をとり、地元のお土産を買えばそれで満足する。地元の人びとと交歓することに乗り気ではない。グループで交歓会をするといっても、代表が型にはまった挨拶をすれば、それで一件落着すると思っている。外国人と個人対個人で交わることができない。それは語学の問題ではなく、心が内向きだからだ。それにしてもあまりにも情けないと菊はひとしきり嘆いていた。

第3節　不思議な縁に導かれて

二〇〇〇年六月、深井家の長男、瞭は土木技術者として勤めていた大阪のゼネコンを退職し、英国、北アイルランドのベルファストに向けて出発した。二九歳だった。

それまで、技術者としての仕事自体には満足していたが、公共事業を請け負い、下請け企業を傘下にゼネコン有利の構造で働く環境や、仕事が終わった後毎日上司に飲み会に連れていかれることなど、不満が鬱積していた。これからもこの業界で生きていけるかな、と懐疑的になっていた時に、娘の直子が言った。

「兄ちゃんは外国に行ったらいいんだよ。留学したらどう?」

直子は学生の時に二度、アメリカに短期滞在を経験していた。光子は思案した。

「外国!　なるほど。でももう三〇歳に近い瞭がどうやって外国の学校に行ったらいいのかしら?」

思わぬところから道が開けた。暸が住む社員寮は堺市にあったが、近くに小さい教会があることに気が付き、このバプテスト派の教会に顔を出してみた。

「僕の曽祖父はバプテスト派の牧師だったのですが」

と話したところ、

「なんという名前ですか？」

「大川達吉です」

「え？　本当に？　まあ！　昔、大川先生はこの教会で働かれていたのですよ。（達吉が働き、その息子の顕吉が育った谷町の教会は戦争で焼失してしまい、戦後、堺に移っていたのだった）

あなたは曾孫さんなんですね。大川先生から洗礼を受けた者がまだ二、三人いますよ。そういえばあなたは先生によく似ていますね」

若いときに達吉から洗礼を受けたという老紳士が暸を孫のように大事にしてくださって、光子は大変ありがたく思っていた。

大川達吉が牧師として伝道した教会は、神学校を卒業して赴任した盛岡の内丸教会と大阪のこの教会の二カ所だけである。暸の弟、真は盛岡に出張して泊ったホテルの近くに教会があることに気が付き、日曜日にその内丸教会に行き、真も暸と同じく教会の方たちがとても驚かれ、本人も驚いたという経緯があった。

暸が通い始めた堺のその教会には青年会があり、毎週日曜日の夜、ホームレスの人たちに食べ物などを配る活動をしていて、暸もそれに参加するようになった。そしてその活動中に、他の教会か

ら参加していた若い英国人の牧師と知り合いになった。その牧師は、

「僕の両親は北アイルランドのベルファストに住んでいるんだけど、もしイギリスに行きたければ、僕の親の所に行けばいいよ。今まで何人かの日本人を両親の所に滞在するように紹介してきたんだ」と言った。それからとんとん拍子に話が進んだ。光子は、自分の祖父が瞭を導いてくれたのだと思い、彼のイギリス行きになんら不安を抱くことはなかった。なんと素敵なことが起きた事かと、父、顕吉にこの話をした。その顕吉は九月に入院して意識が混濁していることが多くなり、どこまで理解できたか分からなかった。そして一二月に亡くなったが、生前、この話ができたことは幸せだった。

瞭はベルファストの大学併設の語学学校で英語を学び始め、その授業を楽しんでいたようだった。

「親戚の中で、私は○○が一番好きです」という書き出しで書いた宿題の文章が残っているが、

「褒めてばかりでは面白くないので、必ずマイナスポイントも入れるように」

との先生の指示が素晴らしいと光子は思った。たとえば次のようなものだ。


親戚の中で、僕は祖父の顕吉が一番好きです。彼は九四歳になります。日本では戦前生まれの人は一般に背が低いのですが、祖父は高いです。油絵がとても好きで、描いた絵を自宅の壁のいたるところ、トイレの中にさえも、掛けています。壁の地肌が見えないほどです。また音楽も好きで、九〇歳を過ぎたころ、教会の日曜礼拝でオルガン当番になりました。これには驚きました。祖父のこの元気な気持ちが嬉しかったです。でも正直に言えば、いつ祖父が弾き間違えるかとハラハラして、讃美歌には集中できませんでした。

祖父はとてもポジティブで気持ちの若い人です。僕が三年前に訪れた時は、祖父は足が弱くなって病院に入っていました。僕は内緒でバイクで行ったので（大阪から金沢まで）母と祖母には怒られてしまいました。でも祖父はそのやり取りを聞いていて、やがて言いました。

「痛快やねぇ。僕も後ろに乗って走りたいわ」

最近では、年と共に会話の反応も活発ではなくなってしまいましたが、いつも「神様に感謝だねえ」と言い、絶対に不平を言いません。そんな祖父を尊敬しています。


先生からの書き込みがあった。

「素晴らしいです。あなたのお祖父さんは本当に素敵な方ですね」

語学学校を卒業後、イングランドのノリッジにあるイースト・アングリア大学の経済学部大学院に入学したが、そのころには、人はそれぞれ自分の好きな生き方をしている、としてイギリス流が性に合ったようだった。

「みんな冬服を着ているときに一人夏服を着ている者がいても誰も気にしない、とても気楽だ」と喜んでいた。

また大学では、先生から習ったことを丸暗記するのではなく、自分独自の意見を説得力を持って発表するというやり方が瞭には魅力だった。人間の上下関係に関係なく交際できた。実際、修士の卒業式では、瞭が気楽に話しかけている人は級友だと光子が思っていたら指導教官だったり、学生が学部長をファースト・ネームで呼び掛けたり、驚くことが多かった。

この大学に留学している日本人の集まりに瞭は一度出席したが、みんなの関心は他の人たちが日本のどこの大学出身なのか、英国留学に際して受けた英語の実力テストの点数はいくらだったかといったもので、それきりその会には出席しなくなった。

瞭は修士が終わった後、博士課程に行き、そこでイタリアからの留学生、フローラと出会った。彼女はその後、瞭がヨーロッパに根付く錨のような働きをしてくれた。そして哲夫と光子にイギリス圏だけではないヨーロッパの他の文化圏をも味わわせてくれた。

博士課程の卒業式がこれから始まろうとしていた時、

「や〜、瞭！」

と言って遠くから嬉しそうに駆け足でやってくる人がいた。以前、同じ下宿にいた中国からの留学生だった。彼が他の町に引っ越しをするとき、瞭が車を借りて来て荷物の運び出しを手伝ったことがあった。瞭と同じく卒業式を迎え、本当に嬉しそうだった。その晩、まだ宿泊先を決めていなかった彼を瞭は自分の部屋に泊めてやっていた。光子は瞭が博士課程を修了したことより、友人に恵まれていることが嬉しかった。

第4節　イタリアでの結婚式

(1)　瞭の婚約

フローラはイタリアのボローニャ大学を出て、行動経済学を学ぶためにイースト・アングリア大学へやってきた。二人は共同研究もして、フローラの周到さと瞭の数学解析力が生かされ二人とも博士の学位を取得した。

二〇〇九年夏に、哲夫と光子はノリッジを訪問した。瞭は卒業して大学でそのまま助手として働いており、フローラは最後の学年を過ごしていた。大学のキャンパスは古都ノリッジの郊外にあって、広く手入れが行き届いており、ゆとりのある新しい建物もあって爽快な雰囲気であった。

その帰り道イタリアへ行き、ボローニャ近郊サンジョバンニのフローラの家へも寄って来た。フローラの母ローザが車で迎えに来てくれ、夕食は父アルベルトが得意の料理の腕を揮ってくれた。かれはボローニャ周辺地域に多い自動車工業の技術者である。相互に尊敬の念をもって新しい縁を喜んだ。

〇九年の末から一〇年の正月にかけてふたりは日本へやってきて、瞭の家で正月を過ごし、以後、京都・奈良などを観光して帰った。フローラは子供のころ、日本製のアニメ『キャンディ・キャンディ』のファンだったという。『アルプスの少女』も好きだったそうで、今もその絵本を持っているという。

(2) 前夜のパーティ

一〇年八月に二人は結婚した。日本からは、哲夫と光子の夫婦に光子の兄夫婦と妹夫婦の六人が同道し、妹の直子が別の便でボローニャへ向かった。六人組は、途中ミラノとヴェローナを観光してのちボローニャ郊外の駅サンジョバンニへ向かった。

駅のプラットホームには、瞭とフローラの両親が迎えに来てくれていた。昨夏以来ちょうど一年ぶりだった。フローラの両親がそれぞれに車を運転して、ショッピングセンターに隣接するホテルへ連れて行ってくれた。翌日の結婚式の出席者で遠方から来る人たちはほとんどこのホテルに泊まることになっており、ノリッジの瞭とフローラの下宿先の大家・アンドリューとエストリッド夫妻、ノリッジで二人を紹介したフローラのシエナ大学時代のルームメート、ナポリ出身の友人などが、この午後追い追いと到着していた。直子も親たちより一日あとの便でミラノへ着き、この日ホテルへ入った。

夕方、瞭とフローラは、ホテルへ着いた一行を、近くのショッピングセンター内の屋外リストランテへ招待してくれ、前夜の顔合わせパーティになった。フローラの母ローザはこの一年で英語がとても上達していた。彼女も日本の親戚とコミュニケーションをしなければと勉強したそうだ。アルベルトと歩きながら、昨年ご馳走になった手料理がとてもおいしかったと言ったら、立ち止まって「スィ、スィ」と嬉しさを満面に浮かべた。

(3)　結婚式

結婚式は、五時半からホテルの近くの教会で行われた。フローラの親戚・友人たちは近くに住んでいる人はもちろん、イタリア南部からも来てくれた。イギリスからはスコットランドのアバディーンから瞭の友人夫妻が参列して、地味ながら暖かい雰囲気であった。二人の学生時代の友人が証人となった。この教会の神父は障害者の施設を応援していて、その施設からの参列者もいた。フローラの幼友達も含めておよそ一〇〇人の参会者があった。珍しかったのは式の途中で聖餐式が行われたことだ。イタリア語がわからなくて説教の内容が理解できなかったが、厳粛な雰囲気はよくわかった。珍しかったのは、会堂から二人が出るときにライス・シャワーがあったことだが、一番頑張ったのは四歳と二歳半の二人の幼児で、「鬼は外」的奮闘であった。

ホテルに戻ってのレセプションの前に、哲夫と光子はフローラの親類に挨拶をした。祖母二人は「お婆さん」などと言ったら失礼になるような凛とした女性であった。フローラの父方の祖母の姉は九〇歳だが、ブルーのスーツと白のブラウスが似合ってきれいな方だった。「このお洋服の色は素敵ですね」と光子が言ったら、「自分が縫ったのです」とジェスチャーが返ってきた。「今もおしゃれでタイトスカートをはきたがるし、

図 8-1　和服の３人

活発で自転車に乗りたがるのだけど、それはやめてもらってるの」と後でフローラから聞いた。

光子たち三人の熟年日本女性は着物姿で出席した。着物は人気があり、ホテルの支配人がホテルのサイトに写真を載せたいというほどだった。本式の着物は持ち運びと着付けが大変なのであきら

め、あまりカジュアルに見えない浴衣を選んで持ってきていた。

五〇人ほどがそろってレセプションが始まった。親類、友人に祝福されて幸せなカップルだった。ここで日本と違うなと実感したことは、司会者がおらず、テーブルスピーチも余興もなかったことだ。食事を楽しみながら近くにいる人とひたすら話をすることになる。日本式では、参列者はただ耳を傾けていればよく、受身の時間が多いが、ここでは隣の人と何らかの会話を続けていないといけない。こちらから話題を提供する必要もある。日頃おしゃべりでなくても、変身せざるをえない。そういえば二年前の暸の卒業式の後のレセプションでも、「乾杯」と音頭をとってくれる人がおらず、勝手に友人同士、あるいは近くにいる人と話しながら飲み食いをしていると思ったら、いつの間にか散会になっていた。こうして披露宴は真夜中ごろにお開きとなった。

熟年六人組と新婚の二人は翌日からフィレンツェ、シエナ、ローマを観光した。新婚の二人はずっと付き添って案内してくれた。

そして、暸はノリッジへ、フローラは新しい勤め先があるカンタベリーへと帰っていった。

第5節　イギリスでの子守

(1)　初めてのポーツマス

二〇一四年暮れに暸とフローラの夫婦は二人ともイギリスで働くことになり、一歳になったばかりの娘メアリを連れて、ドイツからイギリスのポーツマスへ引っ越した。その子守を手伝うために、光子は年明けの一月三一日に成田を発った。

　同日午後四時にヒースロー空港に着陸。暸が迎えに来ていて、さっそく空港からのバスに乗った。三〇分ほどで最寄りの鉄道駅ウォーキングに着き、そこからロンドンの南西約一〇〇キロのポーツマスまで列車に乗る。七時ごろ暸のアパートに到着。メアリはスカイプで光子と対面していたのに、いぶかしい目で祖母を見つめた。

　住まいは、煉瓦の外壁に白い窓枠のアパート群の三階にあり、リビング、二部屋の寝室、ダイニング・キッチン、風呂がある。リビングは南に面しているが、「こちらの人は家が南向きかどうかにこだわらないんだよ。天気が悪くてあまり日が射さないからね」と暸。メアリはドイツから引き続きビタミンDを飲んでいた。

　北西側のダイニング・キッチンからは海が見える。この台所にボイラーがあって、給湯と暖房のためにガスでお湯を沸かし、各部屋のラジエーターにお湯がまわって暖かくなる仕組みである。台所調理台の下の鍋やフライパンを入れる棚の隣に洗濯機が内蔵されていた。メアリにとってはおいしいもののありかに、衣類がくるくる回る大きな〝おもちゃ〟もついているので恰好の遊び場だった。リビングは芝生の中庭に面している。カーテンやブラインドを使用していない家が多く、丸見えなのを気にしないらしい。

　東側に面した光子の寝室からは一二世紀建造の聖トマス教会が見える。尖塔のてっぺんについているのは帆船で、ここの人たちの海への愛着がうかがえる。

　アパートは旧市街にあり、商港、軍港として栄えた昔を偲ばせる。アパートを出るとすぐに潮の香りがする。カモメも飛んでいる。南西へ一分も行かないうちに海岸沿いの高い連壁（れんぺき）が見え、そこの切通しから海の一部が額縁の絵のように見える。その壁に銅板が取り付けられていた。

図8-2　ポーツマスのアパート

「一七八七年五月一三日に、追放を宣告された者たちを乗せた一一隻の艦隊がオーストラリアを目指してここを出航した。一七八八年一月二六日にシドニーの入り江に到着した」

その隣の台座には、

「ニュー・サウス・ウェールズから切り出されたこの花崗岩はシドニー市民より贈られたもので、一九七六年五月一三日に除幕式を行った」

オーストラリアの人たちは、今も自分たちの祖先が出航したこの港町に愛着を感じているらしい。

少し離れたところには、これからアメリカに向かう緊張した面持ちの四人家族の銅像があって、この波止場から多くの移民が出発したことがわかる。

アパートから北東の方へ少し歩くと、Camber Quayがあり、そこの説明にこう書いてあった。

図7-3　ポーツマスの湾口

「ポテトとタバコはここで初めて陸揚げされたが、一五八六年にWalter RaleighがヴァージニアにW派遣したRalph Laneによって運ばれてきたのである。町の人たちはタバコをふかす乗組員に大変おどろいたそうである」

海辺に出るとポーツマスの対岸のワイト島が遠望でき、その間にはソレント水道が広がっている。七、八キロ離れたワイト島の町の教会の尖塔がはっきりと見える。夕方の町の明かりもきれいである。ワイト島に住むフローラの同僚はホーバークラフトで、ポーツマスまで通勤しているという。ソレント水道はワイト島との連絡船だけではなく、フランスのノルマンディから来た客船、軍艦、ヨットなどがひっきりなしに目の前を通り過ぎていく。また干満の差が大きく、満潮で押し寄せる波の荒々しさは迫力があった。

連壁上は海に沿った遊歩道になっており、南東に歩いていくと、ネルソン提督の銅像があり、トラファルガー海戦に出発した波止場がある。さらに南に行くとトラファルガー海戦で使用された錨が野ざらしのまま展示されている。中型犬を連れた家族連れや、老夫婦、若いカップルが海を眺めながら散歩している。

(2) 夏のポーツマス

半年後の夏に今度は夫婦で孫の顔を見に行った。

八月二五日、光子と哲夫夫婦はまず、チャールズ・ディケンズの生家を見にいくことにした。バスに乗って、シティ・センターを経由してほどなく海軍基地に近い住宅街のバス停で降りた。バス停から一〇〇メートルほど離れた住宅街の中にディケンズの生家があった。三階建のアパートのフラットがそのまま展示室になっているのだが、鍵がかかっている。よくよく見ると小さな表示があって、開館日は週末の金・土・日だけだという。ディケンズの生年は一八一二年だから、二〇〇年経って、もう文豪も忘れ去られる時代になったのだろうか。

哲夫は、今回の旅行の前後に『デイヴィッド・コパーフィールド』を読みながら時間を過ごしていた。貧しい少年がさまざまな人々と出あって成長していく過程を四五〇頁近い文庫本（岩波・石塚裕子訳）五冊もあるから、なかなか終わらない。旅行中はまだ半ばだった。幼いころからさまざまなタイプの人びとに出会い、心の成長を描く大衆小説の中には現実を離れて心を洗われる楽しみがある。たとえば次のような一節だ。

伯母さんは言った。「何事に対しても、卑劣なのはいけません。嘘をつくのもいけません。無慈悲なのもいけません。この三悪は避けるんですよ[注1]」

ディケンズの生家は間口二間ほどの小ぢんまりした地下のフラットだった。父親は海軍の関係者だった。住まいから考えればつましい若い両親の下に生まれたことが窺えた。

バス停に戻ると、近くにAll Saints Churchという小ぢんまりした会堂があって、中へ入ってみた。簡素な会堂の中に、五〜六人の人びとがお茶を飲んでいる暖かい雰囲気だった。チャリティのお茶の会をしているのだった。

(3)　三度目のポーツマス

一六年一月末から三月にかけて、光子はまた子守に行った。

二月一七日午前に、光子は教会で知り合った九〇歳を越えた老人ジョン・バクスターの家へお茶に招かれ、話は第二次大戦の思い出になった。

「戦争に突入した時は？」

「ドイツがポーランドに侵攻したらイギリスは戦争に加わるだろうと思われていたんです。僕たち子供は二〇マイル離れた村へ疎開の練習をすることになっていたのですが、まさにその日、三九年九月一日に、ドイツはポーランドへ侵攻したのです。練習ではなく、いきなり本番の疎開になったのです。ある家族と一緒に住んだのですが、食事がひどくてね」

「学校にも行きましたか？」

「もちろん。学校では『教授』というあだ名をつけられてしまってね」

「他の子供たちより物知りだったのですね」

「僕の場合はたったの三カ月で家に帰れたんだが、カナダに五年間も疎開した子供もいたんですよ。一〇歳から一五歳までの五年間、戦争が生活の隅々にまで入り込んできました。市民は兵隊でなくても戦争協力を惜しまなかったです。母親はカモフラージュのネット作りに参加していました」

「カモフラージュのネットって何ですか」

「糸で網状のものを編んで、戦車などの上にかぶせ、戦闘機のパイロットからそこに重要施設があることを隠すためのものです。僕はボーイ・スカウトに入っていて、丘の上の見張台にいる兵隊たちにお茶が入っているポットを届けたり、リサイクルのための古新聞集めもしました。家の中に、あのテーブルの高さの、金属の棒で支えた空間を作って、飛行機が来るとそこに入りましたね。イギリス人はお茶が好きなので、そこでお茶を飲みながら、顔を上に向けて『飲み終わるまで爆撃しないでくださいね』などと言っていました。ロンドンから離れた田舎だったので、少し余裕があったのでしょうね。ロンドンから逃げてきた人たちを支えたりして、市民全員が協力しました。食べ物の配給がだんだん少なくなって、バターはこれくらい（人差し指くらいのサイズ）のが一週間に一度でした。家族で少ししか配給されない砂糖をどう使おうかと話し合いになったとき、『僕はお茶にはもう砂糖を入れない』と言って、それ以来ずっと今もコーヒーや紅茶に砂糖を入れません」

「僕にはどうしてイギリス人以外の友人が多いか、お話ししましょう。もうドイツが負けそうだというときに、父に質問したのです。『ヒットラーをどうしたらよいだろうか？』父は『ポーランド人に引き渡すのがよい』と言いました。戦争時のプロパガンダによって、世界にはまるで、英国、アメリカ、ソ連の三カ国しかないという風に思っていたのです。ああ、ポーランドという国があるのだと思い知らされました。これが大きかったですね。

その後四八年に兵役につきました。ユーゴスラビアかイタリアのどちらに帰属するかという焦点になっていたイタリアのトリエステに派兵されたのです。そのとき、オランダ、ドイツを列車で通過しました。赤ちゃんや母親、若者、年寄りを見て、自分たちと同じ人間がいるではないか、と感じました。これは当たり前のことなのですが。そしてトリエステに着いたら、なんということか！　イギリスのわれわれより良いものを食べているではないですか！　太陽はきらめき、水泳を楽しんでいる人がいる、歴史的建造物が素晴らしい、人生を楽しんでいる人たちがいる。これがイギリス以外に目を向けるきっかけになりました」

彼はまた言った。「実は僕は無神論者なのです。だけど教会は必要だと思っているのですよ。教会がなくなったら、この国にはどんな精神的支柱があるというのでしょう。若者が集まって奉仕活動ができているのも教会があるお陰なのですよ」。こういう人たちがこの市民社会の骨格を支えているにちがいない。

第6節　シカゴの卒業式

(1)　高との再会

二〇〇八年六月、光子と哲夫はシカゴ大学で行われる娘・直子のＭＢＡコースの卒業式に出席した。光子は直子がシカゴにいた二年の間に時々行っていたので、今回は三度目、哲夫は一九七二年二月に仕事の出張で一度行ったことがあり、今回が二度目だった。

六月一二日（木）の昼に成田空港を立ち、一二時間後、同じ日の朝一〇時にシカゴ空港へ着く。シカゴのオヘア空港から直子が住むダウンタウンのアパートまでタクシーで三〇分ほど。この日は蒸し暑くて光化学スモッグかと思わせる空気がよどんでいた。アパートは四五階建てで、直子の部屋は三一階にある。ダウンタウンには、このような住宅用のビルが林立してかなりの人口が住んでいる。

翌一三日朝、早く目が覚めた二人は八時半ごろアパートを出て数ブロック先のミシガン湖沿いのジョン・ハンコック・センターというビルの九四階にある展望台に上って、街の四周を見渡した。東はミシガン湖、西は内陸の平原。西を望むと、町の中心部こそビル群が林立しているが、扇形に広がる住宅街は五階建てくらいの低層アパートや、庭付きの一戸建て住宅が延々と広がっている。シカゴの人口は最盛期四〇〇万人で横浜市と同じくらい。初めて仕事できたときは、ミシガン湖の南端に位置するインディアナ州ゲアリーの工場を訪ねた。そのゲアリーを見ようと目を凝らしたが、霞がかかってそこまでは見えなかった。

翌日昼前に高夫妻がアパートの一階へ迎えに来てくれた。車に乗せてもらって、北の方向に二〇分ほど行くと瀟洒な一戸建て住宅が並ぶ住宅街に入る。その一角に、有名なスペイン料理店があって、そこへ招待してくれた。

舌鼓を打った後、しばらく林の中を行ったら、大きな白亜のモスク風の建物が目に入った。駐車場に車を止めて、建物の中に入った。バハイー教という、世界のあらゆる宗教を統合する宗教をモットーに布教活動をしている団体の総本山だった。中へ入ると、円形の礼拝堂があって、三六〇度がガラス張りで特別の祭壇はなく、東のほうはミシガン湖の青い湖面が望めた。建物の外面には、さまざまな宗教のシンボルがレリーフとして刻まれていた。この真っ白い建物は、緑の中にくっきりと目立っていて、オヘア空港に着陸する飛行機の窓からもよく見えるのだという。古来宗教家は、われこそ全人類を救済する宗教の創始者たらんと意気込むのであろう。でも、これほど大規模に目に物見せてくれるというのはインパクトがあった。

高夫妻の家は緑豊かな住宅街にあった。韓国の家具類に囲まれた落ち着いた居間でお茶をいただいた。朝鮮半島を植民地にしてしまった日本の国民として光子は申し訳ない気持ちで緊張していたが、高夫妻との会話はゆったりとした気分にさせてくれた。「高さん、先日ニュージーランドへ夫を家事見習い研修旅行に連れて行ったのですが、その必要はなかったですよ。ここで研修できましたからね」。高は夫人の手伝いを甲斐甲斐しくしていた。

(2) 卒業式

一五日（日）、いよいよ卒業式の日。一〇時に三人でタクシーに乗り、南郊の大学へ行った。受付のところへ黒いガウンと四角い帽子の卒業生および家族がじょじょに集まってきた。卒業式は三日間続き、この日はMBAコースの五〇〇人の式を行うという。そのうち、日本人が八人、うち女性が三人。韓国、中国に比べて日本はとても少ない。

受付を終えてから、会場へ移動した。途中にさまざまな学部の教室や研究室がある。途中、物理学教室の一角で、エンリコ・フェルミの研究室という表示を見て、この大学の歴史を感じた。まさしくこの研究室が〝シカゴ・パイル〟と呼ばれた人類初の原子炉を建設し、それが原爆製造の第一歩となったのだった。

会場は屋外で、二つの古風な建物の間の中庭にしつらえてあった。トイレを借りるためにひとつの建物に入ったら、そこは神学部だった。その建物の脇の芝生の上に無慮一五〇〇個以上の折りたたみ椅子を並べ、前方に卒業生、後方に家族などのゲスト席があった。真夏の直射日光は暑く、みな木陰の席に寄り固まっていた。哲夫も途中から上着・ネクタイを外した。中庭の中央の通りを世界各地から集まった五〇〇人の若者たちが、バグパイプの楽団に先導されて入場行進する姿は、見るからにエネルギーを感じさせるものだった。

はじめに式辞を述べたのは、大学を代表するWendy Donigerという女性の宗教学者で、ミルチャ・エリアーデ記念講座の主任教授を勤めた人だった。亡命したミルチャ・エリアーデは、シカゴ大学に手厚く迎えられたのだった。『エリアーデ幻想小説全集』[注2]には、シカゴで書いたものが何篇も入っている。してみると、先ほど使ったトイレは、ミルチャ・エリアーデも使ったわけか。

およそ一時間のスピーチが続き、それからひとりひとり卒業証書の授与があり、最後に楽隊、教授たち、卒業生が退場して、前後二時間ほどの式は終わった。その後、ＭＢＡコースの建物に移り、講堂や教室を開放して立食パーティがあり、家族もビールや料理をいただいた。

日が翳ってきて、直子が友達との話が終わるのを待つ間、哲夫は一人キャンパスを散歩した。この建物のすぐ隣に、John D. Rockefeller Memorial Chapelがあり、中へ入ってみた。ヨーロッパの旧跡にも負けない堂々たる会堂である。一八九一年、かれが巨額の資金を提供して、このシカゴ大学が出来たのだった。しばらく芝生の上を散歩して、ベンチに掛けたら、居眠りしてしまった。目が覚めてそろそろ帰るころかと歩き出したら、向こうから光子が「タクシーが待っている、どこへ行っていたの」と呼んでいた。

三人がタクシーから降りたとき、運転手はわざわざ車の外を回って、後ろのドアを開けてくれた。

「今日は大学で何があったのですか?」

「卒業式です」

「それはおめでとうございます。何を勉強されたのですか?」

「経営学です。ＭＢＡです」

「それは素晴らしいですね。僕はセネガル出身です。大学で金融の勉強をしました」

運転席は後部座席から隔離されていて、今まで顔が見えなかったが、年齢は直子と同じくらい、目元涼しい、整った顔立の好青年だった。自分も勉学を続けたいと思ったことがあったろう、あるいは勉強した分野と関係ある職業に就きたいと思ったことがあったろう、と思って胸が痛んだ。しかし、恨みがましい表情はひとつも見せず、祝福の言葉をかけてくれた。初めてシカゴに来たときに親切にしてくれたポーランド出身の学究肌のタクシーの運転手のことも目に浮かんできた。どこに生まれたか、どの時代に生まれたかで、一生が左右されることを光子たちは痛感した。

第7節　ドイツ原発への訪問

(1)　見学の予約

直子はドイツ人と結婚し、その住いは北ドイツの港町キール市にある。二〇一九年八月に哲夫夫婦はその家を訪問したが、それに先立つ数カ月前に、婿は「どこかの原発施設を見学できるようにアレンジしましょうか」と言ってくれていた。

いろいろ当たってくれた末に、結局ユトランド半島の付け根の西側、エルベ川の河口に面するブルンズビュッテル原発の内部を見学させてもらえることになった。見学申し込みに対して、八月二七日一〇時～一四時までを予定しましょうという返事があった。四時間も案内してもらえるということにまず驚いた。日本ではバスに乗せて一時間程度というのが普通だからだ。

この原発はジーメンス社が建設したＢＷＲ型、発電容量七七一MWで、一九七七年に稼働を開始し、稼働期間三〇年を迎えた二〇〇七年に運転を停止した。現在はおよそ二〇〇人の作業員が廃炉作業に従事している。廃炉作業期間は三〇年強を見込んでいるという。

(2)　入構手続き

当日朝、婿が運転する車で哲夫、光子、直子の四人で出かけ、途中時間調整して一〇時に玄関へ入った。受付の人員確認は厳重で、あらかじめ提出しておいた入構カードとパスポートの照合、写真撮影、手荷物検査などを二段階の窓口で行った。これらの窓口事務所の中に三人のガードマンが拳銃を腰につけて警備していた。婿に聞くと、ドイツでは日本同様に民間人が拳銃を帯びることは許されておらず、原発警備だけを目的とした法令があるのだろうとのことであった。この入構手続きに三〇分以上を費やした。

手続きは物々しかったが、受付の人や、手続きに携わる人たちはにこにこして、「どうぞどうぞ」という感じであった。つい、日本の原発施設の人びとの事務的表情を思い浮かべてしまった。入口のホールには、諸種の被ばく測定器具や、作業員が身に着ける防護服などのサンプルが展示してあった。その部屋の壁に「安全第一」「Safety First」という標語を一〇カ国以上の言葉で列記したポスターが貼ってあった。ヨーロッパ各国の言語はもとより、ロシア語、中国語、タイ語、インド語、アラビア語などである。なるほど、世界各国の人がここを訪れているのだな、と実感した。

やっとパスしたところで、今日の案内者に指名されているポプケン氏が迎えに来てくれ、管理棟の会議室へ案内された。部屋の中央に二〇人くらいが座れる会議テーブルがあり、中央にジュースや清涼飲料水のビンが一〇本以上とコーヒーポット、チョコレートやビスケットなどの茶菓子がたっぷり置いてあった。

テーブルの向こう側に着席したのは、ポプケン氏、彼の下僚のホーネフェラー氏、そして被ばく管理のマネージャーであるマティアス氏の三名であった。ポプケン氏とホーネフェラー氏は解体作業を管理している機械技術者で、この後一四時までずっと現場案内と会議室の質疑応答に付き合ってくれた。マティアス氏は被ばく管理の立場から見学ルートを確認するために、最初の打ち合わせのみ同席された。ポプケン氏はイギリスのポーツマス大学で機械工学を学んだと自己紹介され、「われわれの長男夫婦はポーツマスに住み、嫁がポーツマス大学で経済学を教えている」と話して、急に親しみが増した。これほどの歓迎を受けたので哲夫もきちんとした自己紹介をしなければと思い、福島第一原発の後始末について、市民側の技術者として政府の「中長期ロードマップ」に対して様々な代案を提出していることを述べた。

(3) 現場見学

一一時過ぎに会議室を出て、現場への入構ゲートをくぐる。ここのゲートでは作業員が入構時に被ばく線量を測り、退場時に再び線量測定をして、当日の被ばく量を確認する。

その後、オーバーオールの作業着、ヘルメット、作業靴を着けて、原子炉建屋の中へ入る。最初は原子炉のオペレーションフロアへ入った。その入り口では、作業靴に汚染した粉塵がつかないようにさらに靴をカバーする袋状のものを着けた。原子炉圧力容器の蓋は解放されており、使用済み燃料プールとともに満水で水面がつながっている。使用済み燃料はすべて燃料プールに移されていて、圧力容器内は透き通った青い水が見えるのみである。フロアの周辺には、仮設の作業スペースが設けられていて、管理者用の机や、工具用の棚などが窮屈そうに配置されていた。

その次には、タービン建屋へ入った。この建屋のフロアは広く、実質上の廃炉作業用の工作スペースになっている。放射能を帯びた機器や配管はここで大きなチェーンソーにかけられ、およそ一m四方の鉄片として専用容器に納められ、放射線量を測定後低いものはくず鉄として再利用されるという。建屋のコンクリートは、放射性物質が浸透しないようにケミカルコンクリートの表面加工をしてあるので、表面を一cm削れば、解体したコンクリートの塊は生活圏に放置しても害はないという説明であった。それらのクライテリアについて質問したところ、政府や自治体の法令はあるものの、市民からの反論もある由で、事業者側の見解と市民側の見解が必ずしも一致していないようであった。

次に行ったのは格納容器上部のマンホールを開けて内部のクーラーを取り出す作業中の現場であった。直径一・五~二mの大きなマンホールの外面から二mほど離れた距離で内部を望見して、原子炉圧力容器の保温カバーの外面を見ることができた。

次いでエレベータでほぼ地上階へ降り、格納容器の底部へ入った、頭上には制御棒を上下する油圧シリンダーがびっしりと圧力容器下部鏡板にぶら下がっており、その周辺に八基(?)のサーキュレーションポンプが圧力容器にぶら下がっていた。油圧配管などがびっしりと配置されていて、窮屈な印象であった。

最後に非常用炉心冷却装置(ECCS)のポンプ室を見学した。容量の大きい電動ポンプと容量が小さいスチームタービン駆動のポンプが各一台据え付けられていた。コントロールバルブがかなりのスペースを取っているのが実感できた。一時半ごろまでたっぷり二時間を二人で付き添って案内していただき、最後に作業着・作業靴・ヘルメットを元に戻し、被ばく検査ブースでチェックし、元の会議室へ戻ったのは二時一五分ほど前であった。

哲夫は福島第一の事故現場へ、超党派国会議員の「原発ゼロの会」の議員団に随行して同サイトを三度見学したが、タービン建屋の内部を覗くことすらできず、紙の上での情報で考察するばかりであった。そういう意味で、格納容器内部まで入ることができたのは大変参考になった。

(4) オープンな歓談

最後に、「何でも聞いてくれ」と言われ、「私どもに格別親切にしていただいたのか、地元の市民のみなさんには常にこういう親切な態度で見学の便宜を提供しているのですか」と聞いた。「原則として市民には分け隔てなく公開しています。近年は特にそのように努力しています」という回答であった。

廃炉作業中の原発とは言え、日本の一般市民で格納容器の中まで入って見学した人は、われわれ一行のほかにほとんどいないのではなかろうか。日本の原発業界が「企業の商業機密」とか「テロ対策」とかを口実に原発本体を市民の目から隠蔽している現状は、いかにも姑息な知的退嬰にしか見えない。

見学途中の回答でも、事務所での質疑でも、日本の電力会社や官庁の職員のように「なになにしてございます」といいながら、しゃちこばった堅い顔で公式見解を繰り返すのではなく、なんでもフランクに同じ立場で会話に応じてくれるので、人間同士・技術者同士の友達付き合いができたという印象を持った。"Decommissioning of Nuclear Installations in Germany"という一八〇頁の本ももらい、「何か質問があれば、いつでもメールをください」という言葉とともに握手して退出した。

原発敷地に隣接する周辺は起伏のない一面緑の平野で、すぐ隣の畑地では牧牛たちがのんびりと草を食んでいた。エルベ川の河口に向かって一kmあまり下るとフェリーなどの船着き場があり、カフェが数軒あるこじんまりした町があった。

川を数キロさかのぼると、まだ稼働中のＰＷＲ型原子炉の丸い屋根が見えた。これは、一九八六年に稼働開始したブロックドルフ原発（一四一〇MW）であった。そして、風力発電の風車が平野のそここここで回っていた。

注

注１　第二巻、一一七頁
注２　作品社、二〇〇五年

第8章　原発事故と技術者の社会的責任

第1節　原発事故被災地見学

(1)　事故原発の南側

二〇一一年の東日本大震災の翌月、四月三日（日）に車でいわき市へ往復した（JR常磐線はこのとき勝田までしか行っていなかった）。福島県では、津波被害にもまして、原子力発電所の事故が精神的に大きな痛手になっていた。津波被害は時間とともに回復の兆しがあるが、原発事故はいつまでも見通しのつかない重苦しい問題としてのしかかっている。いわき市には学生時代からの旧友浜中の一家がいる。初期には断水やガソリン不足、おまけに、放射能拡散のために運送会社も行ってくれないので日常物資が不足しているというニュースを聞き、急に思い立って片道四時間のドライブをした。

東京に住んでいる者は、本質的に危険と分かっている設備を遠隔地に設置して自分は快適な生活を享受するというシステムの中に生きており、その構造が原罪をなしていると言える。だから、還暦を超えた都民は老人義勇軍を作って原発の後片付けの仕事をしに行かなければ、などと妄想するのだが、現実は為すすべもなくテレビの前で朝から晩まで変わりばえのしない「ニュース」を見ているのがいつもの週末であった。[注1]

いわき市では、初めは断水で奥さんが寒空の中、三時間待って給水をもらったとか、一〇日間風呂に入れなかったとか聞いた。三月一二日に原発が水素爆発を起こしたときは、町内の家庭の七〇

%はどこかに避難して、まわりがゴーストタウンのようにひっそりしたという。

浜中一家は元気で、家を失って避難所で集団生活している人々に、連日炊き出しや援助物資を配るボランティアをしていた。昼食後二時間ほど、浜中夫妻および子息と四人で車に乗り、いわき市の海岸の見学をさせてもらった。原発から三〇キロ南の四ツ倉海岸から、小名浜の塩屋崎まで海岸沿いの松林に囲まれた道路を通った。平常は海水浴や観光の名所である。まず、四ツ倉港の道の駅（半年前に出来たばかり）の建物が、ペシャンコになって屋根が地面に伏せたようになっていた。大きな病院の前には多数の乗用車が相互にぶつかってひどく損傷していた。道路に面した木造家屋の多くが津波につぶされたり傾いたりしており、多くの人びとがそれぞれの家から家財などを運び出していた。なんでも、明日から市が損壊した家屋の撤去を行うから、今日のうちに必要な家財を取り出すようにとの指示で、被災者たちが忙しく立ち働いているのだった。塩屋崎の南側では集落全体が津波で家をつぶされていた。

それでも、いわき市の街中は、ようやくガソリンも届いて、人出や商店の営業が活発になったようであった。短時間であったが、地元の人びとの生身の姿に接することができた。

(2) 事故原発の西側

四月上旬に、東北の観光地はキャンセルが相次ぎ、ゴールデンウイークは書き入れ時が今年は休業に追い込まれている、という新聞テレビの報道が相次いだ。瓦礫片づけボランティアをするには体力はないが、温泉へ遊びに行くのはシルバーでもできるというわけで、早々に福島県と米沢市へ三泊四日の観光旅行を予約した。野菜の流通停止と同様に、旅行業界も驚くほど徹底して東北を避けていた。日ごろお世話になっている福島県と、光子がほれ込んでいる上杉鷹山のおひざ元へ一度お伺いしなければというわけで、この際張り込んで出かけた。

五月一日、新幹線で郡山まで行きレンタカーを借りて、会津若松の鶴ケ城へ行った。鶴ヶ城は敷地が広く、立派な石垣に囲まれていた。城は赤みがかった瓦を葺き替えて、この春が「リニューアルオープン」というパンフレットを配っていたが、震災で気勢をそがれた様子で、人出もおそらく期待の三分の一といったところだった。お堀端の桜はちょうど満開で、来た甲斐があった。気温は低く、東京の満開時期より一カ月遅れだった。

その夕方、高速道路を戻り、磐梯熱海という温泉地のホテルに投宿した。ここは郡山の奥座敷という位置で、大型の新しいホテルが五軒以上あったが、一部は屋根にブルーシートをかけて休業しており、営業しているのは二〜三軒といったところだった。四月一〇日ごろにこの旅行を計画したとき、第一日目の宿泊地を会津若松市内の東山温泉をと考えたが、そこは営業するかどうかは分からないから、と断られてしまった。それで、この温泉地のホテルを予約したのだが、ホテルの駐車場へ入ると、「九州電力」「関西電力」という文字をボディに大書した営業用のバンがたくさん並んでいた。ロビーへ入ると、全国の電力会社（前二社のほかに四国電力・中国電力・中部電力・北陸電力・北海道電力）の作業服姿の屈強な男連れが仕事の面構えで行き来していた。作業服の背中には「災害支援／〇〇電力・名前」と書いてあった。ひと風呂浴びて、バイキング形式の大食堂へ行ったら、電力会社の支援の人びとが八〇%、一般家族連れが二〇%といったところであった。家族連れの中には、パンパンに膨らんだランドセルを背負い、服を重ね着して着膨れした三人の子供を連れた家族連れもあった。さすがに、仕事モードの軍隊のような表情の男たちと家族連れとのテーブルの間には衝立を置いてあったが、バイキングで取り皿を持ってウロウロするときは一緒の列に交じるので、いやでも福島県は戦時下の模様であることと、観光客が寄り付かないところであることを思い知らされた。エレベーターに乗り合せた敦賀の関西電力から来た作業員は、田村町で働いていて被ばく環境を考慮し一週間交代で派遣されているとのことだった。エレベーターに乗るたびに電力会社の人びとと同乗するのだが、原発事故で面目を失った東京電力のみならず、電力会社一般に世間の目つきが険しくなっていると意識してか、一般客に対しては寡黙で道を譲るという態度であった。

光子が大浴場で一緒になった中年女性と話したところ、郡山のおばさんの家が震災でひびわれて建て替えが必要になったので、親戚一同が集まり建て替え支援の相談に東京からやってきたのだそうだ。

五月二日朝晴天に恵まれ、高速道路の磐梯河東インターチェンジで降りて、磐梯ゴールドラインという磐梯山の西側山腹を登る自動車道路を磐梯高原（裏磐梯という磐梯山の北側盆地）に向かった。山道の両側斜面には雪塊が残り、気温は東京の三月初めくらいだった。谷合には所どころ雪解け水が注ぐ滝が見える。八方台という峠が、磐梯山の南斜面から北斜面への分水嶺になっていて、道路脇の駐車場には六〜七台の車が置いてあった。東の磐梯山あるいは西の猫魔ケ岳へ登る登山者のもので、冬山装備をした人が二人ちょうど登って行くのが見えた。

峠を越えてしばらく行くと、眼下に桧原湖が見え、すぐに磐梯高原に入った。まだお昼には間があり、近くの「磐梯山噴火記念館」とその向かいにある「磐梯山三Dワールド」へ入った。記念館に一一時ごろ入った時は客は哲夫たちだけで、しばらくしてから子どもを連れた家族がもうひと組加わった。ここでは、一八八八年（明治二一年）に磐梯山の山頂を含む北側斜面が水蒸気爆発のために吹き飛び、その土石流が、北側の盆地から猪苗代湖へ注ぐ長瀬川をせき止め、現在の桧原湖・小野川湖・秋元湖および五色沼を含む三〇〇個の沼を生じさせたことが解説されていた。

また、猪苗代湖も二〇万年前からの磐梯山の造山運動・南斜面の土石流によって会津盆地へ注ぐ日橋川がせき止められて盆地が湖になったものだが、一番最近には八〇六年に大噴火があって堰止め水位が高まり、湖面が大きくなったのだそうだ。「磐梯山三Dワールド」は、造山運動で岩石が頭上に落ちてくる様を三D映画で見せる迫力のある映像であった。このシアターの入場者も哲夫たちのほかはもうひと組の夫婦だけだった。

その噴火記念館と同じ敷地の中に、観光バスを約一〇台、普通車を約一〇〇台停められる駐車場を設けた二階建ての物産館と、同じ経営者のコーヒーハウスがあった。一二時を過ぎたのでそこで昼食をと思って見渡したところ、物産館にもコーヒーハウスにも客はひとりもいなかった。コーヒーハウスのおばさんに「ここに座っていただいてもいいですよ。向うのラーメン店から麺類を取り寄せますから」といわれたので、きれいなテーブルに座ってラーメンを注文した。何しろ客は哲夫たちだけなので、お茶に水、ラーメンに小付の山菜まで出してくれた。「今年のゴールデンウイークは特別ですわ。いつもならこの通りは車が渋滞し、この敷地も観光バスや自家用車が大混雑でてんてこ舞いなんですけどねえ」「わたしは、以前川崎市の中原に住んでいたんですが、あんなせせこましいところは人間の住む所じゃないってんで、こちらへ越して来たんですよ」というなかなかさばけたおばさんだった。哲夫たちが食べ終わる頃に四人のグループが入ってきて、少し安心した。

昼食後、五色沼のひとつ毘沙門沼を見た。緑色の不思議な水面はいつまで見ていても飽きないものだった。水面の向こうに、一二三年前にがっさりえぐられた磐梯山の北斜面のU字谷が荒々しい裸面を見せている。その意味では、箱根や日光の斜面よりはより生々しい自然の魅力を感じさせる。

その近くの「磐梯ビジターセンター」へ入ったら、子ども連れの数家族に、自然教育をする先生らしき人がパソコンからスクリーンにディスプレーしながら説明していた。最後に一番のお勧めスポットとして、小野川湖上流の「不動滝が、今もっとも水量が豊富で見事ですよ。途中は二〇〇段の石段を登る必要がありますが、それを登りさえすれば大丈夫」と紹介していた。「よし、そこへ行こう」と車を走らせた。坂を上った入口の駐車場に車を止め、急峻な渓流の水音を右手の深い谷底に聞きながら、石積みの参道に沿って歩いて行った。両側はまだ裸のままの白樺の原生林である。雪の重みで折れたのか、太い倒木や枝などが参道に乱れたまま、まだ手がつけられていなかった。数百メートル進んだ後に急斜面の石段があった。雪塊が石段の上にまだまだ残っており、普通の短靴で登るために危なっかしい登山道になってしまった。光子は手ごろな折れ枝二本を杖にして「怖い怖い」と言いながら、登った。その先に、さらに幅の狭い雪が残った崖道があり、やっとのことで滝までたどり着いた。手前に小さな不動明王の祠があり、その奥に目指す滝があった。滝はたしかに水量が多く、崖の向こうから手前へ飛び出すように勢いよく音を立てて流れていた。

「この滝を見たから今日は満足だ」というわけで、ホテルへ向かった。

(3) 事故原発の北側

六月四日（土）と五日（日）の週末に東北被災地を見学してきた。

三日（金）の一九時、哲夫は車で仕事先から、光子は都内から電車で出かけ、宇都宮駅前のビジネスホテルで落ち合ってその晩一泊した。翌朝八時にホテルを出、東北自動車道をひたすら走って、仙台市内の富谷ジャンクションで東北道を降り、石巻方面に向かう南三陸自動車道へ入った。この週はずっとうすら寒い雨だったが、ちょうど週末は梅雨の中休みになって、幸い好天に恵まれた。道路はほどほどに空いていて、思い通りのスピードで走れた。行き交う車の中に、「災害支援」の帯を表示する車も多く、ある区間は自衛隊の車両の後ろに付いて走った。丈の高いトラックがいると思って、近づいてみると、広島県福山市から陸前高田市へ漁船をプレゼントするために走っているという標識を付けていた。

四日は甚大な津波被害が残る三陸海岸を見、五日は朝仙台を出発して、海岸沿いに福島県境をめざした。県境を越えて相馬市の道の駅に寄り、さらに南下して南相馬市の原町地区にある南相馬市の道の駅に寄った。この道の駅は福島第一原発から二二キロほど北の位置にあり、この道の駅の奥の方を警察が屯所として利用していた。大勢の警察官が放射線防護服を着て警察車両に乗り込んで、交代で二キロ圏内の警備に出かけているようだ。また、別の建物では、南相馬市小高地区の消防団の犠牲者を悼む合同慰霊祭を行っていた。今も行方不明の団員が少なくないと報じられていた。ちょうどお昼時であったので、ここの食堂でラーメンを食べた。食券販売機のボタンには、もともと四五〇円であった表示の上に三〇〇円の張り紙をしてあった。おいしいラーメンを三〇〇円で食べさせてもらって申し訳なくなり、カウンターの女性に「おいしかったです」と声をかけた。「ありがとうございます。またいらしてください」の決まり文句がここでは胸にしみた。隣の売店でできるだけおみやげを買った。

一休みしてから、ともかく交通規制区域のバリケードまで見てこようと、国道を二キロほど南下した。道の途中で、あわてて鞄の中からマスクを取り出して付けた。あと数百メートルで検問所という交差点の所で右折して、内陸の東北道をめざして西に向かった。四月にいわき市の友人に四倉海岸の道の駅を案内してもらっていたから、これで原発規制区域の南と北の検問所を見たぞ、という気分であった。

原の町の市街地にも避難所があって、若者たちがライブコンサートを行っていた。そこから、どんどん山の中へ入って行き、八木沢峠というピークを越えると、その先は飯舘村に入る。山間に立派な家と牛舎がところどころにある。緑豊かで美しい谷あいの村であった。村の中心は盆地で水田もあり、その街並みの中に村役場があった。テレビでよく見る村長さんがここにおられるのか、と思った。川俣町を通り、福島松川インターチェンジで高速道路に乗った。

日曜の午後で、予想通り道路は込み合い、途中福島県境から那須にかけて強い雨に遭ったりでかなり渋滞した。しかし、夜八時に無事家に着いた。

津波跡を見てみたいという気持ちはあっても、被災者に失礼か、と思って、今まで躊躇していたが、帰宅した今、被災地に行ったことは意味のあることだったと思っている。

第2節　プラント技術者の会の結成

菅直人首相が「停止中の原発再稼働の可否はストレステストをやってから判断する」といったのは、七月七日、玄海原発の再稼働間近と思われている時であった。

「ストレステストとは何ぞや?」というのが、その時の正直な疑問であった。新聞報道によれば、「EUが域内諸国の原発に『ストレステスト』を課した。福島第一原発の事故を教訓に、設計条件を超えた地震や洪水が来た場合にどのくらい耐えられるかを再検討せよと、要求した」ということだが、その内容がいまいちピンと来なかった。

哲夫とその仲間は、一九七〇年代に化学プラントから出る公害について労働組合の中に公害専門委員会を作って活動していたが、八〇年代に解散され、交流も下火になっていた。けれども、福島原発事故をきっかけに再び連絡を取りあって共同の勉強会をしようという機運が盛り上がった。原発事故の結果が日々報道されるのを見ていると、原発に従事している技術者たちの幅が意外に狭いものであり、いったん事故が発生すると「その分野は専門外です」ということが目立っていた。

たとえば、敷地内の汚染水を急造のプールに入れたが、水漏れを止めることができなくて、工事用のフランジ型仮設タンクを調達して汚染水をためることにした、というたぐいである。エンジニアリング産業の技術者たちが建設してきた石油コンビナートの多くはかつて塩田に利用されていた遠浅の海岸で、それを埋め立てて敷地造成したものが多い。水分の多い埋立地の地盤を改良しながら設備の基礎を作った実績があり、「地中の汚染水」をどう扱うかについては、原子力工学者よりも一日の長がある。これは、われわれも知恵を出さなければならないのではないか。この大事故は、一電力会社の問題ではなく、日本の全工業界の知恵を結集して取り組まなければならない喫緊の課題のはずである。

かつての仲間たちが七月初めから何回か集まって、原発の中の配管など、プラントと共通する問題を、職業上の知見をもって何かお手伝いすることができるのではなかろうかと話合った。その中で、「そもそもストレステストとはいったいなんだろうか」という疑問が強くなり、ようやくインターネット上でＥＮＳＲＥＧ（European Nuclear Safety Regulators Group）[注2]が作成した"EU Stress Test Specifications"を見つけることができた。読んでみるとなかなか良くできていて、日本の電力業界、政府、市民に広く知ってもらい、実行してほしいと思った。そのために自分たちが役に立つなら、まずは翻訳をしようと申し合わせ、手分けして二週間（七月二三日～八月七日）かけて翻訳した。これには、具体的に過去の設計条件をもう一度見直して強度設計を修正すること、事故が発生した場合のシナリオを論理的に（決定論的に）推論して描き、それに対する対処手段を講ぜよ、と明記してある。着目したのは、そういう再評価の技術的内容だけではなくて、手続きを明示している点である。何月何日までに事業者は報告書を提出し、それをいつまでに政府規制当局が審査し、それを別に任命された査読委員会が精査し、最終的に欧州理事会の審査を受けなければならないと規定している。しかも、「公開と透明性」について強調しており、すべての報告は市民も参加する公開セミナーで議論され、かつ、市民の誰でもが報告書を入手できる便宜を備えよ、と述べている。また、ストレステスト報告書には、「現在の検討結果だけではなく、もともとの設計書類（運転認可用の正式提出書類）および、その後詳細設計及び運転マニュアルとして作成したすべての書類を添付せよ」と書いてあって、まともに作成するなら、原発一基につきキングファイル五〇冊くらいの文書を提出しなければならない。こういうたぐいの仕様書を読み解いて、設備設計をする仕事こそわれわれの壺に嵌まるのではないか、という思いがメンバーの挑戦意欲を高めた。その流れで、翻訳完了と同時に「プラント技術者の会」を八月七日（日）に発足させた。

一方、新聞紙上では「玄海原発のストレステストの計算中に、大林組がコンピュータ・インプットの数値を入力ミスして謝罪した」などと報じられていながら、日本では、誰がどんな「仕様書」を作って、どんなスケジュールで、誰に何をやらせ、それを誰が査読審査するのかという事業者と規制当局間の手続きと、市民に対してどのように開示するのかという手続きが定かではなかった。インターネット上の政府系ホームページから記事を拾って行くと、これから原子力安全・保安院が「日本版ストレステスト仕様書」を作り、原発の最終的な安全性の判断は関係三閣僚（総理大臣・経産大臣・官房長官）の会議で決定するとのことであった。

第3節　ストレステスト意見聴取会随行員

プラント技術者の会のメンバーが、まず手始めに、ＥＵのストレステスト仕様書を翻訳したものの、自分たちは原発の専門家ではないから、その翻訳したものが果たして間違いのないものであるかを検証しなければならない。政府がEUのストレステストに見習って日本でも同様のテストを行うと言っているのだから、政府でも民間でもどこかに専門家がいて、すでに訳したものがあるはずだ。それを入手して照合したいものだ、と話し合った。メンバーの一人が「原子力資料情報室の幹部の一人と、昔ベトナム戦争反対運動をしていた時から知り合いだから、そこへ行って模範解答がないか聞いてみよう」と言ってくれた。原子力資料情報室というのは、高木仁三郎[注3]が創立し、長く地道に原子力のはらむ問題を指摘している市民団体である。高木没後はその友人であった山口幸夫、西尾獏、伴英幸が共同代表として、活動している。

かれが、原子力資料情報室を訪ねて来意を話すと、「そうですか、あなた方は技術者として翻訳されたんですか。ぜひそれを私たちに下さい。こちらには、そういう専門家がいるにはいるのですが、原発事故以来、さまざまな問い合わせなどに忙殺されていて、ざっと斜め読みしただけで、翻訳する暇がないんですよ。あなた方の翻訳されたものを提供してくだされば助かります。それに、ここでは二週間に一回技術者の勉強会を行っています。その会に代表の方が数人加わっていただければ、技術分野の幅が広がって助かります。また、八月末から九月初めにかけて、新潟市で柏崎刈羽原発の閉鎖を訴える会を地元の方がたが主催し、わたしたちも専門家として参加しますが、あなた方もご一緒に参加しませんか」という風に誘われて、いきなり、市民側専門家として著名な方々と肩を並べて活動するようになってしまった。

当面負担の多い仕事は、経産省原子力安全・保安院のストレステスト意見聴取会への対応であった。井野博満（金属工学・東大名誉教授）と後藤政志（機械工学・元東芝格納容器設計者）の二名が市民側の委員として任命された。そのほかの一〇名の委員たちは、主として原子力工学に関係する大学教授たちで、原発推進の業務に携わってきた専門家である。ストレステスト意見聴取会というのは、各電力会社がストレステストを行い、現状のままでよいところはそのことを証明し、改善が必要なところはその旨仕様を明記して、改善の計画を提示し、運転再開の承認を得るという手続きの、技術内容の是非を専門家から意見聴取する場である。その意見聴取会で審議された上で、原子力安全・保安院が電力会社に対して、再稼働の承認を与えるという手順になっている。従来原発推進にかかわってきた一〇名の委員たちは、実質的には承認意見を出すだけの並び大名に過ぎない。

そういう訳で、批判的意見を述べるのは井野委員と後藤委員に限られており、この二人は二週間おきに開かれる意見聴取会には、各電力会社が提出する数冊のキングファイルを読みこなして意見表明しなければならない。その負担を軽減するために、意見聴取会がない週の同じ曜日に一〇名ほどが集まって、そのキングファイル資料を一緒に読み解く会合を行った。プラント技術者の会からも、つねに三名程度が出席して、読解と問題点の摘出作業に参加し、時には、問題点を論文にまとめて、雑誌『科学』（岩波書店）などに投稿した。

意見聴取会の会議には、各委員は一人ずつの随行員を同伴して、書類の整理やアドバイスをして良いことになっている。推進側の委員たちは、まったく随行員を連れてこなかったが、市民側の委員には必ず同伴することにし、読解会議メンバーの中の三人が交互に分担することにした。その中の二人はプラント技術者の会から出すことにし、哲夫もその一人であった。

そのような経緯で、プラント技術者の会は、市民側の専門家集団として、いきなり舞台の上に押し上げられた。

第4節　ストレステスト意見聴取会の実態

(1) 意見聴取会の内側

二〇一二年三月二九日に第一一回ストレステスト意見聴取会が開催され、哲夫は後藤政志委員の随行者として出席した。政府の委員会に出席するというのは初めての経験であった。細長いテーブルを長方形に並べ、四方の角には四分円のテーブルを繋げて、いわば四角いドーナツ状のラウンドテーブルがしつらえてある。長辺の前列には片や専門委員たち（本来は一一人いるべきところこの日は五人）、対面する側には保安院の課長や審議官ら一一人と進行役を務める岡本孝司委員。専門委員から見て左側の辺には保安院のサポートをして、各電力会社が提出した報告書を審査している独立法人原子力安全基盤機構のスタッフ六人。右側の辺には北陸電力の説明者が五人。専門委員の後ろに随行員が座り、井野委員つきの藤原氏と後藤委員つきの哲夫のふたり。周辺には報道陣が二〇人ほど。保安院のスタッフの後ろにはやはり、サポート役の審議官ら一二～一三名がいかめしい顔をして座っている。実質ほとんど発言しない高給取りがこんなに大勢三時間も座っているのか、とまず驚いた。以前、第三回意見聴取会を同じ部屋の遠い傍聴席で傍聴したことはあるが、主人公のすぐそばにいるのとは雰囲気が違う。第八回の折に傍聴席からのヤジが大きいという騒ぎがあり、第九回以降、傍聴席は別室スクリーンでの中継表示ということになった。

三〇分前にほとんどのメンバーが着席、一〇時ちょうどに開始。この日の議題は、①北陸電力志賀二号機のストレステスト報告書に対する質疑（実際に質問書を提出していたのは後藤委員だけ）、②同社志賀一号機の報告書説明、③今後「二次評価報告書」提出を督促するにあたり保安院が作成したガイドラインについての意見聴取、というものであった。保安院はたくさんの審議会や意見聴取会を開催している（休眠中のものも少なくない）が、世間の耳目はこの会と、その次のステップにある原子力安全委員会に集まっている。経産省という原発推進官庁の中に保安院という規制当局があるのもおかしいし、中立の立場で議論をまとめるべき調停者を、推進当局者が務めるのも間違っている。そして、委員の構成も半々ではなくて、一〇対二にするというのも、見え透いた不公平である。前年九月初めに、経産大臣に任命された鉢呂氏が、「構成を半々にする」と言った途端に、この問題とは無関係な鉢呂氏の発言をスキャンダルに仕立てて、大手マスコミを含むすべての新聞が書きたて、かれを大臣辞任に追い込んでしまった。

しかし、一〇対二という構成は、今となっては信用を損ねて、保安院が墓穴を掘る結果になっている。ストレステストの一次評価の議論をそこそこに打ち切って、大飯原発三号機および四号機の審査書を出したけれども、原子力安全委員会からは「二次評価を行わなければ安全評価が終わったことにならない」といわれ、さらに、立地自治体の知事たちから、「ストレステストは信用できない」（新潟県の泉田知事）と言われている。

ストレステストを事業者自身が行うのもおかしいし、その負荷条件である地震の強度や津波の高さを事業者が決めて、その数値を越える対策をしている、という報告書を書いているのも変な話である。その報告書のアジェンダを仕様書の形であらかじめ保安院が与えており「こういう風に書けば合格しますよ」という体の良いアンチョコになっている。

その中で報告書を丹念に読みこんで、きちんとした議論を行っているのは井野委員と後藤委員だけである。この日も発言の八〇～九〇％はこの二人であった。

(2) 学者の役割

この日も進行係は岡本孝司委員が務めた。意見陳述の立場で出席している学者が保安員の代理で進行係を務めている癒着ぶりにまず驚いた。北陸電力の説明をどんどん諒解して合格に持っていこうとする姿勢が強かった。

また、席上奈良林直委員から次のような発言があった。

「ストレステストで時間を空費するのは良くない。夏場に向けて電力供給が不足すると経済活動が滞る。さらに、アジア諸国は石油の不足を補うために原子力発電所の建設が急務となっている。日本の原子力業界は速やかにその供給体制を整えるべきであって、安全評価に時間を取られている時ではない」

これに対して、井野委員から当然の反論がなされた。

「安全かどうかの議論が終わらないうちに再稼働すべきであるというのは間違いである。運転しても安全かどうかを確認することがまず必要なステップである」

岡本委員が無防備に進行係を買って出たり、奈良林委員が手続をスキップして再稼働を進めるよう無邪気に主張したりするのを聞いて、当時の原発関係者の間にいかに危機感がないかを実感して愕然とした。この委員会の目的は、技術の専門家一二名の意見を聞いて、安全性の程度（正しく言えばリスク＝危険度の程度）を確認し、それを受けて政治家（議院内閣制における閣僚）が再稼働するかどうかの判断を下すというシステムの一過程をなしている。ということは、法廷に例えれば裁判官は閣僚であり、被告は事業者であり検察は規制庁である。証人は学者である。

証人が被告の肩をもって「リスクなど気にせず、どんどん進めるべきだ」という意見を法廷において述べているに等しい。このような証人を選んだというだけでも「精神的な利益相反」と言わなければならない。

(3) ストレステストというアジェンダ

原発の「ストレステスト」は、福島事故の直後に、EU理事会のエネルギー担当理事であるエッティンガー氏が主導して、加盟各国の原子力規制当局の団体ENSREGに仕様書を作らせ、各国の事業者に報告させるという手続きとして始まった。EU加盟諸国には一四三基の原発があり、その設計者・建設者はまちまちであり、とりわけ中欧諸国には旧ソ連の基本設計に則って作られたものもあり、事故リスクの程度は一様ではない。エッティンガー氏には、リスクの大きいものから小さいものまでを一列に順位づけして、そのうち高リスクのものを閉鎖させようという目論見があった。けれども、EUは各国に対して閉鎖を強制する法的な権限を持っていないので、現実にはそこまでは至っていない。しかし、それぞれの国で、ストレステストは行われていて設備の改善努力はなされている。

日本では、玄海二号の再稼働を経済産業省が承認した直後に、菅首相がそれを阻止する手段として「ストレステストを再稼働の条件とする」と言明して、急きょ「ストレステスト仕様書」が作られた（二〇一一年七月二一日）。その手続きは、一次評価と二次評価の二段構えとし、一次評価を再稼働の条件と定義した。

ストレステストは、外乱に対する相対的な頑健性を評価するが、「これなら運転中に事故は起こらない」という絶対基準を与えるものではない。また、人工物において「絶対的に安全なもの」は、この世にはあり得ない。もともと稼働の可否を評価するものではなくて、設計上の弱点をコンピュータ・シミュレーションで見出して、相対的に頑健さを高める指標を与えるものである。

ストレステストを純粋に技術上の弱点把握の道具とするならそれなりの有用性はあるが、再稼働の判定基準としたことから無理が生じている。そのことを示すもっとも典型的な事例として、次の二点を挙げることができる。

ア　再評価の条件を事業者が決めている
福島の事故を受けて、地震の強度を挙げて再計算しなければならない、津波の高さを高く設定して再計算しよう、というのがストレステストのシミュレーションであるが、それぞれの設計条件、つまり地震強度や津波高を決めるのは報告書を書く事業者となっている。答案を書く人が問題を作るわけだから、自分が落第するような条件を設定する訳がない。実際、ストレステストの一次評価報告書が提出された後の一カ月のうちに、地震学会などから直下型地震を引き起こす断層群の連動や東南海地震による想定津波高の改訂値等がぞくぞく発表されていた。

アメリカではストレステストを行っていないが、原発の安全評価は事業者ではなくてNRC（Nuclear Regulatory Commission）が行っている。スリーマイル島の場合は、議会の調査委員会が設けられると同時に、NRC自身もロゴビン弁護士を議長とする第三者委員会に調査を委ねた。[注4]ドイツでは福島事故後のストレステストを原子炉安全委員会（RSK）という原子力専門家の技術者集団が行った。[注5]

ロ　合否の基準がゆるい

ストレステスト報告書に記載されている裕度（余裕の程度）の計算結果はさまざまであるが、結局一・二程度のわずかな裕度でも、一を越えれば合格としている。プラント技術者の常識では、安全率は短期荷重に対しても三に近い数値でなければならない。

(4)　原発におけるリスクの分かりにくさ

原発は戦後に出来た若い技術である。人間は未経験なものに対して想像力だけでリスクを認識することはむずかしい。第二次大戦中、アメリカの研究所で開発過程でさまざまな事故があったが、それでも規模が小さいことと軍事機密に守られて一般大衆の目から隠されていた。

アーニー・ガンダーセンによれば、アメリカの原発技術者たちもスリーマイル島でメルトダウンが起こったことを納得したのは事故から三年後にようやくカメラを圧力容器内に差し込むことができたときである。その時初めて炉心が溶融して底部に塊になっていることが分かったのだ。[注6]

福島事故の直後、原子力工学を専門とする大学教授たちがテレビ画面に解説者として現れ、事故を過小評価する解説を延々と行っていた。ストレステスト意見聴取会の委員を務める岡本孝司委員や山口彰委員も常連であった。電源喪失が起こって冷却水喪失の事態になれば、五時間程度で圧力容器内の水が蒸発し、燃料がメルトダウンを始めることは、今となっては多くの人が理解している。しかしその当時はごく少数であった。解説する大学教授たちは、一号機と三号機の水素爆発や二号機の格納容器損傷が明らかになってもメルトダウンの事態を明言せず、格納容器の損傷はないと言っていた。[注7]

この人たちは本当のところどう認識していたのであろうか。

石油精製プラントや化学プラントは毎年一度くらいの割合で火災や爆発事故を起こしている。したがって、さまざまな情報の蓄積があっておおむね事故の上限が推定できる。また、可燃物を扱うプラントの事故はいつもたいていは赤々と燃える炎の映像があって、直感的に分かりやすい。

じっさい、三月一一日夕方にテレビ映像をにぎわせたのは、千葉県市原市の京葉コンビナートにあるコスモ石油のLPG用球形タンクが大きな炎に包まれて炎上している光景であった。他方原発事故は放射性物質を大量に撒き散らして半径数十㎞の地域を何年も無住の地帯とするはるかに大きな災害となる。しかし、放射線は計器がなければ認識できない。この感覚的な分かりにくさがのちのちに響く大きな災厄となった。そして、大きな原発事故はスリーマイル島、チェルノブィリ、福島の三回しかデータがない。それらの原因を確かめ同種の事故に備えたからと言って、対策が万全とはいえない。

ウルリッヒ・ベックの言葉を借りれば、「既知のものごとよりも未知のものこそがより重大な帰結をもつものとなったため、科学的知識によって不確実性をコントロールすることはますます困難になっている[注8]」

(5) 保安院と意見聴取会の廃止

原子力安全・保安院は原発を推進する経産省傘下の組織であった。そして、その組織が設置したストレステスト意見聴取会という会合は、上記の通り、規制を目的とするよりは、原発推進体制の維持のために学識経験者の意見も取り入れようという微温的なものであった。その会議の進め方も、意見具申のために選ばれたはずの学者が進行役を務めたり、原発推進を仕事としてきた学者が「余計な議論をして時間を浪費するよりは早く再稼働を進めるべきだ」という意見を無遠慮に公言したりするような場であった。

他方、EUでもアメリカでも、規制組織が独立しており、それぞれに規制基準を明示して客観的かつ厳格な審査を行っていた。さすがに現行の日本の体制ではまずいという認識が広まり、12年夏に原子力安全・保安院は廃止されて9月に原子力規制委員会が設立された。これに伴い、保安院が設けた意見聴取会も廃止された。

したがって、ここで紹介した意見聴取会は過渡的なものであった。しかし、世間の関心はきわめて高かった。毎回傍聴席は満員であり、テレビの取材カメラの列も報道席を満たしていた。関連する市民組織の記者会見もつねに盛況であった。このような市民側の高い熱意と関心が、以後の組織整備をもたらしたといってよいであろう。この時期にプラント技術者の会のメンバーたちがその一端に加勢することができたことは幸いであった。

第5節　原子力市民員会における活動

二〇一三年四月に、高木仁三郎市民科学基金[注9]は「原子力市民委員会」を立ち上げた。同基金はすでに、原子力資料情報室を運営しており、この分野の市民運動組織として実績を積み、信頼されているが、二〇一一年三月の福島第一原発事故を踏まえて、日本の原子力推進政策を根本的に転換するよう働きかける組織を立ち上げることにした。

取り組むべき四つの課題を、下記の通り設定し、それぞれ専門分野の専門家を配して、四つの部会を設けた。

・東電福島第一原発事故の被災地対策・被災者支援をどうするか⇩第一部会：福島原発事故部会
・使用済核燃料、核廃棄物の管理・処分をどうするか⇩第二部会：核廃棄物部会
・原発ゼロ社会構築への具体的な行程をどうするか⇩第三部会：原発ゼロ行程部会
・脱原発を前提とした原子力規制をどうするか⇩第四部会：原子力規制部会

哲夫らプラント技術者の会のメンバーは第四部会に加わった。他の三つの部会は社会的・政策的課題を論議するグループであるが、この第四部会は原発設備の設計や運転にかかわる問題を技術的観点から検討することが目的であり、既存設備を対象に考えればよいという意味では、課題は明確である。プラントの種類が違うとはいえ、実際の工場設備を扱った経験に基づいて、基本設計にさかのぼって他の選択肢を用いた代案を幅広く検討することを心掛けた。たとえば、原子力市民委員会特別レポートとして、次のような問題を論じた。

・特別レポート1「一〇〇年以上隔離管理後の後始末」二〇一四年および二〇一七年
　政府・東電が三〇〜四〇年のうちに事故炉の後始末を終えるという計画「中長期ロードマップ」を公式の方針に据えていることに対して、それがまったく実現性のないものであることを述べ、その代案として、実現可能かつ現実的な工程表とその作業内容の案を三案提示した。
・特別レポート5「原発の安全基準はどうあるべきか」二〇一七年
　原子力規制員会は二〇一三年に「新規制基準」を公布・施行したが、各原発立地地域の住民が提訴している原発差止訴訟において、その規定を忠実に適用すると既設原発が不適合とされるケースが多いので、その解釈を緩和して適合と見なせるように「実用発電用原子炉に係る新規制基準の考え方について」を策定した。[注10] このような成り行きを見て、規制基準のいちいちについての議論に拘泥するのではなく、基本設計の段階に立ち返って安全基準のあり方を論じた。

・特別レポート7「減容化施設と木質バイオマス発電——肥大化する除染ビジネス、拡散するリスク」二〇二〇年

原発事故の結果、政府は敷地外に拡散した放射能は、チェルノブイリの基準に照らせば「移住命令地域」(年間被ばく量五mSv以上)、「居住禁止地域」(三〇km圏内)に相当する周辺地域の人びとの避難の権利を剥奪し、早期帰還政策を強行していること、そのためにきわめて効率の悪い除染作業・減容化施設・木質バイオマス発電といった事業を強行している実態をまとめた。

・特別レポート8「燃料デブリ『長期遮蔽管理』の提言——実現性のない取出し方針からの転換」二〇二一年

政府・東電は依然として「中長期ロードマップ」に固執し、二〇二一年からデブリの取出しを開始するとしており[注11]、その作業のために巨額の予算を計上している。取出し期間は約一〇年としているが、具体的な作業には困難な条件が山積しており、とうていその期間に達成できる見込みはない。取り出したデブリは行く先がなく、少なくとも五〇年以上は、原発敷地内に仮置きすることになる。そうすれば、現在の格納容器内に保管することと比較して、圧倒的にリスクが高まる。しかも、五〇年または一〇〇年後に作業すれば、放射能の強さは桁違いに減衰するので、現時点で作業に着手することには何の意味もない。格納容器内に一〇〇年以上長期遮蔽管理を継続するための冷却方法や放射能遮蔽方法など、具体的な技術課題について基本設計方針を記載して実現性を立証した。

図9-1　原発についての著書

以上のような事故の結果を処理するための諸問題について基本設計を提示することに加えて、会社勤務の経験を生かして、事故炉の処理に係る政府組織―原子力損害賠償・廃炉等支援機構（ＮＤＦ）―と東電の組織、および一般の電力会社の原発に係る運転や保守作業を担当する組織の問題についても、検討対象とした。

そのほか日常的に継続した業務としては、原子力規制委員会が各原発について行う安全審査を検証することがあった。具体的には、審査会議を傍聴して、問題点を指摘したり、まとまった問題点は論文にして、『科学』（岩波書店）などの技術誌に寄稿することである。各原発の地元市民団体が再稼働差止裁判を提起していることが多いので、それらの法廷に意見書を提出して証言台に立つこともあった。原子力規制委員会が個別原発の審査合格を意味する「審査書（案）」を作成した場合には必ずパブリック・コメント募集を行うので、その都度「パブリック・コメント文例集」を公開した。

そのほか個別の問題について、各地の市民団体、国会議員、国内外のマスコミ関係者、訴訟に係る弁護団からの問い合わせを受けることがしばしばあった。総じて原子力市民委員会が目的とする社会の下支え機能を果たすことができたと評価してよいようだ。

第6節　生活者共同体の基盤を壊す行政・司法

阿武隈山中、浜通りから中通りへ行くちょうど中ほどの盆地に田村市大越町がある。この町に、降ってわいたように木質バイオマス発電所が建設された。

福島第一原発事故の結果、大量の放射能がばらまかれた。県内では除染工事が大々的に行われたが、手掛けられたのは宅地内と道路（正確には道路面と、道路面の端から五メートルまでの範囲）であった。除染効果を示すモニタリングポストが設置されている位置は舗装された道路上であって、その外側の数メートル先では放射能測定値が三倍くらいにはねあがる。県の面積の約七〇％を占める森林には一切除染の手が付けられていない。多くの自治体では、住宅敷地の除染をして子供連れの家族に帰還を促したが、帰ってしばらく後に計ってみたら基準超えの数値がたくさん現れるということが起こり、除染し直したところがたくさんある（雨が降ると未除染の地表にある泥が除染済みの表面に流れ込む）。伊達市では、「ニコニコ笑っていれば放射能は害を及ぼしません」という先生を呼んできて、〝心の除染〟を行い[注12]、町当局は国からもらった多額の予算を返上して、市長はその功績によって外国からも講演に招待されるという慶事も起こった。

環境省と林野庁は、当初森林を間伐し、それを長期間保管するといっていた。しかし、間伐は手間がかかる。無価値で処理方法の先が見えないものには労力をかけたくない。皆伐して燃やしてしまうのが一番手っ取り早い。ちょうど、バイオマス発電にＦＩＴ（固定価格買い取り制度）[注13]を適用することになったから、汚染木を丸ごと燃料扱いにする政策を、環境省と林野庁は選択した。阿武隈山中の町々に木質バイオマス発電所を建設し、汚染木材を汚染のない木材と同じ有価物として取引し、通常の林業者と燃料消費者間の取引に任せればよいとした。その第一号のバイオマス発電設備がこの盆地の町に建設され、二〇二〇年一一月に竣工し、二一年初めから試運転を始めた。盆地の気流は滞留しやすく、夕方や早朝にはしばしば煙が低く垂れこめる。保育園・幼稚園・小学校・中学校が一キロ圏内にある。ＪＲの駅を中心とした町中心部は一・五キロ圏内にすっぽり入る。このような地形の中で放射能汚染物を焼却炉内で燃焼した場合に、風下側の地上付近で放射能濃度上昇が測定されることは、宮城県大崎市における市民放射能監視センターの測定結果で実証されている[注14]。

この敷地には、かつて業界では中規模のセメント製造工場があり、一キロ四方の敷地にゆとりのある建屋群を配置し、盆地を囲む石灰岩の斜面を切り崩しながらセメントを焼成していた。地元の人々も数百人がここで働いていた。列島改造ブームが去り、この業界も縮小局面に入ってこの工場も撤退していった。町はその跡地を一〇区画ほどの工業団地に整備し直して分譲を始めた。早速山間地の清浄な空気を求める光学機器生産工場などが進出して来た。ところが市役所は、汚染木材を焼却する木質バイオマス発電所も誘致した。環境省・林野庁・県庁などが市役所に勧め、設備費の大部分を賄う補助金を市役所経由で企業に支給した。進出企業は現場作業員も町外から連れてきたので、町に新たな雇用が生まれたわけではない。

図8-2　事業者の説明資料によるHEPAフィルタ追加の図（HEPAフィルタはバグフィルタよりはるかに大きくなければ機能しない）

安全安心対策　~詳細説明:HEPAフィルタの設置

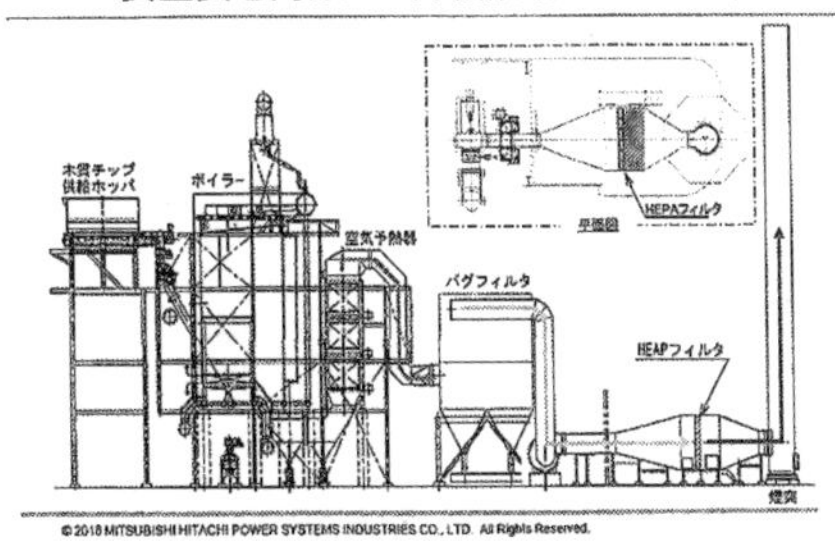

集塵効率の高いバグフィルタ後段に、HEPAフィルタを設置することにより、さらに集塵効率を上昇させ、排ガスを更にクリーンな状態にして大気放出する計画です。

この計画は地元の人びとには秘密で進められ、建設が具体化した段階で突如発表された。地元住民はその企業計画に驚いて、反対運動を開始した。このような山間の盆地における大気汚染問題に詳しい専門家集団として、過去に東京西部の日の出町ごみ焼却場周辺で大気汚染を測定し、警告を発していた市民放射線監視センター（ちくりん舎）注15の協力を得て、勉強会を開いたり、ビラ配りして地元住民の覚醒を促す活動を精力的に行い、市長にも誘致の中止を申し入れた。しかし、地域社会での折衝は成功せず、一九年九月に福島地方裁判所に提訴した。具体的には放射能汚染拡散の危険性を指摘して設備の運転差止を求めた。行政手続き上は、この設備計画に市が多額の助成金を与えたことについて市長に賠償を請求した。十数名が原告に名を連ねた。

専門家証人としては、市民放射線監視センターの副理事長と、設備の専門家として哲夫が委嘱された。バグフィルタだけでは排ガス中の放射能除去の効率は低いという住民側からの指摘を受けて、事業者側は建設工事開始後にＨＥＰＡフィルタ（放射性エアロゾル用高性能エアフィルタ）[注16]を追加した。けれども、現実には小さな集じん機が追加されただけで、とうていＨＥＰＡフィルタといえるものではない。ＨＥＰＡフィルタはバグフィルタに比べてはるかに大きなろ過面積が必要なので、設備の外形はバグフィルタより大きくなる。また発電設備のようなユーティリティ供給設備は通常連続運転が必要で、もう一台予備のフィルタを設置して切替運転できなければならない。つまり、追加されたＨＥＰＡフィルタは、外見を取り繕うためであって、実質的な機能は期待できないものであった。[注17]

提訴以降二一年夏まで約五回法廷が開かれた。原告側は二人の証人の法廷尋問を求めたが、裁判官は意見書だけでわかるとして、法廷での議論を最小限にし、二一年一〇月に結審、二二年一月に判決を下した。原告の敗訴であった。原告たちは翌月に控訴手続きをした。

原告側傍聴人は毎回二〇人余りが出席し、閉廷後はその都度裁判所近くの市民会館の一室で総括と対策を協議した。そのほかにしばしば地元の原告団長の家へ集まって、同発電所の建設過程や試運転状況などを観察しつつ、運動方針などについて意見交換をしてきた。

訴訟団の中心メンバーは地元で信頼と尊敬を集めている人びとである。市長やその与党を構成するメンバーとも狭い共同体の中で日ごろ親密な関係をもっている。他方、訴訟という場面は、相手の人格も素性も一切捨象して、客観的な放射能汚染の予測と設備計画の適否を争うものである。原告の人びとの心の中には思いやりの心がしばしば頭をもたげてきて、共同体を共にする人々の人格を無視するかのような敵対行為に徹することができない。狭い共同体の中に対立構造を作るように誘導しているのは、木質バイオマス発電所建設政策を推進する環境省や林野庁といった中央省庁であり、国の政策を是認するように派遣されてくる裁判官たちである。

そういう環境に置かれても、地元の人々は「あの市長とも赤の他人ではないしなあ。放射能被ばくを押し付けたからと言ってあんまりぼろくそにも言えないしなあ」と躊躇している。地元の人びとのやさしさが、この小さな地域社会の基盤になっている。原子力政策を典型とする行政・司法組織は、やさしい人々のコミュニティを引き裂くという深い罪を犯している。

なお、この訴訟は仙台高裁に控訴され二二年六月に第一回口頭弁論が行われた。

注

注1　公益社団法人福島原発行動隊は、そのことを実行しようとして結成されたが、現実の経産省と東電の現場管理組織からは体よく排除されて、実際の現場労働には組み込まれなかった。

注2　原子力の安全確保および廃棄物管理に関する欧州の専門家グループ。EU加盟国の原子力安全監督機関の長によって構成される独立機関。欧州委員会が二〇〇七年に設置。欧州原子力安全規制機関グループ。

注3　高木仁三郎（一九三八〜二〇〇〇年）は、日本の物理学者。専門は核化学。政府の原子力政策に対して自由な見地からの分析・提言を行う為、原子力業界から独立したシンクタンク・原子力資料情報室を設立して代表を務めた市民科学者。

注4　塩崎恭久『「国会原発事故調査委員会」立法府からの挑戦状』東京プレスクラブ新書、二〇一一年、一

一三頁

注5　熊谷徹『なぜメルケルは「転向」したのか』日経BP社、二〇一二年、一四七頁

注6　アーニー・ガンダーセン『福島第一原発――真相と展望』集英社新書、二〇一二年、一四頁

注7　伊藤守『テレビは原発事故をどう伝えたのか』平凡社新書、二〇一二年

注8　U・ベック、ほか『リスク化する日本社会』岩波書店、二〇一一年、一九八頁

注9　認定NPO法人高木仁三郎市民科学基金（高木基金）は、高木甚三郎の遺産をもとに設立された団体。

注10　初版は二〇一六年六月。以降、各地の裁判の論点が判明するごとに改訂を重ねている。いわば後出しじゃんけんのような行為を重ねて、適合判決を出しやすいように誘導している。

注11　新型コロナの世界的流行のためにロボットアームの納入が遅れ、二〇二二年に開始するように変更された。

注12　黒川祥子『「心の除染」という虚構』集英社インターナショナル、二〇一七年

注13　経済産業省資源エネルギー庁「再生可能エネルギー固定価格買取制度等ガイドブック」二〇二一年度版　https://www.enecho.meti.go.jp/category/saving_and_new/saiene/data/kaitori/2021_fit.pdf

注14　「放射能汚染ごみ焼却―大崎住民訴訟での排ガス精密測定結果が出ました」二〇二一年一月四日　http://chikurin.org/wp/?p=6288

注15　NPO法人市民放射能監視センター（ちくりん舎）　http://chikurin.org/?msclkid=16f93152c21d11eca73cf0225346baa8

注16　原子力施設などの排気系、換気空調系統などで使用されるきわめて微細な粒子を補足するフィルタ。JIS Z 4812に規定されている。

注17　このHEPAフィルタを組みこんだシステムのあるべき形態は、原子力市民委員会特別レポート7『減容化施設と木質バイオマス発電』二〇二〇年、四七～五五頁

あとがき

　筆者は二〇二一年夏、数年前から患っていたがんが悪化して終末期治療に入った。痛み緩和のために麻薬を投与され、知覚だけでなく思考力も減衰することになった。そのために関係していた市民活動はすべて辞退し、原子力市民委員会の委員職も免除していただいた。その上で、長年心にかかっていた事柄を書き留める作業に専念することにした。年齢もちょうど八〇歳に達していた。

　書き留めておきたいことは二つあった。ひとつは一九三三年に日本の植民地であった朝鮮半島で生まれた三人の友人たちとの交流である。かれらは四五年まで「皇民化政策」が布かれた植民地の小学校に通い、戦後は日本やアメリカの地でさまざまなハンディキャップの中を生き抜いてきた。そしてかれらは筆者の人生にも、子供たちの進路にもかけがえのない示唆を与えてくれた。

　第二に、筆者は学生時代に矢内原忠雄の教えを受け継いだ先生が主催する無教会主義キリスト教の集会に属して、その一員として生きてきた。矢内原は、戦前の東京帝国大学経済学部で植民政策講座を担当していた。当然多くの学生がその講座を受講して、植民政策を遂行する政府官僚となっていった。矢内原もその受講者たちも、植民地朝鮮に統治者側の立場で関与していた。現在、日本社会では「嫌韓・嫌中ムード」が猖獗をきわめている。この現実は過去の日本の植民地統治政策と無関係ではない。これらの事実を、関係した人びとの信仰と職業の問題として、明晰に整理することがまだ終わっていない。この作業のためには、かつて日本の同盟国であったドイツで、知識人たちがより深刻に戦争を遂行した体制を反省し、徹底した検証を行ったことを参照する必要があると考えていた。

本書では、これら二つの宿題に対して、一介の技術職サラリーマンのできる範囲で記述した。キリスト教信仰という精神のもっとも奥深い営為をお伝えするには、周囲の人びととの日々の交わりをあるがままに記述しなければならない。筆者に近い人びととの間における不条理な上下関係も無視できない要素である。その際、筆者に近い人びとは仮名にした。姑息ながら、意のあるところをお汲み取り願いたい。

本書執筆の過程で、友人たちの一方ならぬご助力をいただいた。五〇年来の無教会キリスト教の友人である若木高善・京子さん夫妻には、原稿作成過程を通じて資料の提供と査読をいただき、広範な考察と示唆をいただいた。桜美林大学教授で哲学を講じておられる中島吉弘さんには、ドイツの思想と日本社会の人権問題についてご教示をいただき、併せて詳細な査読をいただいた。千代田化工建設勤務時代に公害専門員会の活動を共にし、近年はプラント技術者の会で一緒に活動している長谷川泰司さんには、技術職サラリーマンの問題を中心に詳細な査読をいただいた。筆者の本の出版に際して毎回お世話になっている佐藤和宏さんには、表紙や挿絵を作成いただいた。そして筆者の生涯のさまざまな局面でご指導とご助力をいただいた多くの方がたに、尽くせぬ感謝を申し上げたい。

そして何よりも、緑風出版の高須次郎さんほかスタッフのみなさんには、同社から四冊目となる、この一風変わった面倒な仕事をお引き受けいただき、完成していただいた。心から感謝を申し上げる。

解題　著者をめぐる無教会キリスト教集団

若木高善

本書では一無教会キリスト者として著者が歩んできた道が、明治維新以降の日本の社会史と精神史を背景として率直に述べられている。しかし、その「無教会キリスト教」自体が、一般の読者には自明ではないであろう。また、登場する個人の周辺の特殊事情が記述に影響を与えているために分かりにくい点もあると思われるので、以下に若干の解説を加えることにした。著者に倣って一部仮名とした。

一　人名と用語について

書名にも登場する「無教会キリスト者」を理解する背景となる人名と用語を説明しておく。

内村鑑三（うちむらかんぞう）（一八六一〜一九三〇）：宗教家・思想家。高崎の人。札幌農学校で同期生新渡戸稲造らとキリスト教の洗礼を受ける。水産学の実務に就き（鮑の卵を発見）、離婚を機に渡米し知的障害児施設で働き、帰国して教員を務める中、教育勅語への敬礼を躊躇したことが右翼御用学者らを刺激して「不敬事件」（一八九一年）を起こし辞職、再婚の妻が病没、各地の学校を転職しつつ著述を重ねた。聖書の研究・自宅での日曜集会から日本各地でのキリスト教の伝道へと精力的に活動を広げ、教会の無い者のために「無教会」を唱え始めた（一九〇〇年）。ジャーナリズムによる社会批判を展開、足尾銅山鉱毒反対運動（一九〇一年）に関わり、日露戦争（一九〇四年）に際しては非戦論を、第一次世界大戦（一九一四〜一七年）の後は、キリストの再臨による救済を説いた（一九一八年）。一九二〇年頃、毎週日曜に開く講演会は九〇〇名が集い、大手町名物と言われた。関東大震災（一九二三年）のとき朝鮮人襲撃のデマを誤信して自警団に参加。門下生の独立や離反に対処し、日曜集会の聖書講義を続けるなか、心臓病で死去（一九三〇年、七〇歳）。『聖書の研究』誌（一九〇〇年創刊）は三五七号で終刊、内村聖書集会は解散。

無教会主義（むきょうかいしゅぎ）：内村鑑三が創唱した日本独自のキリスト教の信仰と主張。教会を中心とする伝統的制度や牧師のような職業的指導者に依らず、一般の平信徒だけで集会を形成することが多く、聖書の研究と伝道とを重視する。内村の門下に高学歴の秀才の一群（藤井武・塚本虎二・黒崎幸吉・前田多門・田島道治・三谷隆信・川西実三・南原繁・矢内原忠雄ら）が集まり、その中から独立伝道者・東京帝大教授・高級官僚が輩出した。これらの二代目の中で十五年戦争に直面して、きちんと軍国主義と対決したのは少数であった。学歴に依拠せず地道に伝道や集会をする信徒も少なくなかった。今日の無教会の集会は、四代目以降の世代に相当するが、三代目までのようなカリスマ的な指導者は少なくなる一方、依然として知識人が指導的な立場についている集会が多いようである。

矢内原忠雄（やないはらただお）（一八九三～一九六一年）：経済学者。愛媛県生れ。幼少より学業成績抜群で家業の医師を目指したが、第一高等学校学生の時、法科に転向、内村鑑三の聖書集会に入門。東京帝大卒業後は住友鉱業に三年間勤務した後、一九二〇年新渡戸稲造の後任として東京帝国大学の植民政策学講座を担当。台湾や南洋群島などの現地調査に基づいて研究をする一方、帝大聖書研究会に力を注いだ。満州調査旅行中「匪賊」の襲撃を免れたことを契機に月刊伝道誌『通信』を発行、一九三七年日中戦争を批判したため帝大教授を辞職（矢内原［筆禍］事件）。野に下り「学問と信仰が一致した力となって」軍国主義と戦い続け、厳格な日曜集会や著述・国内外での講演などを行った。このときの集会員に藤田若雄・田辺和夫らがいた。第二次大戦後、東京大学に復職、南原繁に続き東大総長（一九五一～五七年）。日曜集会を公開とし（今井館聖書集会）、東大ポポロ事件をはじめ内外の政治的圧力に対し学問の自由と大学の自治、絶対平和主義や民主主義の重要性を訴えるキリスト教知識人として活躍した。安保闘争の翌一九六一年に胃癌で逝去（六八歳）。

二　本書成立の事情

著者について

著者は一九四一年金沢市近郊の稲作農家に生まれ、一九六〇年に東京大学に入学し、以前から接していた無教会派のキリスト教集会に参加し、その指導者でありかつ元東大総長であった矢内原忠雄や、その没後は田辺の主催する駒場聖書集会に所属した。日本は朝鮮戦争・ベトナム戦争の特需下に高度経済成長を果たしたが、大学卒業後、名のある機械メーカーではなく「兵器を作らない」企業に機械工学エンジニアとして就職した。そこで、当時公害大国と言われた日本の環境問題に直面し、生涯にわたって職業倫理を貫く生き方が始まるのである。第8章にも述べられているように、哲夫は二〇一一年東日本大震災・福島第一原子力発電所爆発事故の三年後、七三歳までフルタイムのサラリーマンとして働き、それ以降はボランティアとして反原発運動に携わった。

その人生の大半で所属した無教会キリスト教の集会において、集会の維持運営に努める立場で、指導者を尊重し、集会のために律儀なメンバーとして働いてきた。具体的には、矢内原忠雄が最後に駒場で行った講演の際、大学二年生の著者が（今井館聖書集会のメンバーとして）司会を務めたのを端緒として、以後駒場聖書集会の主要なメンバーとして、さらにその解散ののちに自主的な集会の立ち上げ、運営を続けており、そのような姿勢は基本的に貫かれている。

本書刊行の意義

本書は、哲夫が八〇歳以降、病を得て、一書をまとめるために改めて関連資料を読み直して、理論的な筋立てを整理しつつ書いている。信仰上の師弟関係に「長幼の序」（人格に関係なく年長者は正しくて、尊敬されねばならない）をもちこむことを批判する表現が見られるが、著者は大学に入学して出会った矢内原や田辺を、信仰の師として尊敬していたし、就職後、職場の問題に直面したときも同様であった。だから、このような批判は、後知恵（事の済んだあとに出る知恵）だとも言えよう。本書の執筆時点における思考結果を率直に表現するには、その時々の相対的人間関係を規定していた旧い時代の慣習や礼儀にとらわれず、社会思想としては普遍的な近代市民社会の基準に則って書かざるを得なかった事情がある。本書の筆致が、そのような背景をもっていること、問題を明らかにするために近親の情・師弟の情にとらわれない態度をとっているのは避けられない選択であり、感情的に悪口を言っているのではなく、恩義を離れた普遍的な視野に立とうとしていることは、虚心に読めば理解可能であろう。

たとえば矢内原の植民政策論や天皇制理解などについて、これまでの論者の多くが矢内原に同調的であるか、または時代的制約を口実に批判を避けているが、著者の記述は無教会内部から初めてといって良いほど批判的色彩が際立つものとなっている。これは、朝鮮半島出身の友人達との交流を通じて厳しい現実に直面した結果、植民地住民の視点を加えるようになったからである。

矢内原が戦後天皇制に熱く期待した点について付言すれば、「矢内原先生が晩年フトもらした言葉は〝天皇様は罪ということがわからないお方のようである〟というのであった。この独語をきいた時、私の心をかすめたものは先生の疲労感であった。〝益なく空しく働いた〟という聖句もしばしば聞かされたことばであった」(藤田若雄『東京通信』一六五号、一九七六年六月)

戦後の天皇制について抱いた期待は適切でなかったが、戦中に植民政策学者として鋭い政策批判を述べた功績は消えるものではない。無教会の歴史を長年研究して来た大河原礼三は次のように述べており、筆者も同意見である。

「六〇年代末以来の……批判的問題意識にたつときに……矢内原のなかに様々な時代的制約や問題

を感じる。それにもかかわらず、日中戦争勃発に際して職を賭して時局を批判した矢内原の抵抗は、なお今日的な意味を持っている」(『矢内原事件五〇年』木鐸社、一九八七年、一八五頁)

矢内原に潜む、これらの時代的制約、天皇制への期待・キリスト教とナショナリズムの融合・民衆の抵抗権の軽視などの危険な要素は、これを追究する者の課題として、摘出除去に努めるべきものであろう。

同様のことが、著者の批判する田辺和夫の記述についても言える。田辺が「真理」のために熱心に伝道や教育に取り組んだことは疑うべくもない。筆者は田辺主宰の駒場聖書集会解散前後の数年間を著者と共にした。本書には著者から田辺に、後知恵であるにしても余人を戸惑わせるほどの厳しい批判が表明されているが、これは、著者が篤く田辺を思い、また田辺にとっても著者は重用すべき愛弟子であったという筆者の所見と表裏の関係にあると見ている。田辺への、そして矢内原への、このような態度を著者に強いたのは、信仰から出る鋭利な人権意識と平和希求であると思う。

[著者略歴]

筒井哲郎（つつい　てつろう）

1941 年 5 月 14 日　石川県金沢市に生まれる。

1964 年　東京大学工学部機械工学科卒業。

以来、千代田化工建設株式会社ほかエンジニアリング会社勤務。国内外の石油プラント、化学プラント、製鉄プラントなどの設計・建設に携わった。

現在は、プラント技術者の会会員。

著書に『戦時下イラクの日本人技術者』三省堂、1985 年。『原発は終わった』緑風出版、2017 年。『原発フェイドアウト』緑風出版、2019 年。『今こそ原発の廃止を』カトリック中央協議会、2016 年（共著）。『沿線住民は眠れない―京王線高架計画を地下化に』緑風出版、2018 年（共著）、
訳書に『LNG の恐怖』亜紀書房、1981 年（共訳）

一無教会キリスト者のあゆみ

2022年10月10日　初版第1刷発行　　定価3000円＋税

著　者　筒井哲郎©
発行者　高須次郎
発行所　緑風出版
〒113-0033　東京都文京区本郷2-17-5　ツイン壱岐坂
［電話］03-3812-9420　［FAX］03-3812-7262［郵便振替］00100-9-30776
［E-mail］info@ryokufu.com［URL］http://www.ryokufu.com/

装　幀　佐藤和宏・斎藤あかね　　カバー装画　筒井直
制　作　R 企 画　　印　刷　中央精版印刷・巣鴨美術印刷
製　本　中央精版印刷　　用　紙　中央精版印刷・巣鴨美術印刷

E1000

〈検印廃止〉乱丁・落丁は送料小社負担でお取り替えします。

ISBN978-4-8461-2215-7　C0036

◎緑風出版の本

■全国どの書店でもご購入いただけます。
■店頭にない場合は、なるべく書店を通じてご注文ください。
■表示価格には消費税が加算されます。

原発は終わった

筒井哲郎著

四六判並製
二六八頁
2400円

東芝の原発撤退は原発の終わりと発電産業の転換を意味し、福島事故の帰結だ。プラント技術者の視点から原発産業を分析、電力供給の一手段のために、国土の半ばを不住の地にしかねない政策に固執する愚かさを批判する。

原発フェイドアウト

筒井哲郎著

四六判並製
二七二頁
2500円

福島で進行しつつある施策は上辺を糊塗するにとどまり、将来に禍根を残し、現政権は原発推進から方向転換する見識がない。私たちの社会で、合理的な選択を行うにはどうすべきか。プラント技術者の視点で本質を考える。

沿線住民は眠れない

――京王線高架計画を地下化に

海渡雄一・筒井哲郎著

四六判並製
二〇四頁
1800円

大都市周辺の鉄道の立体化は自動的に高架化を意味し、京王線も高架化が決定。しかし、沿線住民が希望する騒音・振動問題、日照問題を解決できないが、地下化であれば、駅周辺の一体的開発、鉄道跡地の防災緑道化などを可能!

道路の現在と未来

――道路全国連四十五年史

道路住民運動全国連絡会［編著］

四六判上製
二六八頁
2600円

道路事業は始まったら止まらない。住民は道路と対峙し、持続可能な道路の在り方を提言してきた。道路全国連の45年の闘いの代表例など事例別に総括し、専門家や研究者の分析・提言などを踏まえ、未来を切り拓く試みである。